徳間文庫

公儀鬼役御膳帳

春疾風（はるはやて）

六道　慧

徳間書店

目次

木藤隼之助　二十二歳。木藤家の庶子。父に命ぜられ、橘町の裏店に住む。食に関する豊富な知識と舌で食事師として、働くこともある。

殿岡雪也　二十二歳。隼之助の幼馴染み。実家は、百俵を賜る台所方だが、三男坊ゆえ、深川に住む三味線の師匠のもとで、男妾をしている。

溝口将右衛門　二十四歳。隼之助たちとは、小野派一刀流の道場で知り合う。先祖代々の浪人暮らし。妻と二人の子供がいる。

木藤多聞　隼之助の父。御膳奉行を勤める膳之五家の物頭〈鬼役〉を勤めている。

木藤花江　隼之助の義母。

木藤弥一郎　隼之助の異母兄。正妻の息子のため、隼之助より一日遅れで生まれたが長男。直情的で隼之助と花江につらくあたる。

宮地才蔵　多聞の手下のお庭番。隼之助の身辺で働いている。

おとら　隼之助の住む〈達磨店〉にいる取りあげ婆。奥州訛りがある。七十に手が届こうという年の喜多と宇良とともに、隼之助の世話を焼く。

お喜多　自称、もとは大店の御内儀。

お宇良　自称、現役の美人芸妓。本当は元遊女で、年季明けに遣り手婆をしていた。

水嶋波留　十七歳。膳之五家のひとつ、水嶋家の女。隼之助と相愛だが、家同士が対立しているため、今は人目を忍ぶ仲となっている。

香坂伊三郎　二十一歳。元薩摩の郷士。大御所家斉が寵愛する野太刀示現流の遣い手。

第一章　別れ火

一

風が唸(うな)っている。

天保十年（一八三九）二月末。

木藤隼之助(きとうはやのすけ)は、闇に沈む小さな稲荷(いなり)社を見据(みす)えていた。場所は増上寺の南に位置する芝である。御城に近いこともあり、大名家の上屋敷をはじめとして、ほとんどが武家地で占められている区域だ。町屋は、東海道沿いを主としているが、広さは全地域の十分の一にも満たない。

隼之助が小頭(こがしら)として指揮を取る一群は、その狭い町屋の一画に潜んでいた。見据えている稲荷社に、十四、五人の刺客がいることはすでに確認している。五人の手下は優れたお庭番（にわばん）であるため、相手が気づいた様子はなかった。

近くに強い殺気をとらえていたが、味方であることはわかっている。

――行くぞ。

隼之助の合図で音もなく五人の手下が動いた。

尖兵（せんぺい）役を担うのは小頭自身だが、慮（おもんぱか）っているのだろう。もっとも忠実な手下――宮地才蔵（みやじさいぞう）が隣を走っていた。耳もとでびょうびょうと鳴る風に混じって、かすかな囁（ささや）き声も聞こえている。稲荷社に潜んでいる者たちが、今、まさに動こうとしていた。

「む？」

鳥居から路地に出て来た男の腹に、隼之助は拳（こぶし）を食いこませる。続いて才蔵が、その後ろにいた男の喉（のど）を突いた。男たちはすでに刀を抜き、襲撃の準備を調（ととの）えていた。しかし、ひと太刀（たち）も浴びせかけることなく、二本の刀は地面に落ちる。

「だ……」

誰何（すいか）の声もまた掻（か）き消された。隼之助の頭上を軽やかに飛び越えた手下が、境内（けいだい）にいた声の主に飛びかかったのである。喉を掻き切ったのかもしれない。一瞬のうちに境内は血に染まっていた。月のない夜であろうとも、隼之助たちの目は冴（さ）えわたって

いる。社の前にいた年嵩のひとりが頭役であろうと見て取るや、

「お静かに」

才蔵が喉もとに短刀をあてていた。

「公儀鬼役木藤多聞様が配下、小頭の木藤隼之助でござる」

低い声で偽りを告げる間に、隼之助を含む五人は、他の刺客たちを地面に沈めていた。こういう場合には才蔵が、小頭を名乗って、隼之助に扮する段取りになっている。真の小頭を守るためであるのは言うまでもない。

「な、なぜ？」

頭役と思しき男は、無意味な問いかけを投げた。なぜ、われらの動きを察したのか。だれにも洩れぬよう、細心の注意を払っていたのに……言葉にされなかった部分は、揺れ動く目に表れている。

「鬼役の目を欺くことはできぬ」

才蔵の言葉と同時に、隼之助は言った。

「来た」

だれよりも早く気配をとらえて、だれよりも早く動く。隼之助は鳥居の近くに倒れたままの二人を、急ぎ、境内に引き入れた。大名行列の先触れが、町屋を通り抜ける

ことはまずないだろうが油断はできない。ほどなく赤羽橋のあたりでひびくかすかな足音を、手下たちも察知したようだ。

流石は小頭。

そんな視線を向けつつ、屈みこんだ隼之助に倣った。相変わらず才蔵は頭役の男に短刀を突きつけている。脅しながら屈みこむのが、闇の中でも見て取れた。

先触れが屋敷に向かってから、どれぐらいの時が経っただろう。やがて、島津薩摩守斉興の行列が、赤羽橋を渡って、藩邸に向かう様子が伝わってきた。

薩摩守が御城にどのような用事があったのかはわからない。が、なんらかの手だてを用いて、動向をつかんだのは確かだった。

その帰路を狙い、薩摩守の駕籠を襲撃しようとした刺客たちは、稲荷社の境内に斃れていた。息がある者の喉や胸には、それぞれ短刀が向けられている。声をあげられる懸念は少なかったが、薩摩守の用心深い忠臣が町屋に足を向けることも考えられた。隼之助は我知らず、懐の短刀を握りしめている。

古い時代には腰刀として用いられていた品かもしれない。七寸（二十一センチ）足らずの短刀の柄には、昇り龍が絡みつくような緻密な意匠が施されている。目で見てはいないものの、青貝かなにかを嵌めこんだような輝きを放つ龍の両眼が、脳裏に浮かんでいた。それに指でふれている。

青龍は木藤家の隠し紋だ。

木藤家は、御膳奉行の物頭——一代限りの頭役で二百俵高だが、役料として特に三百俵を賜っている。御膳奉行は若年寄支配で三人から五人、任命されるのが常だった。しかし、前将軍であり、現在は大御所となった家斉の折、木藤家、地坂家、水嶋家、火野家、金井家の五家が、新しく設けられていた。

通常、御膳奉行の役料は二百俵なのだが、木藤家だけは特別に、百俵多い三百俵を賜っている。他の四家との差、百俵の差に隠されている秘密……。

「確かめて来い」

才蔵の声で、我に返った。隼之助が動くより先に、二人の手下が鳥居を飛び出して行く。

その気配で正気づいたのか、すでに正気を取り戻していたのか。倒れていた二人が、起きあがりざま、襲いかかって来た。

「隼之助様」

才蔵が躊躇することなく短刀を投じる。刹那、見事にひとりの胸をつらぬいていた。それを横目で見ながら、隼之助はもうひとりの鳩尾を突いた。すでにかなりの人数を仕留めている。できることなら死人を増やしたくなかった。ふたたび失神した男を地面に横たえると、手下のひとりが素早く縄を掛けた。

「今、なんと言うた？」

頭と思しき男が、掠れた声で問いかけた。

「こやつは貴様を隼之助様と言うたな。つまり、おまえこそが小頭であろう、ええ、木藤隼之助よ。では、おまえこそが鬼の……」

不意に男はくぐもった呻き声をあげる。才蔵が容赦なく短刀で胸をつらぬいていた。止める暇もあらばこそ、隼之助は視線で責めたが、会釈を返しただけだった。

〝あれ以上、続けさせるわけにはいきませぬ〟

おそらく才蔵は心の中で、そう言っているに違いない。途切れた言葉、「鬼の」というあれに続く言葉が鳴りひびいている。

鬼の舌。

〝壱の技で人を知り、弐の技で世を知り、参の技で総を知る〟

これが極意であるとともに、

〝『鬼の舌』を得た者は、永遠の安寧を得る〟

とも言われているが、実体がなんであるのか、隼之助はいまだにわからない。確かに人より敏感な舌や感覚を持っている。だが、それがすなわち『鬼の舌』かと問われれば、首をひねるしかないのだった。

「戻って来たようです」

才蔵が顎(あご)で鳥居を指した。飛び出して行った二人が、戻って来たところだった。ひとりが小さく頷(うなず)き返したのを見て、隼之助は告げる。

「引きあげるぞ」

島津薩摩守を暗殺するという謀(はかりごと)は、当の島津家が気づかぬまま、静かに終わっていた。

隼之助たちは、用意しておいた幾つかの荷車に亡骸(なきがら)を積みあげる。息のある者には、死よりも辛(つら)い拷問が待っていた。

二

膳之五家(ぜんのごけ)の一家、水嶋家におかしな動きがある。主(あるじ)の水嶋福右衛門(ふくえもん)は、殺(あや)められた長女、奈津(なつ)の仇討(あだう)ちを考えているのではないか。

鬼役の手下がそんな噂話(うわさばなし)をつかんできたのは、奈津が死んだ夜だった。通夜に続いて葬儀も無事に終わったが、その間、着々と薩摩公の暗殺計画は進められていたのである。狙うのはおそらく御城の帰路であろうと読み、見張っていたのが功を奏した形になっていた。

　翌日の早朝。

「芝の稲荷社に、凶暴な山犬が潜んでおり申した」

開口一番、木藤多聞は言った。場所は小石川の水嶋家で、近くには賜ったばかりの木藤家の新屋敷もある。空がどんよりと曇っているせいだろうか。忌中の屋敷には、線香の匂いとともに、身体が重くなるほどの陰鬱さが漂っていた。

「隼之助に始末させた次第にござる。水嶋殿におかれましては、少しの間、謹慎なさるのが宜しかろうと存じます次第。奈津殿の四十九日が済むまでは慎まれるのが宜しいのではないかと存じます」

抑揚のない声は、心と身体を凍りつかせる独特のひびきを持っていた。年は四十五、小柄ながらも引き締まった身体と、彫りの深い顔立ちの持ち主だ。冷たく突き放したような独特の話し方をするのだが、隼之助はこの父と寝食をともにしていると言っても過言ではない。書院で話をする間、町人髷の姿で廊下に控えている。

「承知いたしました」

答える水嶋福右衛門は顔面蒼白だった。年は多聞と変わらないだろうが、威厳や身裡から押し出される迫力において、完全に負けている。もっとも多聞を相手にして互角の対応ができるのは、大御所の家斉ぐらいではないだろうか。老中や若年寄、大目付や目付といった幕臣とも五分に渡り合えなければ、鬼役の頭は務められない。

「お庭番の目は、いたるところに光っており申す。その目をかいくぐって裏をかくのはありえぬこと、いや、あってはならぬことでござる。しかと心に留めおかねばと、常日頃、それがしは己に言い聞かせております次第」

あたかも自分の話のようでありながら、その実、福右衛門に告げていた。かつて膳之五家は、頭役の座をめぐって鎬を削り合っていたのだが、過日、跡取り息子、弥一郎の祝言の折、密かに手打ち式のような場が持たれている。あれがなければ、おそらくもっと厳しい処分になっていたに違いない。

「それがしも同じ考えでござる」

福右衛門は硬い表情をくずさなかった。なんと正直なお方なのかと、隼之助は内心、驚いている。長女の仇を討つという、多聞からすれば考えられない行動に出たのも、無理からぬことのように思えた。

水嶋家に嫡男はなく、奈津、波留、有紀の三姉妹しかいない。そのため長女の奈津に、目付の家から婿を取る段取りが調っていた。結納を交わして婚礼のときが間近に迫ったそのとき、賊に押し入られて奈津が命を落としてしまったのである。

福右衛門の怒りと嘆きは、想像するに難くない。奈津の葬儀が終わるやいなや、報復に出たのは短慮と言うしかないが、理解できなくもなかった。

武家は当然だが、町家においても長男と長女は、家を継ぐ者として別格の扱いを受ける。手塩にかけて育てた愛おしい娘が、白無垢の代わりに白装束を纏わなければならなかった無念を、福右衛門は晴らそうとしたのだろう。

――父上は表情ひとつ変えまいな。

つい我が身にあてはめている。木藤家の長男は、正妻の北村富子が生んだ弥一郎。庶子の隼之助は、裏方にまわるのが運命だ。たとえ命を落としたところで、多聞は眉ひとつ動かすまい。

それにしても、と隼之助はしみじみ思っている。

――大胆な行動に出たものよ。

隠居した大御所家斉と十二代将軍家慶を、仮に公儀方とした場合、それに反旗を翻そうとしている大名家として、真っ先に名を思い浮かべるのが薩摩藩島津家だ。どんな大名家と、どのような密談がなされているのかまではまだつかめていない。しかし、連判状があるという話をつかみ、鬼役が動き始めた矢先、膳之五家のひとつ、金井家に盗っ人が入ったのである。

謀叛方とでも呼べばいいだろうか。

彼の者たちが、公儀の秘宝と噂される『鬼の舌』を捜しているのは、おそらく間違いない。公儀方は謀叛方の連判状を求め、謀叛方は『鬼の舌』を捜し求める。その争いに巻き込まれて、奈津は命を落とした。

福右衛門は、小物にはいっさい目を向けず、大本の島津斉興に狙いを定めた。連判状の筆頭に掲げられているであろう斉興を抹殺するのがすなわち、奈津の弔い合戦になると考えたのはあきらか。もしかすると、多聞は、見て見ぬふりを決めこみたかったのではないだろうか。

――まだ機が熟していない、ということやもしれぬ。

そのときであったなら、福右衛門の仇討ちはすんなり認められたのかもしれない。いかんせん時期尚早すぎた。

「憶えておられるか、水嶋殿」

多聞がふたたび口を開いた。

「過日、金井殿の屋敷にも盗っ人が押し入り申した。定かではないが、あれも此度の賊やもしれぬ」

「そうかもしれぬ」

福右衛門はあたりさわりのない答えを返した。謹慎程度で済むはずがないと、疑っているのかもしれない。探るような目に、疑問が浮かびあがっていた。

「敵が動く前に、先手を打つは戦の常。大御所様の命を受けて、天下商人を江戸の町に送り出したわれらを、向こうは苦々しく思うておるに相違ない。塩を手始めに、砂糖問屋にも手を伸ばしましたゆえ、焦っておるのでござろう」

素っ気ない口調はいつものことだが、多聞の声音が微妙に変化したのを、隼之助は感じていた。

〝気持ちはわからぬでもない〟

そんな労りとやさしさがこめられていた、ように思える。膳之五家の頭として、父なりに精一杯の慰めを口にしたのではないだろうか。

気持ちを察したのだろう、

「木藤殿」

福右衛門は、しばし言葉を失っていた。らしくない慰めが、信じられないとでも言うように目を見ひらいている。

多聞は気恥ずかしくなったのか、

「なれど、これは侍と商人の戦」

照れ隠しのような言葉が出た。

「あらためて言うまでもなきことでござろうが、商人は謀叛を企んでおり申す。仕掛けたのは向こうが先の話であるのは、これまた口にするまでもないこと。昨年、西の丸が火に包まれた騒ぎは、大御所様を血祭りにあげんとの企み。次いで敵は、あろうことか『鬼の舌』に狙いを定めた様子。膳之五家とお庭番は、固く手を結び、そなえるのが宜しかろうと存じます次第」

侍と商人の戦、天下商人、敵の後ろに見え隠れするのは、丸に十文字の家紋、鹿児島藩とも呼ばれる薩摩藩だ。

「お言葉、今一度、胸に刻みつけまする」

福右衛門は神妙な顔で頭をさげた。相手を油断させて、一石を投じるのが、多聞のやり方である。

「ときに、水嶋殿。芝の稲荷社のことでござるが、境内をうろついていた山犬は、何者でござろうな」

なにげない口調で、踏みこんだ問いかけを発した。頭と思しき男が、才蔵の「隼之助様」という叫び声を聞き、真の隼之助がだれかを察した経緯は、むろん報告してある。つまり、山犬たちは、木藤隼之助の顔を知らなかったわけだ。

〝膳之五家の家中ではない、ということか〟

と多聞は呟いたが、福右衛門は、いったい、だれに襲撃を命じたのか。木藤家を含めた五家の家中以外のだれか。謀叛方に反撥する者か、あるいは多少なりとも腕の立つ浪人を集めたのか。正体を知りたいと思うのは当然のことといえた。

「わかりかねまする」

福右衛門の返事には、教えられぬという答えも隠れている。さほど遣える者たちではなかったが、頭格の男は木藤隼之助の名を知っていた。才蔵が彼の者を殺めたことだけは悔やまれる。

「拷問にかけており申すが、あやつらは、どうやら本当になにも知らぬ様子でござってな。金で集められた輩のように、思えなくもないのでござるが」

ちらりと、福右衛門に冷ややかな一瞥をくれた。隼之助も初めて耳にする事柄だったが、生き残った者は、いっそ殺してくれと嘆願しているかもしれない。明日は我が身と思い、気持ちを引き締めた。

「先程も申しあげましたが、それがしは与り知らぬことでございます」

返ってくるのは、同じ答えのみ。

「ふむ」

と、多聞は唇をゆがめた。

「頭と思しき男を殺めたは、倅の失態。なれど、水嶋殿にとっては都合のよいことだったやもしれませぬな」

どうだと言わんばかりの痛烈な皮肉だったが、流石は膳之五家の当主。顔色ひとつ変えなかった。

「さあて、なにを言うておられるのやら。それはそうと、木藤殿。隼之助殿と波留の話でござるが」

「此度の騒ぎについてのご存念やいかに」

多聞は覆い被せるように言った。

「上様はむろんのこと、大御所様も此度の騒ぎについては、ご懸念を示されており申す。見せしめに山犬どもの亡骸を串刺しにしたうえ、小塚原に曝しておけと仰せになられた次第にござる。水嶋殿におかれましては、いかがでござろうか。愚かな暗殺計画をたてた首謀者にも、改易という厳しい処罰を与えるべきか否か」

「それは」

福右衛門は口ごもって、気まずい沈黙が流れる。

——まさか。

隼之助の胸に信じられない考えが湧(わ)いた。内々で行われた手打ち式の折、隼之助と波留の祝言についても話し合われていたが、いまや水嶋家の跡を継ぐのは、二女の波留となっている。目付の家から婿養子を迎える話は、まだ『生きて』いるはずだ。福右衛門は当然、波留とその婿養子との縁組みを考えているだろう。だからこそ、重い口調で切り出した。

にもかかわらず、多聞は機先を制するように話を変えている。

〝祝言の話は今までどおり、さもなければ、お取り潰(つぶ)しは免(まぬが)れませぬぞ〟

そんな脅しのように思えなくもなかったが、

——考えすぎか。

苦い自嘲(じちょう)が滲(にじ)んだ。そうであればいいのにという、願望が交じってしまったかもしれない。福右衛門であればともかくも、多聞に限っては、ありえないことだ。隼之助の気持ちを思うがゆえ、祝言の話は今までどおりだと、脅しまじりにほのめかすなど……。

——波留殿。

廊下の向こうに、愛しい波留が姿を見せた。手には花鋏を持っている。今の水嶋家を表すような曇天から、一条の光が差し込んだように感じられた。白木蓮を思わせる清楚な娘の年は十七で、心映えの美しさを、澄んだ眼差しで語るのが常だった。

〝わたくしたちの祝言の話は、どうなるのでしょうか〟

両の眸に、自分と同じ不安が湧いているのをとらえていた。波留は、庭に降りると、椿の木に歩み寄って行った。紅い椿の花が、まさに満開となっている。花の枝を伐るふりをしながら、隼之助や座敷の様子をちらちらと盗み見ていた。

心を惹かれすぎたかもしれない。

「隼之助」

多聞の呼びかけで、はっと我に返る。

「あ、はい」

「椿に見惚れていたか」

ふんと皮肉げに笑ったが、それ以上のことは言わなかった。暇を告げるのかと思いきや、さらに告げる。

「そういえば、水嶋殿。有紀殿はお幾つになられた？」

「………」

隼之助は小さく息を呑む。

間違いない。

多聞は、隼之助のために、祝言の約束を実行させるべく、心を砕いているのだった。三女の年を訊いたのは、婿を迎える相手は波留でなくてもよかろうという、得意の婉曲話に他ならない。

「十二でござる」

福右衛門の渋面にも、思惑を感じ取ったことが表れている。

「さようか。あと二年も経てば、婿殿が気に入る美しい女子になるは確かでござろうな。波留殿も、ついこの間まで襁褓をしていたように思うていたが、時の経つのは早いものよ。今では、そら、眩しいほどではござらぬか」

多聞は庭を見やって、目を細めた。この言葉には頷くしかなかったのかもしれない。

福右衛門は、破談の申し出を引っこめるしかなかった。

「まことに。子の育つのは、早いものでございますな」

不承不承ではあっただろうが、多聞の押し切り勝ちといった感じで、父子は水嶋家を辞した。波留とはひと言も話せなかったものの、隼之助の胸には、小さな灯がともっている。

湿気を含んだ小石川の風が、今日は爽やかに感じられた。

三

木藤家が新しい屋敷を賜った小石川は、御城から見て西北の場所にある。

丘陵の多いところだが、元禄の末頃から整地されて、武家地や寺地となり、低窪地の街道に沿った区域が町屋として拓かれた。伝通院の後ろと御菜園のあいだを東南に流れる川を、礫川と呼んだところから、地名が小石川になったとされている。木藤家の屋敷は、北と南を大縄地、東を寺に囲まれた一画に位置していた。

「お戻りあそばされたぞ」

表門の前にいた盟友の溝口将右衛門が、巨体に似合いの大声をあげた。年は隼之助より二つ上の二十四、祖先はいつから浪人をしていたのかわからないというほどに、年季が入りすぎている浪人暮らし。若いにもかかわらず、二人の子持ちであるため、常に金欠病に悩まされていた。隼之助とは、通っていた小野派一刀流の道場で知り合っている。

「変わりはないか」

多聞の問いかけに、もうひとりの盟友、殿岡雪也が答えた。

「は。特に変わりはございませぬ」

隼之助と同い年の二十二だが、歌舞伎役者と見まごうほどの美貌を活かして、深川に住む三味線の師匠、おきちの男妾に甘んじていた。生家は百俵を賜る台所方で、番町に屋敷を賜っている。以前、隼之助が暮らしていた屋敷は番町にあったため、隼之助とは幼なじみといえるかもしれない。

「励め」

短く告げて、多聞は潜り戸から屋敷内に入った。従者の若党と下男が後に続いたのを見送ると、だれからともなく吐息が洩れる。

「やれやれ、大儀なことよ。見てみろ。ひと言、かわすだけで、冷や汗が噴き出してしもうたわ」

将右衛門が代表するように言い、わざとらしく汗を拭いた。

「わたしもだが」

同意しかけた雪也が、隼之助に不審な目を投げる。

「やけに嬉しそうな顔をしているではないか。忌中の家を訪ねるお供は、存外、楽しかったと見ゆる。出て行くときは浮かぬ顔をしていたものを」

「おお、言われてみればじゃの」

「なにがあったのだ。もしや、波留殿との婚礼が、本決まりになったのか」

「いや、そうではない」

思わず続けそうになったが、ここは門前。裏店の女房の井戸端話のように、雁首揃えての立ち話は控えるべきと判断する。

「夜にしよう。まずは義母上にご挨拶せねばならぬ」

「楽しみは後に延ばすがよしか」

「ちっ、もったいつけおって」

将右衛門が痛いほど強く肩を叩いた。笑って屋敷に入ろうとしたとき、

「そういえば」

雪也が言った。

「みすぼらしい婆さんが、花江殿を名指しで訪ねて来たぞ。今、中にいるがな。物覚えの悪い将右衛門は、見覚えがないと言うのだが、わたしは弥一郎殿の祝言の折、ちらりと見かけた憶えがある。まさか中に通すとは思わなんだゆえ、いささか驚いた次第よ。名はなんと言うていたか」

みすぼらしい婆さん、弥一郎の祝言と聞いて、ひらめいた。

「おきみさん、か？」

「ああ、そう、そうだ。そんな名だった」

「そうか。ここにも来たのか」

隼之助も意外さを覚えていた。番町から小石川に引っ越した時点で、縁が切れる相手に思えなくもない。幾ばくかの銭目当てで訪れる老婆に、わざわざこの屋敷を教えた理由をはかりかねている。

「物乞いのように見えたがの。木藤家とは、どんな関わりがあるのじゃ」

「おれの乳母(うば)だったという話だが、どうも勘違いしているように思えてならぬ。乳母を雇うてもらえるような生まれではないからな。おそらく弥一郎殿と勘違いしているのであろうさ」

「生まれは関わりあるまい。木藤隼之助は、いまや、お庭番の……」

「将右衛門」

慌て気味に、雪也が制した。

「すまぬ。このようなところでする話ではなかったな。許せ」

珍しく素直に詫びる。その顔を見ると、逆に申し訳ないような気持ちになった。いつ縁を切られるかわからない頼りない立場の隼之助を信じて、盟友たちは力を貸してくれている。

「将右衛門の大声はいつものことだが、次からは気をつけてくれ。どこに『耳』があるかわからぬからな」

「肝に銘じておこう」

「神妙なのは今だけ、三歩、歩けば忘れているだろうさ」

「こいつ」

叩く真似をした将右衛門から素早く離れる。

「お、いちだんと素早さが増したではないか。そのうち、隼之助は仙人になるやもしれぬ。速すぎて、消える技を身につけるやもしれぬぞ」

雪也のからかいに、真顔で答えた。

「朝稽古のお陰だろう」

「確かに」

「なれど、あちこち痛うてかなわぬわい。たまには、ゆるりと朝寝をしたいものじゃ」

「厳しい朝稽古を受けても、その怠け癖だけは直らぬか。伝染らぬうちに、おれは退散するとしよう」

「天の邪鬼な心根をなぜか表さぬ澄みきった両眼と言うたは、雪也だったか。まことにもって、小憎らしいやつじゃ」

もう一度、叩く真似をした将右衛門から、隼之助は笑いながら離れた。友とふざけ合うこれが、どれほど救いになっていることか。片手をあげて、潜り戸をくぐった。

小石川の屋敷の敷地面積は約千三百坪、母屋建坪数は約三百坪、建屋の総坪数は約六百坪。屋敷を囲う塀沿いに、御裏門棟や御馬屋棟、そして、お庭番の長屋などもあって、母屋や奥御殿を守るようにぐるりと取り巻いている。

贅を尽くした造りではないが、表の間には、使者の間や客間、詰所、書院などが配されており、屋敷の規模に恥じない威容を見せていた。小石川の中でも、かなりの広さを有しているのは間違いない。堂々たる風格の旗本屋敷だった。

対する番町近くの屋敷は、敷地は約五百坪、建坪は二百坪という、ごくありきたりの広さである。妻を娶って番町の屋敷を継いだ弥一郎は、おそらくこの屋敷のことを知るまい。それがわかったときの反撥が容易に想像できた。

――そろそろ姿を現す頃やもしれぬ。

冷静にそんなことを考えている。もとの屋敷と大きく異なるのは、広さや造りばかりではない。若党や奥向きを手伝う者たちに、お庭番が使われている点も違っていた。

表玄関には行かず、ぐるりと母屋をまわって台所に行く間も、擦れ違う男女が必ず隼之助に会釈をする。

われらの頭は、木藤隼之助様。

手下の顔には強い忠誠心が浮かびあがっていた。

お庭番は、吉宗公が八代将軍を継いだ折、もうけられた役職である。吉宗は二百名あまりの紀州藩士を幕臣団に編入。側近役の大半とお庭番全員を紀州藩士で固め、十七家の『御庭番御家筋』については、紀州藩士の世襲と定めた。

隼之助にとっては頼もしい味方だが、はたして、彼の者たちは本家の弥一郎にも従うだろうか。

――春の嵐が吹き荒れるは必定か。

井戸で足を洗うべく、勝手口に行った隼之助は、そこで薪割りをしている若侍を見た。切り株に薪を立てては一気に斧を振りおろしている。冷えた朝の空気に触れて、肌脱ぎした上半身からは、しゅうしゅうと白煙のような蒸気が立ちのぼっていた。労働の証といえるかもしれない。実に美しい動きで同じ作業を繰り返していた。

若侍の名は香坂伊三郎と言い、もとは薩摩の貧しい郷士だったようだ。年は二十一だが、薩摩の秘剣と呼ばれる野太刀示現流の遣い手である。一昨日、ふらりとやって来た後、長屋のひと部屋に陣取っていた。

示現流は薬丸示現流、または野太刀示現流と呼ばれている。薬丸流の始祖、薬丸大炊左衛門兼陳入道如水が、祖父の創始した野太刀の技を学び、奥義をきわめ、のちに東郷重位に示現流を学んで野太刀示現流を開いたことに始まる。古くは自顕流と称していたが、薩摩藩の御留流として、藩主、島津家久の命により、『示現流』と改名された。

――一滴三度。

多聞の言葉を思い出している。

〝水滴が軒先から一滴、落ちる間に、三度、抜き放つことができる由。むろん示現流を学んでいる者の中でも、手練れにしかできぬ技であろうがな〟

眼前で淡々と薪割りに従事する若侍が、剣鬼のごとき凄まじい技を使うのを、隼之助は身を以て体験している。

「薪割りの見物料は高くつくぞ」

伊三郎はぼそっと言った。

「なれど、花江殿の旨い料理に免じて、特別に銭は取らぬ」

斧を切り株に突き立てると、首に掛けていた手拭いで汗を拭い始める。伊三郎が振り向いて井戸に行くまでの間に、隼之助は素早く井戸から水を汲みあげていた。

「貴公はまことに速い」

伊三郎の言葉を、即座に受ける。

「父が短気でございますゆえ」

「さようか」

目を合わせた刹那、同時に笑っていた。一触即発の危険な出会いはどこへやら、まだ数日だというのに、軽口を叩き合う仲になっている。やはり、人には相性があるのかもしれない。隼之助は素直に、好感を持っていた。

「昨夜は申し訳ありませぬ」

汗を拭い、水を飲む伊三郎に小声で告げる。隼之助も手や足を洗いながらの話になっていた。稲荷社の近くに、二人の盟友と伊三郎がいたのを、察していたがゆえの言葉だったのだが、

「夜鷹を買いに行っただけじゃ。溝口殿がうるそうてかなわぬゆえ」

伊三郎は無愛想に応じた。寡黙な気質なのだろう。切り株に腰をおろして、曇った空を見あげている。不思議に心が落ち着くのを感じていた。

「武道場での稽古、ありがたく思うております。身体が痛いなどと言いながら、雪也

たちも励んでいる様子。鍛えていただきたく思います次第」

「おれもいい稽古になる」

答えて、苦笑いのような表情になった。

「その言葉づかい、なんとかならぬか。殿岡殿や溝口殿と話すときのように応じてくれるとありがたい。呼ぶときも、伊三郎でよい。今のままでは、どちらが年上かわからぬではないか」

「そうかもしれませぬが……気をつけます、あ、いや、気をつける」

言い換えると、ふたたび、どちらからともなく笑みを浮かべた。

「わたしは伊三郎殿に畏敬の念をいだいております。それゆえ、畏(かしこ)まってしまうのですが、少しずつ変えていくようにいたします」

「うむ」

「父から聞いた話では、伊三郎殿は薩摩の郷士だったとか」

「さよう」

ひと言、答えて、あとは黙りこむ。郷里ではろくに飯も食えず、家族はことごとく飢え死にしたという話だった。ゆえに薩摩に強い怨(うら)みを持っている。一滴三度の腕前を買われたのか、大御所家斉の近習(きんじゅ)として、寵愛(ちょうあい)を受けているとも聞いていた。

「貴公は、御役目をどう思うておる」

不意に伊三郎が訊き返した。公儀鬼役には二つの顔があるのではないか。表の顔は毒味役、裏の顔は多聞曰く、江戸の食を守る役目。しかし、鵜呑みにできないのは、いやというほどわかっている。塩問屋を追い詰めて、お取り潰しにしたようなやり方に、少なからず反撥を覚えてもいた。

どう答えればよいのかと、しばし悩んだが、

「それがしの許嫁に言われました。『江戸の食を守ることはすなわち、江戸に住む民の胃ノ腑を守ること、命を守ることに繋がります』と。そういう心構えで臨めばよいのではないかと思います次第」

かつて波留が言った言葉が口をついて出た。曖昧すぎてわからないかと思ったが、伊三郎はにやにやしている。

「水嶋波留殿か」

「あ、いや、つまり、父が言うたように、江戸の食を守る御役目であると」

「隼之助殿？」

台所の出入り口に、義母の花江が姿を現した。たったそれだけのことなのに、隼之助は、ふわりとなにかに包まれたような安堵感を覚えている。

四

「義母上。ただいま戻りました」

「ご無礼つかまつった」

伊三郎は、素早く肌脱ぎしていた着物に袖を通した。そこに座っているだけで独特の威圧感を与える若者が、花江の前では、普通の若者のような稚(おさ)ない表情を見せる。それが驚きでもあり、心惹(ひ)かれる部分でもあった。

「ご苦労様でした。茶を一服、馳走(ちそう)いたしましょう」

花江は穏やかに告げる。この屋敷に移って以来、日毎(ひごと)に気品と貫禄(かんろく)が出てきたように思えた。多聞より十歳年下だが、いつも質素な木綿の着物姿で、前掛けを着けている。過日、父から花江は死んだ母、登和(とわ)の従妹(いとこ)と聞き、隼之助はいっそう気持ちが近づいていた。

「お気持ちだけ、いただいておきます。このようなところで油を売っているのが、木藤様に知られた暁(あかつき)には雷が落ちるは必至。それがしはこれにてご免つかまつります」

止める暇もあらばこそ、伊三郎は足早に立ち去って行った。その背に向かって、花江が声をかける。

「雛祭りには、まだ数日ありますが、今宵はささやかな宴を催します。『別れ火の宴』と勝手に名付けました。それには出てくださいましね、香坂様」

その呼びかけに答えは返らない。長屋の方に消えた伊三郎の気持ちの残滓が、切り株のあたりに漂っているように思えた。

「よけいな気遣いは要らぬものを」

「照れておられるのでしょう」

花江も隼之助がとらえた残滓を感じ取ったのだろう。早口で続けた。

「旦那様によると、香坂様は、五歳のとき、野太刀示現流の師範を務める家に、養子として入ったとか」

天賦の才の持ち主は、幼い頃すでにその片鱗を顕していた。わずか五歳にして剣術の才能を見出された伊三郎は、二親や姉弟と引き離されるようにして、薩摩藩の師範を務める野太刀示現流の家に引き取られた。

「師範の跡を継げば、生家を扶けられると考えられたのではないでしょうか。めきめきと腕をあげられたそうです」

もとより常人離れした才能の持ち主。十四のときには、育ての親を打ちまかすほどに成長していた。道場はむろんのこと、藩内にも伊三郎の相手ができる者はいなくなる。

「薩摩守様に認められて、十五で剣術の修行に出られたとか」

「十五」

隼之助は思わず声をあげていた。

「つまり、十五で野太刀示現流を会得した、ということでしょうか」

「そのようです。薩摩守様立ち合いのもと、免許皆伝の目録を賜ったそうですから。修行から戻った暁には、師範代として薩摩藩にご奉公する約定もかわされた由。泣くなく別れた家族とも、晴れて一緒に暮らせると、香坂様はお考えなされたに違いありません。ところが」

陽が翳るように、花江の表情が曇った。

「修行に出られていたあいだに、ご家族はすべて死に絶えておられたそうですよ。土を食べるほどの困窮に喘いだ挙げ句の餓死だったと聞きました」

なんのための修行なのか、家族も救えぬ者が侍と言えるのか。

剣の腕前を認められて、薩摩藩から幾ばくかの金子を賜り、武者修行の旅に出たのは、残った家族を藩が養ってくれると信じたがゆえの行動だった。それなのに……。

「ずいぶんと苦しまれたそうです。裏切られたような気持ちになったのでしょう。出奔しようとしたとき、ご盟友に討手の命が出たとか」

「では、伊三郎殿は」

「ええ」

花江は頷いた。

「ご盟友を斬られたのです。薩摩藩は香坂様に、二重、三重の苦悩を与えたことになります。なぜ、そこまでするのか、わたしにはわかりかねますが」

「伊三郎殿が並外れた遣い手だからです」

隼之助は即答する。

まさに昨日の友は今日の敵。薩摩藩は香坂伊三郎のおそろしさを、だれよりも知っていた。追いかけて来た盟友、それを迎え撃った伊三郎。二人は、どんな気持ちで立ち合ったのか。

「酷いことをする」

吐き捨てるように言っていた。もし、雪也や将右衛門と、命を懸けて立ち合わねばならなくなったとしたら……考えるだけで鳥肌が立った。

「初めてここにおいでになられたとき、香坂様は、剣術の道一筋に生きてきたと仰せになりました」

花江も一語、一語、噛(か)みしめるような口調になっている。

「普通の暮らしがわからぬゆえ、不調法(ぶちょうほう)をするやもしれぬがと、ご挨拶なされたのですよ。とても母御の役目は務まりませぬが、わずかなりとも、香坂様のお手伝いができればと思うているのです」

「義母上ならば大丈夫です」

自信たっぷりに請け合った。

「ここによい手本がいるではありませんか。わたしのようなひねくれ者を、易々(やすやす)と手なずけてしまわれた腕前は、伊三郎殿同様、並大抵ではありません。自信をお持ちください」

「まあ」

花江の口もとにも笑みが滲んだ。

「では、木藤家の天の邪鬼に、茶を一服、差し上げましょうか」

「は。馳走になります」

おどけて、隼之助は花江の後に続いた。こまねずみのように働く義母は、座敷に座っていることなどめったにない。労を惜しまずに働くということを、身をもって教えてくれた人だと思っている。

「まずはお座りなされ」

「はい」

言われるまま、板の間の上がり框に座る。つい振り返って、おきみの姿を探していた。茶の支度をしていた花江が、訝しげに問いかける。

「どうしたのですか」

「あ、いえ、おきみさんらしき婆さんが来ていたと、雪也に聞いたので」

「裏口から帰しましたよ。わたしの古着を持たせてあげました。少し老耄がはじまっているのかもしれません。話がちぐはぐなところがありました。もう年ですからねえ」

「そうですか」

一拍、置いて隼之助は、かねてより気になっている事柄を問いかけに変えた。

「義母上。一度、伺いたかったのですが、おきみさんは、わたしの乳母だったのですか」

「え？」

振り向いた花江は、目を見ひらいている。落ち着きなく両眼が動いている。隠しきれない驚きが浮かびあがっていた。

「憶えて……いるのですか？」

探るようなそれには、恐怖に近いものがちらついている。ふれてはいけないことだったのだと、あらためて思った。

「いえ、なにも憶えていません。乳母だったという話も、おきみさんが言っているのを聞いただけです。弥一郎殿の乳母だったのだろうと、わたしは思うていたのですが」

「おきみさんは、隼之助殿の乳母でした」

背中を向け、茶の支度を続ける。

「なれど、先程も言いましたが、いささか老耄の兆しが表れているように思えなくもありません。真に受けず、聞き流すようになさるのがよいように思います」

おきみの口から都合の悪い話が出たときは、なにもかも老耄のせいにして、言いのがれようとしているのではないか。言い訳めいた花江の言葉の裏を、つい読んでいた。

――天の邪鬼か。

苦笑いせずにいられない。実の母でもここまでしてくれなかったのではないだろうか。深い恩を感じているのになお芽吹く疑惑の心。花江が淹れてくれた茶を、隼之助はありがたく頂戴した。

「心に沁(し)みます」

そう答えたとき、

「隼之助」

座敷の方から、多聞の声が聞こえた。ひと息、つくのを待っていたかのような呼びかけに、隼之助と花江は顔を見合わせている。

「波留様のことかもしれませんね」

「悪い話ではないことを、お祈りください」

隼之助は告げ、大きく深呼吸して、奥座敷に足を向けた。

五

「座れ」

と、多聞に言われただけで身体が固くなる。

「は」

緊張して引き攣(つ)り気味の頬(ほお)を意識してゆるめた。昨夜の騒ぎは、そこそこうまく抑(おさ)

えられたと思っている。が、父からすれば、まだまだ許せない部分があるのかもしれない。花江が茶を運んで来た後、口を開くまでの間が、やけに長く感じられた。

「再生屋であったか」

茶をひと口、啜って、多聞は言った。

「〈だるまや〉の方はどうなっておるのじゃ」

こういう場合、「どうなって、とは、どういう意味なのですか」などという問いかけは、絶対に発してはならない。隼之助はよけい緊張したが、廊下にいた花江は安堵したのだろう。足音を忍ばせて、台所に戻って行った。

「は。三日ほど前に、仲立ちをする〈切目屋〉の女将から連絡が参りました。明日、話を聞きに行くつもりでおります」

日本橋馬喰町の旅籠〈切目屋〉の女将、志保と父の間には、少なからぬ縁があるように感じていたが、それは口にしない。地方から訴訟のために出て来た者を泊める公事宿の多い区域であり、〈切目屋〉もその一軒なのだが、隼之助は公事師ならぬ食事師を名乗っていた。

食い物に関わる相談事であれば、引き受けられるかもしれない。

そう思うがゆえに家を借りている裏店の屋号、達磨店から〈だるまや〉としたのだが、鬼役の方が忙しくて、思うほどには動けなかった。

「一番はじめの相談は、流行らない蕎麦屋からのものであったな。〈信夫屋〉であったか。結局、あのお店は潰れてしもうたようだが、一時は、見世の外に並ぶ者まで出るほどの盛況ぶりであった由。惜しいことをしたものよ」

と、多聞は食事師の話を続けようとする。まだひと月も経っていない話ゆえ、隼之助とて忘れてはいなかった。

「なれど主夫婦は、裏店に借りた家で仲良く『おふく飴』を作っております。うまくいくと、店を持てるやもしれませぬ。それほどの売れ行きであると聞きました。亡くなったお子が、夫婦の絆を取り戻させたように思えなくもありませぬ」

「ふむ」

特になにも言わず、ただ何度も頷いていた。その満足げな顔に、疲れが色濃く表れていた。やはり、と隼之助は感じている。

――胃ノ腑の膈が、進んでいるのやもしれぬ。

癌が悪くなっているため、疲れを覚えやすくなっているのではないか。ここ数日はよく自室に籠もって、横になっていることが多い。花江もむろん気づいていたが、二人は敢えて病の話をしないようにしていた。

「再生屋を始めたのは、塩問屋を潰した後ろめたさゆえか」

ふだんは冷徹な顔に、ふっと父らしさが表れた。偽りを口にすれば、多聞はすぐさまそれを見抜く。

「それもございります」

正直に答えた。

「なれど、理由はひとつではございりませぬ。〈信夫屋〉の手伝いをしておりましたとき、色々と学ぶこともございました。江戸において食は血と同じものであるのを、しみじみ感じ入りました次第。父上が仰せになられましたように、鬼役とは『江戸の食を守る御役目』なのだと、わたしは信じております」

「うまくなったものよ」

にやりと笑った。褒め言葉のように聞こえた。『江戸の食を守る御役目』と敢えて告げることで、隼之助は、鬼役をその方向に持っていこうとしている。真の目的は違うのかもしれないが、それはそれでいい。自分なりに努力をして、告げたとおりになればよいのではないかと肚をくくっていた。

「次はもう決まっているのでございますか」

探りを入れたが、

「まだわからぬ。ときに波留殿のことだが」

急にその名を告げた。意表を衝くのはいつものことだが、流石にどきりとした。神妙に畏まる。

「は」

「水嶋殿には、三女の有紀殿が育つのを待てと、強引に押し切るつもりでおる。なれど、某かの条件を口にするのは確かであろう。今一度、訊くが」

「わたしは、波留殿を妻にしたいのです」

先んじて答えた。

「村垣三郷殿が、美しいだけではなく、さまざまな意味ですぐれた女子であることは、重々承知しております。ですが、わたしの妻は波留殿と決めております。他の女子と所帯を持つことは考えられませぬ」

きっぱりと言った。村垣三郷は、十七家あるお庭番のひとつ、村垣家の女である。

雷が落ちるのを覚悟しての言葉だったが、

「頑固なところはだれに似たのか」

なぜか多聞は嬉しげだった。細められた両眼を見るだけで、不吉な胸騒ぎが湧いてくる。死が近づいているからだろうか。ゆえに、物わかりがよくなったのではないか。

長生きしてくれねば困る。まだまだ教わらねばならぬことがあるというのに……。

「雪也のようです」

いち早く隼之助は立ちあがる。廊下を急ぎ、こちらに近づいて来る雪也と目が合った。顎で表門を指したその仕草だけで、なにが起きているのかを察知する。

「弥一郎殿がおいであそばされたようです」

廊下に座り直して、告げた。

「いかがあそばされますか」

「行け」

たったひと言の答えは、わしは行かぬという意味だった。廊下の途中で立ち止まった雪也のもとに駆け寄る。お庭番から聞いたのだろう、花江が不安げにこちらへ来た。

「隼之助殿」

「大丈夫です。義母上は決して、顔をお出しにならぬよう」

答えて、雪也とともに表玄関に向かった。そろそろ来る頃だろうと、覚悟は決めていたが、いざそのときを迎えると平静ではいられない。多聞が姿を見せれば、弥一郎は渋々引きあげるかもしれないが、隼之助だけではどうなるか。

「たいそうご立腹（りっぷく）よ」

　雪也が皮肉をこめて囁いた。

「木藤様でなければ、むずかしいと思うがな」

「言うてくれるな。おれも同じ気持ちだが、そうもいかぬ」

　多聞は具合が悪いのではないか。ひと睨みで黙らせる気迫が、今はないのかもしれない。ゆえに面倒な役目を、隼之助に押しつけた。あるいは隼之助を試しているということも考えられる。

〝弥一郎を抑えられぬようでは、鬼役の頭はとうていまかせられぬ。いつまでも、わしに頼るでない〟

　厳しく突き放すのは、膈の病ゆえか。いなくなった後のことまで考えるがゆえだろうか。あれこれ考えるときりがない。次から次へと悪いことばかり浮かんでくる。が、終わりなき迷路にはまりこんでいる暇はなかった。

「隼之助」

　潜り戸の前に、将右衛門が立っている。七、八人のお庭番が集まっていた。指笛を鳴らせば、すぐに何倍もの人数が来るのは間違いない。

「才蔵さんが外におる。わしと雪也には、ここで様子を見るようにとのことであった。さて、隼之助殿のお指図やいかに」

わざと明るく言った将右衛門に頷き返した。

「二人はここにいてくれ」

「そうはいかぬ。わたしと将右衛門は、おぬしの用心棒ではないか。なんのための用心棒かわからぬではないか」

「出て来られると、よけい厄介なことになりかねぬ。才蔵さんもそれを慮って、控えているよう言うたのであろう。呼ぶまで出て来ないでくれ」

二人の盟友にではなく、お庭番たちに目をあてていた。気持ちは伝わっただろうが、だれひとりとして、納得した様子はない。物言いたげな幾つもの目は見ないふりをする。潜り戸から外に出た隼之助を、弥一郎が待っていた。

「お出ましか」

親戚筋に養子に出た弟の慶次郎や、取り巻きの若党を十人ほど従えている。過日、目付の娘と祝言をあげたばかりの嫡男の目には、怒りと憎悪があふれている。本当に多聞の子なのかと、疑いたくなるほど真っ直ぐな男だった。

「それにしても、すごい屋敷よのう。われらが知らぬ間に、父上は本家をここに移したわけか」

弥一郎は、少しさがって、屋敷の門を見あげた。

「いい面の皮じゃ。分家の主をまかされたぐらいで、大喜びしていた我が身が、なさけのうなるわ」

「兄上。この場は、わたしにおまかせください」

四歳年下の慶次郎が申し出る。母親似のきつい目をした異母弟は、兄の一大事と聞き、馳せ参じたに違いない。今にも鯉口を切りそうな殺気を漂わせている。

対応する隼之助の方は、宮地才蔵と三人のお庭番が門前に出て来ていた。表門の内側にも、さらに集まって来ているに違いない。大勢の気配が背後に在った。

一触即発、空気が張り詰めている。

「父上はおいでにならぬのか」

慶次郎は、いたって素直な問いかけを発した。これまた多聞の血を引いているのかと、疑いたくなるような愚問である。

「日をあらためて、おいでいただきたく存じます」

隼之助は多聞流の答えを返した。不在か否かを答える必要はない。相手は当然、苛立ちを覚える。

「きさま」

刀の柄を握りしめた弟を、弥一郎は素早く止めた。

「よせ」

冷ややかに隼之助を睨めつける。

「わずか数日の間に、偉くなったものよ。おれは知らなんだわ、小石川にかような屋敷を賜っていたとはな。噂が流れるのは早いものだ。密かに『お庭番屋敷』と呼ばれているとか。ゆえに、お庭番の血を引く隼之助殿が、主となったわけか」

「ここには住んでおりませぬ」

できるだけ短く答える、多聞から学んだことのひとつを実行していた。相手に考える材料を与えないのが得策。あとはどう思おうが、素知らぬ顔を決めこむに限る。そうすると、相手は勝手に誤解してくれるのが常だった。

「ほう。つまり、この屋敷には、主はまだおらぬということか」

弥一郎は、隼之助と後ろに控えているお庭番たちを、ちらちらと盗み見ている。数では勝っているが、表門の内側に漂う気配を察しているに違いない。前に出ようとする弟の慶次郎を懸命に手で制していた。

なにも答えないのに焦れたのか、

「聞いたぞ。昨夜は、鬼神のごとき働きぶりだったそうではないか」

あらたな話題を振る。

「お庭番どもが、言うことを聞くのも同じ血筋ゆえだろうがな。おれとて従わせられるわ。お庭番ごとき……」

「無理でございます」

才蔵が言った。

「われらは弥一郎様には従いませぬ」

六

殺気が走った。

弥一郎と弟たちは、ほとんど同時に鯉口を切る。

「手合わせいたしませぬか」

隼之助は、多聞直伝(じきでん)の技を用いた。意表を衝かれて、弥一郎は眉をひそめる。

「なに？」

「武道場で、それがしと立ち合(お)うていただけぬかと思いました次第。稽古がてら、いかがでございましょうか」

「その勝負で、この屋敷の主を決めると？」

弥一郎はつまらない考えにとらわれている。小石川の屋敷を手に入れた者が、鬼役の頭になれるとでも思っているのだろうか。あまりにも短絡すぎて、まともに相手をするのが馬鹿らしくなるほどだった。

「いかがでしょうか」

落ち着き払った態度に、兄弟ともども動揺しているのが見て取れた。若党を集めて、相談するような素振りを見せた刹那（せつな）、

「やぁっ」

慶次郎がいきなり隼之助に斬りかかった。が、相手が身体の向きを変えた時点で、素早く距離を取っている。さらに踏みこもうとした慶次郎の刃（やいば）を、才蔵が横から短刀で受け止めた。控えていたお庭番も隼之助の前に出る。守りの陣形を見て、弥一郎がふたたび弟を制した。

「刀を収めろ」

ぐっと弟の腕を握りしめる。

「わずかでも動けば、次の瞬間、そやつの短刀がおまえの腹を切り裂くぞ」

才蔵の短刀は、慶次郎の刀を受け止めたまま動いていない。しかし、才蔵の隣に進み出ていた別のお庭番が、すでに短刀を抜き放っていた。慶次郎がおかしな動きを見

せれば、腹を切り裂いていたかもしれない。

「………」

肝が冷えたのだろう、兄以上に血気盛んな慶次郎が、ゆっくりと刀を鞘に収めた。それでも両者ともに、睨み合いを続けている。弥一郎の若党たちが、隙あらばと様子を窺っているのが見て取れた。

「この続きは、武道場でいたしませぬか」

もう一度、隼之助は申し出た。余裕たっぷりに見えたのか、

「きさま！」

若党のひとりが踏みこみざま、逆袈裟斬りを叩きつける。これも才蔵が短刀で押さえつけた。舌打ちして、若党は後ろに離れる。他の若党とお庭番の間でも小競り合いが始まっていた。好機とばかりに、またもや慶次郎が斬りつけて来る。

「よせ」

隼之助はいち早くさがり、動こうとした才蔵の腕を摑んだ。

「ならぬ」

「そのしたり顔が気に入らぬのよ」

今度は弥一郎が、抜き放ちざまの一撃を叩きつけた。雷光のようなそれを、隼之助

は易々と身体を右にずらして避ける。直心陰流の免許皆伝なのだが、信じられないほど遅く見えた。守りの陣形を組もうとする才蔵たちに、さがれと目顔で告げる。

「流石はお庭番の血筋、逃げ足だけは速い」

弥一郎はじりっと前に出た。隼之助はその分だけ、さがる。武道場で勝負をつけるつもりが、意に反して門前の醜態となっていた。

「弥一郎殿」

三度、武道場での立ち合いを申し出ようとしたとき、潜り戸が開いた。

――父上か。

そう思ったのは、隼之助だけではない。ほとんどの者が、同時に潜り戸を見やっていた。姿を現したのは……。

「伊三郎殿」

隼之助は呟いた。伊三郎は懐手になって、弥一郎たちを一瞥する。たったそれだけの仕草であるのに、隼之助は総毛立った。

凄まじい殺気を感じたに違いない。弥一郎兄弟も顔色を変えた。おそろしさがわからない若党のひとりが、無謀にも前に進み出る。

「よいのか」

伊三郎は告げた。

「う」

男は剣を振りあげたまま、動けなくなっていた。ひと睨みで相手をおとなしくさせるところは、多聞に似ているかもしれない。伊三郎は、ひとり、ひとりに目をあてるようにして言った。

「それがしは、香坂伊三郎。野太刀示現流をいささか嗜んでおり申す。今宵はこの屋敷の奥方様が、『別れ火の宴』を開いてくだされる様子。いかがでござろうか。余興のひとつとして、立ち合うというのは。もっとも『別れ火』が、まことの別れ日になるやもしれませぬが」

「ふ、ふざけた申し出を」

声を張りあげたのは、くだんの若党だった。

「どこの馬の骨やもしれぬ輩と、わ、我が殿が立ち合うと思うてか。顔を洗うて出直してくるがよいわ」

震えながらの啖呵は、哀しいかな、うまくいったとは言えなかった。ひと睨みされて臆したことを、気にしているのは間違いない。あとで弥一郎に責められてはなるまいと、無理に気持ちを奮い立たせたように見えた。

「では、貴公とやるか」

伊三郎は、悠然と構えている。両手は相変わらず懐に入れていた。すでに刀を抜いている方が、あきらかに有利に思える。

が、無謀きわまりない挑戦であることに、隼之助以外の者も気づいた。

「はて、野太刀示現流の香坂伊三郎」

と、弥一郎が繰り返した。

「もしや、『はやちの伊三郎』か?」

その問いかけで、若党たちが色めきたつ。

「まさか」

「十人を一瞬で斬り捨てたという、あの」

あとの言葉は続かない。弥一郎兄弟や若党たちの殺気が、まさに一瞬のうちに消えていた。伊三郎がそれを吸い取ってしまったように思えなくもない。

「弥一郎様」

取り巻きのひとりが、作り笑いを押しあげる。

「番町の木藤家には、お上より託された三種の神器のひとつ、剣がござります。本家は弥一郎様がおいであそばされる番町のお屋敷。お庭番屋敷などには、とらわれぬのが宜しかろうと存じます次第」

「言われるまでもないことよ。本家はおれの屋敷じゃ。噂によると金井家や水嶋家にも、それぞれ鏡と勾玉(まがたま)が預けられていたとか。金井家の鏡は盗まれてしもうたようだが、幸いにも水嶋家の勾玉は、盗まれずに済んだとも聞いた。神器が三つ揃えば『鬼の舌』となり、公方様を永遠にお守りする宝となるは間違いない」

弥一郎の顔に、いつもの傲岸不遜(ごうがんふそん)さが戻っていた。

「お庭番屋敷に長居は無用じゃ。引きあげるぞ」

「ははっ」

弟と取り巻きを引き連れて、屋敷をあとにする。しかし、その後ろ姿には、伊三郎に対する恐怖に似た緊張感が漂っていた。

三種の神器、金井家から盗まれたという鏡、盗まれずに済んだという水嶋家の勾玉。なぜ、多聞はそれらの話をひと言も口にしないのか。

——真実なのだろうか。

隼之助の胸には、疑問が波のように押し寄せてくる。

——本当に三種の神器が揃うと、『鬼の舌』になるのだろうか。

そうであってくれればいいのにと祈るように思っていた。

第二章　二人の疾風（はやて）

一

三種の神器と『鬼の舌』。

その夜、小石川の屋敷では、ささやかな宴が開かれた。広間で執（と）り行われるはずだったのだが、お庭番たちの申し出によって、武道場での開催となっていた。香坂伊三郎に稽古をつけてもらいつつ、武道場の外で酒宴を楽しむという、風変わりな『別れ火の宴』となっている。

「隼之助よ」

すでに上機嫌の将右衛門が言った。

「桃の節句が、なにゆえ、熱燗（あつかん）と別れねばならぬ日なのじゃ。夜風はまだまだ冷たい。

わしは今しばらく熱燗を楽しみたいのじゃがな」

空には月も星も見えないが、風は心を包みこむように、ふんわりとあたたかい。宴には悪くない夜となっている。武道場の出入り口近くに並べられた縁台に、隼之助は二人の友と座っていた。真ん中に隼之助、右に雪也、左に将右衛門がいる。

「なぜかはわからぬ。これはおれの考えだが、九月九日の重陽の節句から、翌年、三月三日の桃の節句あたりまでは、単に燗をして飲んだ方が旨いからであろうさ。今宵から燗を必ずやめねばならぬとは、どの書物にも載っておらぬゆえ」

「なんじゃ、蘊蓄好きの隼之助にもわからぬことがあるのか」

「蘊蓄好きではのうて、学問好きと言わぬか。寒ければ熱燗がよし、あたたかくなれば、冷やがよし。『鬼の舌』にはとうていかなわぬが、われらにも『仏の舌』がある。それで決めればよいことよ、と」

雪也が慌て気味に言葉を止める。

「流石はお庭番、耳がいいな。才蔵さんに睨まれてしもうたわ」

少し離れた場所を目で指した。才蔵は仲間たちと地べたに座りこみ、車座になって飲んでいる。縁台を使っているのは、隼之助のみ。主従の礼を取る点において、お庭番たちは徹底していた。

「それにしても」

将右衛門が話を変える。

「伊三郎殿はすごいのう。居丈高な若殿も、あきらかに呑まれておったわ」

「伊三郎殿はすごいのう。あれぞ、まことの剣客じゃ。刀を抜かずに敵を立ち去らせてこその遣い手よ。居丈高な若殿も、あきらかに呑まれておったわ」

手放しで褒める裏には、将右衛門自身の体験が隠れている。雪也とともに隼之助を守ろうとしたとき、伊三郎とあわやの場面になったことがあるのだった。

「あれで治まると思うか」

雪也が問いかけた。隼之助は小さく首を振る。

「得心したようには見えぬ。また来るであろう。お庭番を取り纏められねば、鬼役の頭にはなれぬことぐらい、弥一郎殿もわかっているだろうからな」

「それゆえ、おぬしは武道場での立ち合いを申し出たのか。わざと負けて、頭の座を譲る心づもりだったのか」

「いや」

答えたものの、早口で言い添えた。

「わからぬ」

「伊三郎殿に相手をさせればよい」

将右衛門が割りこんでくる。

「『はやち』の名に恥じぬではないか。隼之助は『疾風(はやて)』ゆえ、気が合うのやもしれぬ。同じ意味じゃが、わざわざ『はやち』と言うのには、理由があるとか」

急に声をひそめた。隼之助は顔を近づけ、右隣の雪也は身を乗り出すような形になる。

「『ち』は霊であり、血でもある由。まさに神懸かりのような早業(はやわざ)が、血を呼ぶゆえ、そう呼ばれるようになったそうじゃ」

「そのような話をだれに聞いたのだ」

隼之助の問いかけに、将右衛門は車座のお庭番をちらりと見た。

「仲間同士で話をしていたのが耳に入ったのよ」

「『疾風も龍の吹かするなり』というのは、『竹取物語』だったか」

「お。隼之助に負けてはならじと、おぬしも蘊蓄師の仲間入りか」

「なんだ、その蘊蓄師というのは」

「わしが造った言葉じゃ。ぴったりであろう」

「悪くない。蘊蓄師の我が友は、ここ数日で、信じられぬほどの速さを体得した。伊三郎殿の『蜻蛉(とんぼ)』を、ほとんど避けられるようになったことには驚くばかりよ」

褒美とばかりに雪也は、大徳利を傾けて、隼之助が持っている湯飲みに酒を注いだ。極上の酒が、まろやかに舌に蕩ける。

「伊丹酒は旨い」

思わず出た呟きに、雪也が舌打ちした。

「せっかく褒めてやったというに、わたしの話を聞いておらなんだな」

「まあ、よいではないか。隼之助の舌は、今宵も正しく働いているようじゃ。しかし、いつものことだが、産地までようわかるものよ。旨い酒とは思うたが、さようか。これは伊丹酒か」

と、将右衛門は味わうように口に含んだ。目を閉じて、またひと口、飲んだが、

「駄目じゃ。旨い酒ということしかわからぬ」

首をひねる。すかさず雪也が告げた。

「われらのような凡舌に、産地までわかるわけがない。ただ楽しむのがよかろうさ」

「なに、悶絶とな」

「悶絶ではない、平凡な舌ゆえ、凡舌だ。おぬしの真似をして造ったのよ。なにを考えているのやら、酒の次は女子か、将右衛門。目がぎらぎらしておるぞ」

「うむ。ちと倅が文句を言い始めておる。なんとかしてくれ、とな」

六尺（約百八十二センチ）を超える大男であるため、欲望を持て余しているに違いない。この屋敷に泊まりこむ日が続き、深川の裏店に家を持つ将右衛門は、女房ともろくに顔を合わせられない有様だった。

「抜け出して家に戻ってはどうだ」

隼之助の申し出に目を輝かせる。

「よいのか」

「朝までに戻ってくれれば大丈夫だと思うが……才蔵さんに訊いてこよう」

「すまぬ、このとおりじゃ」

拝まれてしまい、苦笑しながら才蔵のもとに行った。車座になっているお庭番が、すぐさま深く頭を垂れる。率直に話をすると、才蔵もまた苦笑いを浮かべた。

「木藤様には、わたしから話しておきます」

「将右衛門」

振り向きながら頷くと、将右衛門は、すぐに立ちあがった。酒よりも女とばかりに足早に裏門へ向かう。雪也も呆れ顔で見送っていた。

「飯と酒に困らぬようになればなったで、次は女子となる。将右衛門らしいと言えなくもないが」

隼之助はさりげなく才蔵の手にあった湯飲みを取る。

「おやめください。隼之助様はご自分の酒をお飲みください」

取り返される前に、ひと口、飲んでいた。舌を刺すような刺激の後、灰の苦みが鼻から抜けていった。

「関八州で造られた下品の酒か。木の灰で直しているな」

その言葉を聞き、小さなざわめきが広がる。

「流石は小頭」

「おれは直し酒であることにも気づかなんだわ」

車座のお庭番から口々に声があがった。酒が腐敗してしまった場合、俗に『直し薬』と称する草木灰や牡蠣殻の灰を添加して、中和させるときがある。この直しがあたりまえのように、広く行われていた。

「わたしもみなと同じ驚きを覚えておりますが、悪い味を今更、味わうことはありません。小頭におかれましては、伊丹酒をお楽しみいただきたく思います」

「おれは下品の酒でもかまわぬが、二人、いや、今はひとりしかおらぬが、雪也たちには旨い酒を飲ませてやってほしい。まあ、たまに味わえるからこそ、次も頑張らねばと思うゆえ、常でなくともいいがな」

「承知いたしました」

会釈した才蔵に、目顔で離れた場所を示した。雪也は、一首、したためているのかもしれない。懐から筆と紙を出して記している。それを横目で見ながら、才蔵を従えて、お庭番の輪から離れた。

「昼間のことだが」

口火を切ったとたん、才蔵が詫びる。

「申し訳ありませんでした」

頭をさげて、言い添えた。

「弥一郎様に対しまして、言葉がすぎましたことは、幾重にもお詫び申しあげます。お庭番を取り纏めるのは無理であると、決めつけるようなことを言うてしまいました。立場をわきまえぬ差し出口であったと思うております」

つい口にしただけであり、他意はないのだと告げている。だが、才蔵ほどのお庭番が、ああいう失態を犯すのは考えにくかった。

「『無理でございます。われらは弥一郎様には従いませぬ』と、才蔵さんは言った。おれは父の威光で、小頭などという、分不相応のお役目を与えられたが、実際のところ、小頭は才蔵さんだ。その男が、みなの前であいう言葉を吐く裏には、いったい、なにが隠れているのか」

独り言のような呟きが出た。ちりちりとこめかみのあたりが疼(うず)いていた。なにか、を感じているのだが、それがなんなのかがわからない。才蔵にじっと目をあてているのだが、穏やかな微笑を返されただけだった。

「われらは隼之助様に従います」

やんわりと切り返される。

「ありがたいことだと思うているが」

「隼之助」

雪也の声で振り返る。友が顎で示した先に、多聞の姿があった。

二

「父上」

隼之助が言うと、場の空気が一変した。才蔵がその場に跪(ひざまず)くのと同時に、車座になっていたお庭番たちが、いっせいに跪いて頭を垂れる。

隼之助と雪也も倣(なら)おうとしたが、

「そのままでよい」

多聞に言われたため、会釈するにとどめた。雪也は立ちあがったまま、縁台の中央を勧める。隼之助が座っていた場所に、父はゆっくり腰をおろした。

「わしのことは気にするでない。昨夜はよう働いてくれた。みなのためにもうけた宴じゃ。賑やかにやるがよい」

鷹揚に告げる。ふたたび場の空気が変わった。才蔵が頷き返すのを見て、一同はまた車座になる。頭と小頭の許しを得たうえは、朝まで飲みかわそうではないか。とばかりに置かれていた大樽から大徳利に酒を注ぎこんでいる。ざわめきが心地よい音となって、武道場の出入り口近くは、宴の賑わいに包まれた。

「将右衛門はいかがしたのじゃ」

多聞は、置いてあった湯飲みを取り、酒を飲み始めた。身体のことが案じられたが、口出しすれば一喝されるは必至。隼之助は右隣に座して、答える。

「申し訳ありませぬ。しばらく女房殿と逢うておりませぬゆえ、顔を見て来いとわたしから言いました」

これまた叱責覚悟だったが、意外にも多聞は平然としていた。

「さようか。あの身体では、持て余すのも致し方なきことやもしれぬ。おまけにまだ若い。あの大男は」

　問いかけの眼差しには、左隣に座した雪也が応じる。

「二十四にございます」

「若い」

　珍しく大声をあげた。いつの間にか、才蔵が縁台の近くに蹲踞(そんきょ)している。すぐに応じられるよう、控えていた。

「ふぅむ。今少し年上かと思うたが、さようか。将右衛門はまだ二十四であったか。それでは無理もない。今宵はさぞ励むであろうな」

　らしからぬ軽口が出る。酒をひと口、飲む度、隼之助は湯飲みを取りあげたい衝動に駆られた。膈に酒や煙草(たばこ)がよくないのは、多聞とてわかっているはず。早く寝所に戻ってほしいと、なかば願いながら様子を見ている。

「そういえば、香坂殿も見あたらぬではないか。女子に溺(おぼ)れるようには見えなんだが、将右衛門を追いかけたか」

　ぐるりと首をめぐらせて、訊いた。

「いえ、武道場にまだおられます。お庭番が三、四人ずつ交代で、稽古をつけてもろうております。伊三郎殿も忍びの動きを見切るにはよいと仰せになられまして」

「そのように畏まらずともよい。まるで四十男の話をしているようではないか。香坂殿は、殿岡の三男坊に接するように、付き合うてほしいと思うている由。それがただ一つの不満であると言うていた」

「それは伊三郎殿からも言われましたが」

戸惑う隼之助に多聞は言った。

「花江の話では、同じ年頃の者と遊んだ覚えがないようじゃ。野遊び、廓遊び、花見や月見といったような、あたりまえの遊びが、できなかったのであろう。つまらぬ話をして笑い合う。あるいは家族と朝晩、膳を囲む。われらであれば、どうということもないことだがな」

しかし、伊三郎には剣しかなかった。五歳で野太刀示現流の家の養子になり、十五歳で武者修行の旅に出た。戻って来たとき、家族は死に絶え、この世にたったひとり、取り残された。

「おまえと気が合うのは、似たような境遇だからやもしれぬ」

多聞の目に、慈愛のようなものが見えた。隼之助はどきりとした。なにか言おうとしたのに言葉が出ない。

「境遇だけではござらぬ。隼之助は疾風のごとき身ごなしでござるが、伊三郎殿もまた『はやちの伊三郎』と呼ばれておる由。通じるところがあるのではないかと」

左隣の雪也が、遠慮がちに告げた。大徳利を取ろうとしない隼之助に代わって、多聞の湯飲みに酒を注ぐ。よけいなことをするな、父上は膈なのだ、酒を勧めてはならぬ。喉まで出かかった言葉を、隼之助はどうにか呑みこんだ。

「朝稽古の方はどうじゃ。いささかなりとも役に立っているか」

「はい」

「先程も話に出たのですが、隼之助は伊三郎殿の『蜻蛉』をほとんどかわせるようになり申した。見切ってしもうたようでござる」

雪也の称賛に「よせ」と首を振ったが、多聞はさらに目を細める。

「ほう。すごいではないか。香坂殿が悔しがるのも無理からぬことよの。さまざまなものを捨てて修行してきたあれはなんだったのかと、地団駄を踏む思いであろう。もっと速くならねばと、花江に言うていたそうじゃ」

らしからぬ言葉の連続に、隼之助は肝が冷えるのを感じていた。我知らず、額に冷や汗が滲み出てくる。不吉な胸騒ぎが増すばかりだった。

「雪也の話を真に受けてはなりませぬ。ほんの一瞬、気を抜けば、叩き斬られるは必定。伊三郎殿との稽古は、真剣勝負と変わりませぬ」

真実を告げたつもりなのに多聞は相手にしない。

「おまえは舌だけではのうて、目や耳もわれらとは比べものにならぬほどよい。頼もしい小頭であろう。違うか、才蔵」

「は。隼之助様に同道するときは、みな我も我もと名乗りをあげます。危ない役目は隼之助様が引き受けてくださいますので、われらは楽ができますゆえ」

才蔵の答えに、なるほどと得心していた。これは小頭の地位固めをするための宴に違いない。常にない父の態度や褒め言葉に、不吉な思いが増すばかりだったが、なんとなく安堵していた。

「さようか」

満足げな顔も、お庭番を纏めるための『演技』だと思えばどうということもない。父の気持ちとは思わずに、お役目のため、結束を強めるためと考えることによって、折り合いをつけていた。

——そう、父上がおれのためにするはずがない。

素直に受け止められない自分に思わず唇をゆがめる。それをどう思ったのか、

「明日、いや、日付が変わったゆえ、今日だな。〈切目屋〉に行くのか？」

多聞が確かめるように訊いた。

「は」

「別口からも話が来るやもしれぬ。受けるがよい」

意味はわからなかったが、とりあえず、頷いた。

「わかりました」

「才蔵」

「は」

控えていた才蔵が、蹲踞したまま進み出る。

「お庭番から十人ほど選べ。弥一郎の下につける」

「………」

才蔵の沈黙に、仲間たちも応じた。

ざわめきが消えて静まり返る。

宴の華やかさは一瞬のうちに、不気味な静寂に取って代わられていた。だれも口を開こうとしない。雪也が物言いたげな目を向けたが、隼之助は「わからぬ」と小さく首を振る。この静寂が意味するものを、懸命に読み取ろうとしていた。

——弥一郎殿の下で働くのはいやだ、ということだろうが。

理解できなくはなかったが、それにしても、と思っている。この空気の冷たさはなんだろう。足もとから、ひたひたと忍び寄ってくるようなこれは……。

「よいな」

多聞の声が、今ほどありがたかったことはない。心が冷えるほどの静寂が壊されて、ようやく息ができるような感じに戻っていた。

「わたしが決めて宜しいのでございますか」

才蔵は問いかけを返した。

「まかせる」

「畏まりました」

「さて、わしがいては楽しめまい」

多聞が腰をあげる。ほとんど同時に、お庭番たちも立ちあがっていた。彼の者たちに倣い、隼之助と雪也も立ちあがって頭をさげる。

――わからぬ。

今し方の静寂の意味を、隼之助は考え続けていた。

なぜ、才蔵たちは沈黙したのか。

あの凍りつくような空気、心までもが冷たくなるほどの静寂。いくら考えてもわからない。なぜ、みな黙りこんだのか――。

三

「隼之助さん」

ぱんっと目の前で手を叩かれて、隼之助は、はっと目をあげた。

「あ、ああ、女将さん」

ここは馬喰町二丁目の旅籠〈切目屋〉の一階の居間だ。夜明け前に小石川を出て、真っ直ぐこの店に来ていた。雪也は飲みすぎて役に立たず、代わりに伊三郎が護衛役を務めている。外にいるはずだが、どこにいるのかまでは確かめていない。

「女将さんじゃありませんよ、どうしたんですか、ぼうっとして。少しお酒臭いですね。飲みすぎたんじゃないんですか」

女将の志保は、大年増といった年頃で、以前は青白い顔をしていたのに、近頃はやけに元気そうだった。

「仰せのとおりです、悪友と一緒に安酒を飲みました。女将さんは、ずいぶん顔色がよろしいようで」

「隼之助さんが調合してくれた薬と同じものを、ずっと飲んでいるんですよ。脾虚でしたっけ。あたしの身体は、そういう体質なのだと教えてくれたのは、隼之助さんじゃありませんか」

「仰せのとおりです」

「返すのは同じ言葉ばかり、まあ、いいでしょう。聞いていなかったようですから、もう一度、繰り返しますよ。公事師は無理だが、食う方の食事師であれば、できると隼之助さんは言いました。それで、食べ物に関わる訴えを抱えた相談者、もしくは商いがうまくいっていない食べ物屋を流行る店にするための相談事であれば引き受ける。そうですね」

「はい」

　万が一、多聞に切り捨てられた場合は、再生屋〈だるまや〉として、波留を養っていこうと考えている。裏店の家にも看板を掲げているが、見世を構えている〈切目屋〉の方が客筋がいいのは言うまでもない。とはいえ、中には手におえない案件、志保が『外れ公事』と呼ぶ相談事も、隼之助が引き受けることになっていた。

「今回の相談事は、親御さんからのものなんですよ。呉服町で酒問屋をやっている家でしてね。そこの若旦那が、吉原の遊女を落籍せて、女房にしたのが事の始まり。二親は絶対に許さないということで、勘当しちまったらしいんです。聞いてますか、隼之助さん」

「大丈夫です」

「それが、ええと、去年の話だったかしら。で、この若旦那は、竪川に架かる本所四ツ目橋の近くに居酒屋を構えたんです」

「見世を構える金子はどうしたんですか」

当然の問いかけが出る。

「おや、ようやくまともなことを訊くようになりましたね。それともお金の話だけは気になるということですか」

「そうかもしれません」

「隼之助さんのような苦労人には、腹が立つ話かもしれませんけれど、母親は勘当された若旦那が可愛くてたまらないんでしょうね。ご亭主に内緒で金子を用立ててやったとか」

「どこにでも甘い親はいるものですね」

いきなり二本差しを奪われて、明日から町人になれと言われた隼之助にとっては、羨ましい限りの話だった。が、腹が立つほどのことではない。

「商いがうまくいっていないのですか」

淡々と訊いた。

「どうもそうらしいんです。場所も四ツ目橋の近くでしょう。あるのは武家の下屋敷や抱屋敷、それ以外は田畑が広がるばかりのところですからね。日本橋の大通りや、神田の近くとは違いますよ」

「見世は流行らずに、閑古鳥が鳴くばかり、ですか」

「そうなんですって。見世の屋号は〈ひらの〉だそうですが、いかがでしょ」

口癖の「いかがでしょ」が出ると、やってやろうじゃないか、という気持ちになるから不思議だ。

「うまくいくかどうかはわかりませんが、やらせていただきます」

「ああ、よかった」

胸元を押さえて、志保は続ける。

「いえね、ちょいと知り合いなんですよ、その酒問屋の女将とは。本当は若旦那に戻ってもらいたいんでしょうけどね。父親というのが頑固で、耳を貸さないらしいんですよ。せめて、見世がうまくいけば、認めてやるんじゃないかって」

どこかで聞いたような話だが、隼之助の頭には、多聞の言葉が甦っている。

〝別口からも話が来るやもしれぬ。受けるがよい〟

この若旦那の相談事は、多聞が言うところの『別口』ではあるまい。そうとなれば、もう一件、話が出てもよさそうなものだった。

「一杯、飲りますか」

志保は飲む仕草をして言った。

「迎え酒など、いかがでしょ」

「遠慮いたします。ついさっきまで飲んでいましたから。それよりも」

と言いかけたとき、

「女将さん」

廊下から声が聞こえた。

「なんですか」

障子戸が開き、四十がらみの番頭、与兵衛が顔を覗かせる。金壺眼に隠しきれない陰湿さが浮かびあがっていた。隼之助を目の仇にしており、隙あらば蹴りつけようとするのだが、今は流石にそれもできないため、憎々しげに睨みつけていた。

「深川八幡宮の二軒茶屋のひとつ、〈松本〉から、手代が使いで来たんですが」

これか。

隼之助はそう思ったが、志保は首を傾げる。

「二軒茶屋」

「食事師に用があるそうで」

言いたくないが、と、与兵衛の顔に書いてあった。恋敵とでも思っているのか、ただ単に若い男がきらいなのか、はたまた隼之助が気に入らないのか。定かではないが、少なくとも志保は、隼之助に悪い感情を持っていない。

「あら、まあ」

目が輝いた。

「食事師も知られ始めているようですね。それにしても〈松本〉が、どのようなご用件でしょ。ま、とにかくお通ししてくださいな」

「はい」

不承不承という感じではあったが、見世先に戻って行った。勝手に帰せば、あとで面倒なことになるのは、与兵衛とてわかっている。ほどなく、与兵衛に案内されて、手代が居間に姿を見せた。

刹那、あからさまに眉をひそめる。

こんな若造なのか？

なによりも雄弁に表情で告げていた。

「どうぞ、こちらへ」

志保も気づいただろうが、そこは旅籠の女将、素知らぬ顔で座るよう勧める。〈松本〉の手代は、第一印象の当惑と無理に折り合いをつけようとしたのかもしれない。

「こちらは、再生屋〈だるまや〉さんのお弟子ですか。食事師でもあるという壱太さんの使いの方ですか」

そうであってほしいという、願望まじりの問いかけを発した。再生屋や食事師云々を伝えたのは多聞なのだろうか。かなり詳しく聞いている様子なのが、意外でもあり、驚きでもあった。

「さようでございます」

志保は、女将らしく毅然と顎をあげる。

「壱太さんは、すぐ近くの橘町に家がございましてね。流行らない食べ物屋や、江戸のお店について教えてほしいという方に、ご指南申しあげている次第です」

隼之助のもうひとつの名――壱太をごく自然に口にしていた。やはり、多聞となんらかの繋がりを持っているに違いない。こういった綻びに真実が表れるのだが、志保はおそらく気にしていないだろう。

「失礼ですが、てまえどもの見世は」

不満な表情になった手代を早口で制した。

「わかっております。〈松本〉さんが流行っていないとは言っておりません。〈だるまや〉さんのお話をさせていただいたただけでございますよ」

「さようで」

そう答えたものの、手代は、じろじろと無遠慮な目を向けている。値踏みしているのはあきらかだった。しばし逡巡していたが、主の言いつけにそむくわけにはいかないと思ったのか、

「参りましょう」

気乗りしない様子で腰をあげた。隼之助も同じ気持ちだったが、多聞のことを考えると、断るわけにはいかない。

「はい」

答えてから、志保に言った。

「すみませんが、四ツ目橋の居酒屋には、夜、行くと使いを出していただけますか」

「もちろんです。あたしの口利きですもの。隼之助さんに言われなくても、使いを出すつもりでおりました」

流し目をくれたが、目に入らぬふりをして、座敷を出る。

いったい、どんな相談事なのか。

好奇心に満ちた目の志保に送られて、〈切目屋〉をあとにした。

四

奥州街道の出発点にあたる馬喰町から、深川富岡八幡宮に着くまでの間、伊三郎は即かず離れずの距離を取りながら、隼之助の後ろに付いていた。あまりにも気配がしないため、心配になって何度、振り向いたことか。

――本当に気配がしない。

視野の端に伊三郎の姿をとらえて、隼之助は、また手代のあとに続いた。用心棒役は足りていると思ったに違いない。才蔵やお庭番の姿は見えなかった。

深川富岡八幡宮は、深川の総鎮守とされている。

祭神は応神天皇、相殿に天照皇大神宮の他、四宮を祀っている。この八幡宮の社殿裏に、並んで建つ〈伊勢屋〉と〈松本〉を二軒茶屋と称していた。社殿の表門前には、会席料理で名を知られた〈平清〉もあり、祭りや縁日以外でも人波が途絶えることはない。

「〈だるまや〉さんをお連れいたしました」

手代とともに、隼之助は見世に入る。階段の近くにいた番頭らしき中年男が、首を伸ばすようにして道の方を見やった。

「旦那様がお願いしたのは、〈だるまや〉さんの主ですよ。弟子じゃ話になりません。どこに〈だるまや〉さんはおいでなんですか」

厭味（いやみ）であるのはあきらかだったが、いちいち相手にしていられない。

「てまえが〈だるまや〉でございます。壱太と申します」

隼之助は深々と頭をさげた。

「おや」

番頭と思（おぼ）しき男は、さも意外そうな顔をしてみせる。なかなかの役者だった。〈切目屋〉の与兵衛よりはずっと仕事ができそうな感じがする。

「そうですか、おまえさんが再生屋で、食事師でもある壱太さんですか」

いちおう「さん」をつけたが、手代同様、値踏（ねぶ）みするような眼差しを向けていた。

主が姿を現すかと、しばし様子を見たが、結局、出て来なかった。

「応対は番頭のわたしにまかされているんですよ」

視線を読んで番頭が告げる。

「すまないが、裏にまわっておくれ。台所の板の間に、置いてあるんだよ。それを〈だるまや〉さんに是非、見てもらいたいのさ」

もはや尊敬の念や気遣いは微塵も感じられない。どうせ、わかりゃしないだろうが、と言わんばかりの表情をしていた。

「こっちです」

手代の案内を受けて、ぐるりと勝手口にまわる。いったん見世先を出るとき、ちらりと目の端に伊三郎がよぎった。ここに来る間もそうだったが、味方にすればこれほど心強い男はいないだろう。才蔵たちも安堵して、他の役目を遂行できるのではあるまいか。

——弥一郎殿のもとに、才蔵さんは、だれを配したのか。

ふたたび昨夜の不気味な静寂を思い出していた。いつになく強い口調で、弥一郎に反論の声をあげた才蔵。

〃無理でございます。われらは弥一郎様には従いませぬ〃

あそこまできっぱりと言い切ったのが引っかかっている。好意を持っていないのは知っているが、弥一郎は木藤家の嫡男だ。面と向かって逆らうのは、得策とは言えない。にもかかわらず、敢えてそれを行った。

――父上は仰せになられた。

続いて、多聞の言葉が浮かんだ。

〝お庭番から十人ほど選べ。弥一郎の下につける〟

昨日の騒ぎを考えたうえの提案であろうことは想像するに難くない。そして、訪れた深い、深い、静寂。鳥肌立つようなあの静寂に襲われていた。

身震いしたのをどう思ったのか、

「帰りますか」

勝手口の前で、手代が訊いた。

「いえ、拝見いたしたく思います」

「わからないと思いますよ」

唇をゆがめた手代は、板前たちが立ち働く台所に案内する。大店の台所とは異なる空気が満ちていた。見るからに神経質そうな三十前後の男が板前の頭だろうか。板の間の上がり框（がまち）に腰かけて、板前たちの動きに目を配っている。隼之助は手代と一緒に、動きを邪魔しないよう気をつけながら、板の間の端からあがった。

「板前頭がなにをしているのか、わかりますか」

試すような問いかけを発した。二人は座敷に続く廊下の手前に立ち、土間で立ち働く板前たちを見つめている。

「味見をするのが板前頭の役目ではないかと存じます」

なにげない口調で続けた。

「板前たちは料理を作っているうちに、味が狂うことがあります。暑さや寒さ、湿気、さらにその日の体調などなど、板前の繊細な舌は、そういった事柄に影響されかねません。いつもと同じ〈松本〉の味を、お客様に堪能(たんのう)していただくのが板前頭の務め。わずかでも違っていたら、やり直させると伺いました」

「そのとおりだ」

と、答えたのは板前頭だった。

「おまえさんが〈だるまや〉かい」

立ちあがって振り向き、隼之助を見あげる。土間と板の間に立つ者とでは、当然、目線の高さに違いが出る。隼之助が板前頭を見おろす形になっていた。

「はい。壱太と申します」

急いで座り直すや、丁寧に頭をさげた。とっさに目線を同じ高さにしていた。その気配りが気に入ったのだろうか。

「今日は天気がいいな。魚に塩を振る場合、多めにした方がいいか、少なめにした方がいいか」

手代を真似たような問いかけを口にする。

「多めにするか、少なめにするかは、そのときどきであろうと思います。ですが、天気のよい日は、塩のまわりが早くなります。それを頭に入れて、振る塩の分量を加減するのがよいのではないかと」

真っ直ぐ目を見て答えた。

「ふぅむ」

板前頭は細い目を、さらに細めて言った。

「来い」

板の間にあがって来る。戸惑う手代を押しのけるようにして、奥の座敷に続く廊下に足を向けた。台所にいる板前たちの目が、追いかけてくるのをとらえている。結果を見届けたいという思いが背中に在(あ)った。

「これだ」

板前頭は、ひとつの奥座敷の前で立ち止まる。祝いの引き出物だろう。白木の箱に金銀の水引をかけたものが、十個ほど重ねられていた。

「引き出物の器なんだが」

屈みこんだ頭に倣い、隼之助も座敷に入る。手代は興味津々、廊下でやりとりを見守ることにしたようだ。

「一昨日だったか。鬼役の手下という男が急に現れてな。調べの筋があるゆえ、奥座敷を拝見いたしたく思います、とまあ、あがりこんで来たわけさ。だれに聞いたのかは知らねえが、流石のおれも肝が冷えたよ」

公儀鬼役の力を示すため、多聞はお店に不意打ちをかけたりする。気になることがあれば、町奉行に知らせるのも役目のひとつだった。鬼役の手下というのは、おそらく多聞だろうと思ったが、才蔵ということも考えられた。

「幾つぐらいの人でしたか」

「四十なかばぐらいか。目つきの鋭い男だったぜ。大男じゃねえんだが、こう、なんというか、身体全体から独特の氣を発しているのさ。見世中が静まり返ったよ。旦那様は真っ青だ。女将さんにいたっては、その日以来、寝込んじまってね。いまだに熱がさがらねえ有様よ」

多聞らしいと思い、つい笑みが出そうになったが、こらえた。

「その鬼役の手下というお方はなんと仰せになられたのですか」

「この引き出物はまずい、と」

板前頭は渋面になる。

「理由を訊いたんだが、唇をへの字に結んだっきり、なにも言わねえのさ。おそるおそる何度目かの問いかけをしたとき」

日本橋浜町堀近くに橘町があるのは存じおろう。そこの〈達磨店〉に壱太という男がいるゆえ、その者に訊いてみるがよい。壱太への連絡役は馬喰町の〈切目屋〉が引き受けておる。

「と言われて、旦那様が〈切目屋〉に使いを出したってわけだ」

「はじめに橘町へ行ってみたんですが、いなかったので、長屋の者に行き先を訊ねました。すると馬喰町の〈切目屋〉にいるだろうと言われまして」

手代が早口で言葉を継いだ。居所を教えたのは才蔵かもしれない。隼之助は小石川から真っ直ぐ〈切目屋〉に行っている。それを知っているのは、〈達磨店〉に家を構えた才蔵しかいないはずだ。

「贅沢すぎるという、お叱りであるのはわかるんだが、なにが、どう悪いのかがわからねえ。どこを直せば、いいんだろうな。いつのことだったかは忘れたが、入谷(いりや)の〈八百善(やおぜん)〉の例もある。お咎(とが)めを受けるのは、ご免蒙(こうむ)りたいのさ。悪いのは器か。引き出物に器を使うのが、いけないのかい」

板前頭の口調が、だいぶ変化していた。手代の問いかけに続き、頭の問いかけにも明解な答えを返している。見る目も違ってきていた。

「確かに安い器ではないんだがよ」

金銀の水引を解(ほど)き、白木の箱を開けて、中から大ぶりの鉢を出した。

「いえ、鉢ではないと思います」

隼之助は、白木の箱に手を置いた。

「お上は、神道(しんとう)を我が国の教えであると定めています。神道では、土器(かわらけ)や白木の容(い)れ物を清浄無垢と考えます。これは、一度使いで壊すことにより、清浄無垢を保つという考えです。〈八百善〉の場合を例にとりますと、料理や引き出物の品が贅をつくしていたということが、取り沙汰されたのではないと聞いています。引き出物を容れたのが、白木の箱であったことが問題だったようです。さらに金銀の水引もよくありません。これらのことが、鬼役の目に留まってしまったのではないかと思います次第」

「白木の箱と金銀の水引」

あらためて頭は、箱と水引を手に取った。

「なるほど、神道か。そこまでは思い及ばなんだわ。己の未熟さを思い知らされたな。まだまだ修行不足ということか」

うーんと唸って、腕を組む。

「それでは、白木の箱と水引をやめればよいということですか」

いつの間に来ていたのか、手代の前に主らしき男が立っていた。年は四十前後、がっちりとした身体つきだが、顔にシミが多いのが目についた。

――血瘀だな。

体質診断とでもいえばいいだろうか。主らしき男には、それがはっきり出ていると、つい癖で診ていた。

「はい。公儀の鬼役も『そうすればお咎めなしとする』と暗にほのめかしたのだと思います。てまえのような者が、多少なりともお役に立ちますれば、このうえない幸せ。〈松本〉さんにおかれましては、ますますの繁盛をお祈りいたします」

「ご丁寧なご挨拶、いたみいります。お待ちください。すぐに膳の支度をいたしますので、中食をどうぞお召しあがりください」

訪れたときとはうってかわって、見世の者たちの態度が違っている。主は出て来ないままで済ませようとしたようだが、隼之助の知識に感じ入ったのだろう。作り笑いではなく本当に嬉しそうな表情をしていた。

それを見ると、天の邪鬼な隼之助も心があたたかくなる。

――別口はこれで一件落着か。

次は本所四ツ目橋の居酒屋だ。鬼役の方も忙しくなるかもしれない。片づけられるうちに、終わらせておこうと思っていた。

五

四ツ目橋近くの居酒屋に行くつもりだったのだが、隼之助は、家がある橘町にいったん戻っていた。〈松本〉を出たところで、才蔵が伊三郎とともに待っていたからである。

〝木藤様より、お話があるとのことでございます〟

年明けから隼之助は、鬼役の手下として、塩問屋や老舗の饅頭屋に潜入していた。前者は店を潰して乗っ取るという、かなりの荒技だったが、饅頭屋の場合は、命を狙われていた主夫婦を助けている。

此度の潜入先はどこなのか。また店を潰すつもりなのか、あるいは助けられるのか。急ぎ、家に向かっていた。

隼之助が暮らす橘町は、日本橋浜町堀の東に位置しており、一丁目から四丁目がある。明暦の大火までは北側の横山町に西本願寺があったため、立花を売る店が多く立ち並んでいたことから、立花町と呼ばれていた。

一丁目に千鳥橋、潮見橋が架かり、ともに西河岸の元浜町へ渡ることができる。北は通塩町、横山町一丁目に接し、南は村松町、東は横山同朋町に隣接している場所だった。

「あんれまあ、ひさしぶりだごと、隼さんよ。家を忘れちまったかと思ったがね。どこかでのっつおこいでいたんじゃねえのかい」

家の戸を開けたとたん、奥州訛りの取り上げ婆、お<ruby>と</ruby>らに出迎えられた。主が留守中であろうとも、まるで自分の家のように出入りしている。ちなみに「のっつおこいで」とは、怠けていたんじゃねえのかい、という意味だ。

「おとらさんったら、言い過ぎですよ」

自称、元大店の女将だったというお喜多の言葉に、吉原あがりのこれまた自称、元売れっ子花魁、お宇良が続いた。

「またお喜多さんは自分だけいい顔をして。美人局（つつもたせ）に引っかかって逃げられなくなっているに違いないと言っていたのは、どこのだれでしたっけ」

二人とも畳が擦（す）り切れた四畳半の座敷に置物のごとく座している。おとらと三人合わせて〈達磨店〉の三婆（さんばば）と呼ばれていた。年はみな七十を越えているだろうが定かではない。困ったときに助けてくれたりもするが、我が物顔で出入りするのが、いいのか悪いのか。

「米がないな」

隼之助は、わざとらしく米櫃（こめびつ）を確かめる。

「塩もなし、味噌も綺麗に使い果たしていたか。おまけに醤油（しょうゆ）までないときている。不思議なことがあるもんだな、おとらさん。主がいないというのに、なぜ、米や塩がなくなるのか」

「福の神だがや」

おとらは涼しい顔で答えた。

「隼さんの家には、福の神が住んでいるのさ。そのお陰で商売繁盛、寝に戻る暇もねえのは、ありがたいことだと思わねえか。隼さんがよ、しならづよいのは、福の神のお陰だがね。感謝しねと」

「しならづよいなんて言っても、わかりませんよ。見かけによらず丈夫ってことです。では、そろそろお暇しましょうか」

お喜多の言葉で、さも大儀そうにお宇良が立ちあがる。

「仕方ないから、あたしの家に集まりましょうか」

「んだな」

おとらが頷き返して、家の外に出た。

「あんれまあ、立派な身なりのお侍が待っているでねか。お宇良、惚れちゃならねぞ。おめえには、雪さんがいる。目移りしちゃならね」

伊三郎に気づいたのだろう、大きな声をあげる。才蔵はひと足早く、この裏店に借りた奥の家に戻っていた。

「どれどれ」

「お喜多さんったら、みっともない」

などと言いつつ、三婆は家から出て行った。福の神にお引き取り願うのも楽ではない。早く行けと手で追いやり、隼之助は伊三郎を招き入れる。昨夜からほとんど眠っていないのはわかっていた。流石に少し疲れた顔をしている。

「狭いうえに、なにもないところだが」

立ち去らずに様子を見ていたに違いない。

「隼さん、茶葉だけはあるだがね。おらが茶を淹れてやろうかい」

顔を突き出したおとらを、無理やり外に追い出した。

「いいからかまわないでくれ」

「おんや、まあ、そんなこと言ってもいいのかね。わしらがいたお陰で、あの女子は隼さんとここに出入りできんかったんだがや」

ちらりと奥の家を見る。そこには、村垣三郷が立っていた。才蔵の妹という触れ込みで、この裏店に住んでいる。会釈した三郷に会釈を返して、隼之助は言った。

「おとらさん。この後、大事な客人があるんだ。夕餉はその人とするゆえ、今宵は近づいてくれるな。福の神には明朝、また挨拶に来てほしいんだが」

「わかっただ」

返事だけはいいのだが、盗み聞きすることも珍しくない。隼之助は、おとらがお宇良の家に行くのを少しの間、見守っていた。

「やれやれ、だ。すまぬ、伊三郎殿。今、茶を淹れる。それとも酒の方が、いや、おぬしは酒も煙草もやらないのであったな」

戸を閉めて振り向いたとき、伊三郎が刀を外し、手枕で眠っているのに気づいた。

無理もない。昨夜はほとんど一晩中、お庭番相手に稽古をつけていた。さらに今朝はいつもどおり、隼之助の朝稽古に付き合ってくれたのである。

――愚痴ひとつ、こぼさぬところは、流石だな。雪也にも見習うてほしいものよ。

これぞ侍の中の侍と、密かに尊敬の念をいだいている。それは二人の盟友たちも同じだろう。言葉の端々に伊三郎への気持ちが表れるのを、隼之助は感じていた。過酷な昔が今の伊三郎を作ったのだろうか。

――辛い昔においては、おれも同じだが。

不幸自慢なら負けないが、少なくとも自分にはまだ父がいる。花江も実の母同様に、可愛がってくれている。甘いことを言うなと、伊三郎には叱責されるかもしれない。眠りを妨げてはなるまいと、音をたてないようにして茶の支度を始めたが、

「羨ましいことよ」

不意に伊三郎が言った。

「木藤様にとっては、おぬしこそが家の宝なのだろう。さりげなく〈だるまや〉に仕事を紹介するとは、心憎いではないか」

むくりと起きあがって振り向いた。ほんの一瞬、眠っただけなのにどうだろう。ここに入るときとは別人のような、爽やかな表情をしている。

「あれは稽古のひとつだと思うている」

隼之助は侍言葉、それも盟友たちに話すときのような口調で告げた。

「あるいは試しているのやもしれぬ。どの程度、知識を得たか。使いものになるかどうか。常にその繰り返しだからな」

「素直に受け止めることはできぬか」

唇の端を吊りあげて、そっと笑った。他の人間に言われれば、皮肉にしか聞こえない言葉だった。が、不思議と身裡の天の邪鬼は、おとなしく控えている。

「父には、上か下しかないのだ」

理解しかねる答えだったかもしれない。が、伊三郎はすぐに言葉を継いだ。

「自分より上、もしくは、下の人間しかおらぬ、か。対等に話のできる相手がおらなんだのは、木藤様にとっても不幸だったやもしれぬ」

つまり、打ち明け話のできる友がいない不幸だろうか。多聞が雪也や将右衛門をつけてくれたのは、我が身を顧みるがゆえのことだったのか。

ふと弥一郎のことが浮かんだ。

番町の屋敷を継ぎ、『殿』と呼ばれるようになった男は、大勢の取り巻きに囲まれている。あの中に心を許せる真の友はいるのだろうか。

「礼が遅れてしもうたが」

　隼之助は言った。

「弥一郎殿のこと、かたじけない」

「ワンワン、キャンキャンと、あまりにも耳障りだったゆえ、面が見とうなってな。出てみた次第よ」

　さらりと答えて、続ける。

「すまぬが、水を一杯、くれぬか」

「おれとしたことが」

　気の利かぬことよ。と、慌てて柄杓の水を汲み、湯飲みに入れた。旨そうに喉を鳴らして、伊三郎は立て続けに三杯、飲んだ。

「よく寝た後はこれに限る」

「そうか」

　思わず笑っていた。

「なにがおかしい」

　訝しげに伊三郎が訊ねる。

「いや、四半刻（三十分）にも充たぬわずかな時であったのに、おぬしは『よく寝た』と言うたゆえ、ちとおかしくなったのよ」

「なるほど」

伊三郎は、あらためて狭い家を見まわした。

「この家の空気やもしれぬ。おぬしと婆さんたちの、なにげない会話を聞いているうちに、常とは異なる深い眠りに落ちていた。それに『疾風の壱太』が戸口にいるとなれば、安心して眠れるではないか。ひさかたぶりにすっきりしたわ」

「福の神もたまには役に立つか」

皮肉めいた口調に、伊三郎が応える。

「然り」

笑い合った二人は、ほとんど同時に人の気配をとらえた。伊三郎は畳に置いた刀を、一瞬のうちに腰に携えている。常人にははじめから差していたように見えたかもしれない。目のいい隼之助なればこそ、雷光のような動きをとらえられたのかもしれなかった。

「隼之助様」

三郷の呼びかけで戸を開ける。

六

「なにか？」

　問いかけながら隼之助は、背後の伊三郎に「大丈夫だ」と手で合図した。初々(ういうい)しい娘の年は十八、だれが見ても美人の部類に入るだろう。しかし、隼之助はわざと冷ややかな目を向けている。

「夕餉の支度をするよう、才蔵殿より申しつけられました。木藤様もおいであそばされるとか。酒肴(しゅこう)を調(ととの)えたく思います」

　懸命に感情を押し殺していたが、その眸(め)には抑えきれない想いがあふれている。目を逸(そ)らせば勘違いされかねない。多聞を真似て能面のような表情で応じた。

「父上も香坂殿も酒は飲まぬ」

「ですが」

「すまぬが、使いを頼みたい」

　遮(さえぎ)るように言った。

「本所四ツ目橋の近くに〈ひらの〉という居酒屋がある。本当は今日、訪ねるつもりだったのだが、この分では行けるかどうかわからぬ。今宵、遅くか、明朝、早くになるやもしれぬが、それでもよいかどうか、と」

話しているうちに、そういえばと思い出していた。三郷は過日、尾行をした際に怪我をしている。

「無理だな」

早口で言い添える。

「三郷さんが怪我をしたことを忘れていた。それに帰って来るときは夜になる。女子ひとりでは……」

「お気遣いなきよう。わたくしは大丈夫でございます。これからすぐに参りますので」

よけいな会話をかわさず、すぐに行こうとした三郷を呼び止めた。

「待て。才蔵さんを呼んでくれぬか。父上がおいでになる前に、ひとつ、ふたつ、確かめたいことがあるのだ」

「畏まりました」

三郷は奥の家に足を向ける。それを目の端にとらえつつ、いったん戸を閉めた。待っていたように伊三郎が口を開いた。

「今のはだれだ」

「村垣三郷、お庭番の女だ」

「おぬしに惚れておるな」

躊躇いなく言い切った。

「いや」

口ごもった隼之助に、伊三郎は告げる。

「眸を見ればわかる」

「おぬしにはかなわぬ」

簡潔に説明した。

母を亡くした隼之助は、十歳まで、母方の祖母と裏店で暮らしていた。どうやら多聞はその頃、密かに三郷を連れて来たらしい。詳細はわからないが、おそらく「そなたの許嫁だ」と告げたのではあるまいか。水嶋波留のことを知らなかった多聞は、当然のように隼之助と三郷を娶せようとした。

「なれど、おれには心に決めた女子がいる。弥一郎殿の祝言の前に、やっとそれを打ち明けた次第よ」

「その話は、雪也より聞いた。波留殿だな」

「うむ」

「つかぬことを訊ねるが、村垣三郷に未練はないのか」

「未練もなにも、付き合うてもおらぬのだぞ」

「では、おれが嫁女に貰い受ける」

「なに？」

呆気にとられて、隼之助は伊三郎を見つめた。本気なのか、冗談なのか、見極めようとしたが、常と変わらぬ表情からは、なにもつかめない。

「かように驚くとは思わなんだわ。ひと目惚れじゃ。美しいうえに、お庭番と聞けば、ますます恋心がつのるというもの。おれにとっては幸いだからな」

「幸い」

ぽつりと呟いていた。今までも、そして、これからも伊三郎の人生は、血と戦いに染まるだろう。お庭番の女もまた同じ世界に生きている。素人娘よりも頼りになるのは、隼之助にも理解できた。

「おぬしは、動きも速いが、わかりも早いゆえ助かる」

伊三郎の言葉には頷くしかない。

「おれも同じことを感じている」

「さようか」

　はやちと疾風、二人の疾風は、互いの眸の中に己を見ている。男と女のそれとは異なるが、男同士にも陰と陽のような結びつきがあるのかも……。

「才蔵です」

　外から声がひびいた。土間にいた隼之助が戸を開けると、才蔵がこれまた音もなく、中に入って来る。押されるようにして、隼之助は座敷にあがった。土間は男が二人、立つには狭すぎる。

「三郷は、使いに行かせました」

　才蔵はすぐに切り出した。

「御用の向きは？」

　この男にもよけいな説明は必要ない。

「番町の屋敷に配した十人のことだ」

　それを口にしたあとは、黙って答えを待つことにした。

　多聞はなにゆえ弥一郎の下に、十人のお庭番をつけたのか。その命令を聞いたとき、才蔵をはじめとするお庭番は、なぜ、沈黙を返したのか。あのときの不気味な静寂を思い出すだけで、隼之助は鳥肌立ってくる。

「鬼役の頭になるための、下準備などとは言うてくれるな」

先んじて制した。

「父上はなにを考えておられるのか。弥一郎殿を鬼役の頭に据えるというのであれば、おれはいつでも家を出る。むろん波留殿を連れてな」

「無理でございます」

才蔵は、曖昧（あいまい）に答えた。答えるのは無理、弥一郎が鬼役の頭を務めるのは無理、隼之助が家を出るのは無理などなど、どうとでも取れる答えだった。

「おれは才蔵さんを信じている」

このひと押しには、哀しげな目を返した。

「隼之助様」

真の小頭——宮地才蔵としては、言えぬこともある。わかってほしいと目で告げていた。充分すぎる答えといえた。

「やはり、なにかあるのか」

「そうではありません。木藤様は」

と言いかけて、やめた。

「おいでになられたようです」

いち早く戸を開けて外に出る。ひと呼吸、置いて多聞が姿を現した。とたんに、狭い家が一変する。息苦しくなるほどの圧迫感が押し寄せてきた。

「父上」

隼之助が畏まると、黙って才蔵との話に耳を傾けていた伊三郎も畏まった。多聞が座敷にあがって来る。今までは上がり框に腰かけて話をすることが多かったのだが、疲れたのかもしれない。供をしてきた下男の伝八は、戸口に控えていた。

「すまぬが、才蔵。茶を頼む。喉が渇いた」

多聞の頼みに、才蔵が応える。

「畏まりました」

「住めば都か」

だれに言うでもなく呟いた。

「慣れてきたのは重畳よ。侍気質というものは、なかなか厄介でな。ふとした拍子に出てしまうのじゃ。ゆえに、弥一郎には向かぬ」

らしくない褒め言葉のように思えた。いや、近頃はこれがやけに多くなってきたかもしれない。昨年の暮れに「裏店を借りて町人の姿になれ」と言われたとき、隼之助は、悩み、苦しんで、父を怨んだりもしたが……あれはすべて隼之助を慮るがゆえの言動だったのだろうか。

――この匂い。

どきりとした。

今までは気づかなかったが、独特の異臭を感じていた。狭い家であるがために、とらえられたのかもしれない。死の病に罹った者が発する死の気配とでも言えばいいだろうか。かすかではあるものの、初めてそれをとらえていた。

「木藤様」

才蔵が淹れた茶を、多聞は先刻の伊三郎のように、喉を鳴らして旨そうに飲んだ。

身体が水分をほっしているのがわかる。やはり、薬湯を調合しようと、隼之助は心に決めた。要らぬと冷たく突っぱねられてもいい。一日、いや、一刻でも長生きしてほしかった。息子として心からそう思った。

「父上。小石川の屋敷に戻りました折には、薬湯を……」

「呉服町一丁目の酒問屋〈笠松屋〉じゃ」

多聞は露骨に遮った。

「賄いの下働きとして忍びこむがよい。見世の方にお庭番のひとりが、すでに潜入しておる。名は吉五郎。若いが使える男じゃ。〈笠松屋〉の得意先をあたらせておるゆえ、うまく連絡(つなぎ)をつけるがよい」

「は」

此度(こたび)はどのようにする心づもりなのか。〈笠松屋〉を潰して、乗っ取るのか。はたまた助けるのか。

訊いてみたかったが、返事はわかっている。喉まで出かかった問いかけを呑みこんだ。

――いまだにお考えがつかめぬ。

多聞の後ろにいる大御所、家斉の胸には、どのような思惑があるのだろう。乗っ取るためだとは思いたくないが、その可能性は捨てきれなかった。

せめて、と、隼之助は考える。

再生屋として、世のため、人のために働きたい。

商いがうまくいかない居酒屋〈ひらの〉のことを頭に広げた。人助けをすることで折り合いをつける。

やらないよりはましだと、自分に言い聞かせていた。

第三章　対立

一

翌日の未明。

本所四ツ目橋の近くは、暗闇に覆われていた。あえかな輝きを放つ三日月は雲に隠れてしまい、足もともおぼつかない。

竪川に架かる四ツ目橋は、長さ十間半（約十九メートル）、幅三尺（約九十一センチ）ほどの板橋である。早朝は橋際南側に、前栽市場が立ち賑わうのだが、この時刻に広がるのは闇と静寂のみ。橋を渡る者はほとんどいなかった。

隼之助は、北の河岸の一画、深川北松代町の〈ひらの〉の前に来ていた。

「暖簾を仕舞うているな」

「明かりは点いておるゆえ、まだいるのであろう。とにかく中に入ろうではないか。この冷たい風はたまらぬ」

雪也が大仰に首をすくめてみせる。多聞と話した後、遅ればせながら駆けつけた雪也が、伊三郎と交代していた。将右衛門は女房殿から離れる気持ちになれないのか、まだ姿を見せていない。

「おまえと将右衛門は、口を開けばそれだ。少しは伊三郎殿を見習え」

「おまえは口を開けばそれだ」

やり返して、雪也はにやりと笑った。

「わたしの勝ちだな」

「勝ちとか、負けとかという話ではあるまい。その心構えがだな」

小言の途中で〈ひらの〉の戸が開いた。

「今日はもう終わりなんですが」

年の頃は、二十七、八。垢抜けた水商売あがりといった感じの女が、隼之助と雪也を交互に見やっている。

「わたしは日本橋橘町の〈だるまや〉の壱太と申します。お店を立て直すお手伝いをする商いでございます。馬喰町の旅籠〈切目屋〉さんに言われて参りました。主はおいでになられますか」

どこまで話が通っているのか、よくわからない。〈切目屋〉の名を出して、まずは様子を見ることにした。

「お店を立て直す商い」

女房は怪訝な顔をしたが、

「おみつ。入ってもらいなさい」

奥から声がひびいた。勘当された酒問屋の若旦那に違いない。雪也に背中を押されるようにして、隼之助は見世に入る。入ってすぐの左側に台所、台所の奥の左側に小あがりの座敷、右側に幾つかの飯台が置かれていた。ごく普通の居酒屋といえる。

「どうぞ、どうぞ」

小あがりの座敷にいた男が、あがるよう示した。ひとりで飲んでいたのか、色白の顔が赤らんでいる。二十二、三で、見るからに世間知らずという感じがした。儲け話をちらつかせられると、たやすく引っかかりそうに思える。

「あたしがこの見世の主、彦市です。おっかさんから話は聞いていますよ。おまえさんに頼めば、見世の外に行列ができるほど繁盛するとか」

「さよう」

隣に座った雪也が答えた。

「以前、助けたのは蕎麦屋だったが、まさに毎日、押すな、押すなの大盛況よ。そのまま続けられれば、間違いなく今も賑わっていただろうがな。借財を返せなかったため、見世を明け渡すしかなかった次第。かえすがえすも悔やまれる」

「失礼ですが、お侍様は？」

「お、これはすまぬ。それがしは、盟友の殿岡雪也。隼、ではなかった壱太も昔は侍でな。剣術道場で知り合うたのだ。ま、この見世の様子を見がてらの、お供と考えてくれればよい」

雪也はわざとらしく台所の方に目をやる。

「まずは酒の味見をさせてもらわねばな。わからぬ」

「雪也」

窘めたが、彦市は余裕のある笑みを返した。

「もっともなお申し出です。おみつ、お酒を頼みますよ。冷やと熱燗の両方を、と、そういえば、そろそろ『別れ火』でしたっけ。でもまあ、今宵は冷えますのでいいでしょう。それに両方を味わっていただきたいですからね」

いかにも遊び人らしい気配りをみせる。熱燗を出すのは野暮ではなく、『別れ火』

を知ったうえのはからいなのだと、さりげなく笑顔で告げていた。どの程度の酒を出しているのか、むろん隼之助も興味を引かれている。が、雪也のように酒の味ばかりに気を向けられない。

「店の入りはいかがですかと伺いたいところですが、そうであるならば、わたしが呼ばれたりはしませんね」

挨拶代わりにしては、いささか厳しいかもしれないが、とりあえず話を振ってみた。

「どこも景気が悪いようなんですよ」

彦市の口からは、言い訳めいた言葉が出る。

「ご時世だから仕方がないのかもしれませんがね。おみつを養っていかなきゃなりません。恋女房ですから」

「失礼ですが、おみつさんは」

二度目の問いかけにも即答した。

「ええ。吉原の小見世で遊女をしていました。年は二十五、わたしより三つ、年上です。ご存じのように吉原では、借金を完済するしないにかかわらず、二十七で年季が明けます。それを待てばいいのにと、まわりからは言われましたが」

相愛の者にとっては、二年という時は永遠にも思えるだろう。波留がいるからこそ、隼之助も彦市の気持ちがよく理解できた。

とはいえ、おみつを落籍せる金や、この店を出す金は、倅に甘い母親が出しているはず。そこが隼之助とは大きな違いだった。

「もう少し賑わっている場所に出すのは無理だったんですか」

踏みこんだ問いかけを向ける。

「無理でした。その分、お客様によい酒を出そうと決めたんです。うちでなければ味わえない極上の酒ですよ」

その答えには、すぐさま反論しそうになったが、冷や酒が運ばれて来たので引っこめた。

「さあ、どうぞ飲ってください。冷や酒を味わっていただく間に、ちょうどよく燗がつくと思います」

「冷えた身体を温めるには、熱燗といきたかったが」

雪也の図々しい呟きに、思わず頷きそうになったが、なんといっても無料酒だ。軽く腕を突き、杯を眼前に掲げた。

「頂戴いたします」

はじめに薫りを味わった時点で、灘の酒、それも極上の辛口の酒であることがわかった。念のためという感じで、ひと口、含んでみる。

ふわぁっと薫りが広がった。

舌に載せた瞬間、身体にたとえようのない至福感が広がった。酒を味わうというよりは、酒を造った杜氏の苦労と心意気を全身でとらえると言った方がしっくりくる。肩がほぐれて、手足の力がゆるゆるとぬけていった。

「旨い」

雪也が代弁するような大声をあげた。

「主殿が言うたとおり、極上の酒だ。昨夜、飲んだ伊丹の酒も旨かったが、これはあれの上をいくな」

精一杯の見栄を張る。安酒を飲むような暮らしをしているわけではない、なめてはならぬぞ。と雪也なりに牽制しているようにも思えた。

「わたしも同じです」

隼之助の同意に、彦市は破顔する。

「そうでしょう、旨いでしょう」

笑うと童顔が、なお幼く見えた。気をよくしたに違いない。続けて運ばれた熱燗は、主自ら酌をしてくれる。

「この酒は、熱燗にしても味が変わりません。熱燗にするとその酒が持つクセと言いますか、いやな部分が出やすくなるものですが、この酒は違います。冷やと同じようなさらりとした旨さが、舌に残るんです。いや、もうこれを飲むと、他の酒は飲めませんよ」

「確かに」

すぐさま応えた雪也に、隼之助もまた頷き返した。

「仰しゃるとおり、味わいが変わりません。旨いと思います」

旨さが舌に残るのではなく、味わいが変わらないと表現した方が、より近いように思えたが、若い主にそこまで求めるのは酷かもしれない。

「それで」

おもむろに切り出した。

「この酒を〈ひらの〉さんは、いくらで出しているんですか」

「一升、六百文です」

平然と答えたが、隼之助は雪也と顔を見合わせる。一升、六百文は、一合にすると六十文だ。蕎麦がだいたい十六文なので、四杯は無理でも軽く三杯は食べられる。

「念のためにお訊ねいたしますが」

遠慮がちに隼之助は問いかけた。

「酒のあとに茶漬けでもついているのですか。それを含んだ値段ですか」

「違いますよ、酒だけの値段です。お銚子一本が六十文。それがぎりぎりです。仕入れはおっかさんに頼んで、実家から仕入れていますが、安くしてもらえるわけじゃない。あたしは勘当された息子ですから」

最後のあたりでは完全に開き直っていた。そう言われても、「はい、そうですか」と納得できるわけがない。

「彦市さん」

仕方なく現実を教えようとしたが、その声に女房の声が重なった。

「高すぎるんです」

二

「何度も言ったじゃありませんか、若旦那。お銚子一本が六十文なんて、高すぎるんですよ。料亭の〈八百善〉や〈平清〉ならばともかくも、このあたりの見世にしては、値段だけ高級すぎます」

おみつの言葉に、彦市は不満げな声を返した。

「酒で客を招ぶんですよ。あそこに行けば、極上の灘の酒が味わえる。それが広まれば、徐々に客が増えてきます、そう、まだうちのことが広まっていないから……」

「目を醒ましてくださいな」

と、おみつは座敷の縁に腰かけた。

「お題目のようなそれを、わたしは一日に何度、聞かされていることか。耳にたこができちまいましたよ。見世を開いて、約二か月。これ以上、借金を増やさないためには、見世終いするのがいいんじゃないでしょうか」

「なに言ってるんだい、まだたったの二か月じゃないか。見世を閉めるわけにはいかないよ。第一、おとっつぁんになんて言えばいいのか。そら見たことかと、笑いものさ。おまえとだって別れろと言われるかもしれない。あたしは見返してやりたいんだよ、あの傲慢な親父殿を」

本音のぶつけ合いとなっていた。今まで抑えてきた感情が出るのも〈だるまや〉がいればこそだろう。

「そんなことを考えている限り、見世はうまくいきませんよ」

おみつの吐き捨てるような口調に、

「なんだって？」

彦市の頬が引き攣った。まあまあと、隼之助は割って入る。

「二人とも落ち着いてください。話をするいい機会だと思います」

目顔で合図すると、雪也は女房を見世の隅の飯台に連れて行った。口説かれる心配がなきにしもあらずだったが、隼之助は若き主の係になる。

「彦市さんも奈良茶飯はよくご存じだと思います。古くは浅草金龍山の門前の茶屋が始めた料理ですが、一両前後、取ったとか」

「ああ、祖父から聞いたことがある。茶飯、豆腐汁、煮染め、煮豆、漬け物と、品数も多かったそうじゃないですか」

「はい。ですが、今では江戸中に広がって、見世の数が増えています。値段も一人前が三十文から七十二文ぐらいでしょうか」

「七十二文」

高い方の値を口にして、呟いた。

「なるほど。腹がいっぱいになって、七十二文ですか」

初めて銚子一本が六十文は、高すぎると感じたのかもしれない。あらぬ方に目を泳がせていた。訊いても無駄だと思いつつ、確認のような問いかけを発した。

「肴はどのようなものを出しているのですか」

「青菜の煮浸しや、鹿尾菜と油揚げの煮付け、ブリ大根。そろそろ鰤は終わりですからね。初夏の肴を考えなければと思っていたんです」

「味見をさせていただけますか」

「いいですよ」

彦市の答えに、おみつが応じた。台所に行き、二つの小鉢にそれぞれ青菜と鹿尾菜を入れて来る。差し出すその手は、あかぎれだらけで見るからに痛そうだった。隼之助の視線に気づいたに違いない。

「慣れてないものですから」

おみつは、両手を袖に隠すようにして、飯台の方に戻る。その短いやりとりに気づかないような朴念仁ではない。彦市はばつが悪そうに顔をそむけた。

恋女房の美しい手を、美しいままにしておけないのは、男の甲斐性がないから。

きゅっと引き結んだ唇が心の声を告げている。

「いただきます」

手を合わせてから隼之助は、青菜を口に運んだ。とたんに吐き出しそうになったが、かろうじてこらえる。舌に広がったのは、灰の味。煮すぎた青菜はべちゃっとして、すでに生きていない。食べ物として正しく生を全うできなかったという青菜の、怨みにも似た残骸の味がした。

「すみません」

　おみつがいつの間にか、座敷の近くに来ていた。

「料理は下手なんです。裏店の御新造さんから教えていただいただけなんです。若旦那もご自分では、作ったことがなくて」

「壱太の指南料は高くつくぞ」

　雪也が言った。片隅の飯台で、ひとり、手酌で熱燗を楽しんでいる。

「その代わり、千客万来よ。出汁の取り方から味付け、盛り付けまで、〈平清〉の板前頭が逃げ出すほどの腕前だ。これを機に指南してもらうか、見世を閉めるか。残された道はこのどちらかしかあるまい」

　突き放したような言葉だったが、そのとおりの内容だった。隼之助が口にしにくいのを察して、嫌われ役を買って出たようにも感じられる。思いきって続けた。

「このあたりは、居酒屋をやって流行るような場所じゃありません。朝、前栽市が立つことを頭に入れてください。荷を運んで来る百姓や、野菜を買いに来る客目当ての、一膳飯屋が向いていると思います」

「一膳飯屋なんかできませんよ」

彦市は頑なだった。

「あたしは酒で勝負したいんです。旨い酒を出せば、必ず客がつくはず。今はまだこの見世のことが知られていないから……」

「仕入れるお酒の格をさげてください」

隼之助も引くわけにはいかない。

「幸いにも行徳から来る百姓が、採れ立ての野菜を運んできます。それを使って旨い肴を作れば、そこそこ客がつくかもしれません。それから夜ではなくて、朝、早くに見世を開けた方がいいと思います。人が集まるのは早朝ですので」

「つまり、一膳飯屋をやれってことだろ。朝っぱらから酒なんか出せませんからね。結局、居酒屋じゃなくて、飯屋ですよ」

「朝酒を飲む者もいると思うがな。そのついでに飯を食う。集汁と飯だけでもよいではないか。船で荷を運んで来た百姓や荷担ぎの男たちにとっては、旨い汁と飯があれば上等よ。ついでに漬け物もあればなおいいが」

雪也も熱くなっていた。自分でさえこの程度の考えは浮かぶのにと言わんばかりの顔をしている。片隅の飯台に腰かけたまま、冷ややかに彦市を見つめていた。

「若旦那。〈だるまや〉さんの言うとおりにやってみましょう。極上のお酒を出すのは無理です。とにかくお酒の格をもう少しさげて」

「あたしにも酒問屋の倅という意地があるんだよ」

　彦市はつっぱねる。

「どうしてもと言うのなら、おまえひとりでやるがいいさ。あたしは口を出さないよ、ええ、出しませんとも」

　言い置いて、外に飛び出して行った。冷たい風が見世の中に吹きこんで来る。おみつが慌ててあとを追いかけた。

「待ってください、若旦那」

　後ろ手に閉められた戸は、隼之助たちを固く拒んでいる。若夫婦がいなくなった見世で、隼之助と雪也はふたたび顔を見合わせた。

「ただの道楽息子ではないか」

　呆れ顔の友は、片隅の飯台から動こうとしない。隼之助も小あがりの端に座りこんだまま立つ気になれなかった。こうなると、金があるのが幸せなのか不幸なのかわからなくなってくる。

「息子に甘すぎる母親というのも困りものだな」

「は。人のことを言えた義理ではあるまい」

と、雪也は銚子を持って、隼之助の隣に来た。

「おぬしの父親も甘いように見ゆる。〈だるまや〉を気遣うがゆえ、二軒茶屋のひとつ、〈松本〉に紹介したのであろう。この見世も居酒屋、次の潜入先が酒問屋となれば、ここも無関係とは思えぬ」

昨夜のうちに〈松本〉でのやりとりは話してある。できれば雪也の考えを素直に受け入れたかったが、またぞろ天の邪鬼が疼き始めていた。

「関わりがあるとは思えぬ」

「ほう。なにゆえ、そう思うのだ」

「あれはわたしを試しているだけで……」

突如、大声がひびきわたった。隼之助は雪也より先に飛び出している。相変わらず夜空には星ひとつ輝いていない。どの見世も暖簾を仕舞い、周囲は真の闇に覆われていた。

「なにをするんですか。おみつを離してください」

四ツ目橋の方から彦市の大声が聞こえてくる。いくつかの人影が、かすかにとらえられた。もっとも目よりも気配で感じていると言った方がいいかもしれない。隼之助と雪也は四ツ目橋の方に走った。

何人かが橋の上で揉み合っている。

「若旦那」

女房らしき人影を、だれかが後ろから押さえつけていた。

「おみつ！」

彦市の絶叫と同時に、隼之助は動いた。音もなく忍び寄るや、おみつを羽交い締めにしていた人影の横にまわりこむ。相手が気づいたときにはもう遅い。首筋を打ち、橋の上に沈めていた。

「だ、だれだっ」

狼狽えたもうひとりには、雪也が当て身を食らわせる。いともたやすく二人が倒れた。他に賊がいないか確かめた後、

「おみつさんを見世に連れて行ってください」

隼之助は小声で言った。

「はい」

彦市は震えていたが、色男ぶりを発揮する。座りこんでしまったおみつを、抱えこむようにして見世に戻って行った。橋の上に倒れた二人は、浪人ふうの姿をしている。

闇が動くようにして、二人のお庭番が現れた。雪也ひとりの護衛では、あまりにも心もとないと思っているのだろうか。

「番屋に知らせてくれ」

隼之助が告げると、現れたときと同様、音もなく闇に融(と)けた。

「気に入らぬ」

雪也が不満げに訴える。

「まるでわたしが頼りないと言わんばかりではないか。香坂殿のときには、彼の者たちはおらぬぞ」

「まあ、そう言うな。伊三郎殿のときは、お庭番も束の間の休息が取れる。おまえと将右衛門のときは、念のために付くのであろう。連絡役(つなぎ)がおらねば困るゆえ」

肩を叩いて労をねぎらった。おみつを連れ去ろうとしていたように見えたが、この二人はいったい何者なのか。若夫婦の明日は、想像以上に厳しいようだ。

「見世の前に運んでおくか」

隼之助の言葉が終わる前に、ふたたび闇の中からお庭番のひとりが姿を見せる。才蔵だった。

「新しい潜入先へ行く前に、一石橋(いっこくばし)の〈蒼井屋(あおいや)〉にお立ち寄りください」

ひとまず若夫婦のことは役人にまかせるしかない。敵のあらたな話をつかんだのだろうか。彦市たちに心を残しつつ、隼之助は一石橋に向かった。

三

一石橋は、日本橋の西二丁のところにあり、御堀に臨んで日本橋川に架かっている。橋の上に立って四顧すれば、日本橋、江戸橋、呉服橋、銭瓶橋、道三橋、常盤橋、鍛冶橋が見渡せ、一石橋を含む八つの橋を眺められることから、八橋の名がついたとされる。水の便がよいため、付近には廻船問屋や船宿が多かった。

「〈蒼井屋〉か」

隼之助は真新しい看板を見あげた。夜明けを迎えた江戸の町は、さまざまな思惑や苦しみを隠して、いつものような賑わいを見せている。ここにあった塩問屋の〈山科屋〉は潰れてしまい、居抜きの見世にそのまま〈蒼井屋〉の看板を掛け替えていた。

——見世を乗っ取ったのがだれなのかを知ったら、江戸の民は腰をぬかすに違いない。

そんなことを思いながら見世に入る。

「〈だるまや〉の壱太でございます」

あくまでも町人のひとりとして挨拶をした。

「お待ちいたしておりました」

帳場にいた主の猿橋千次郎が、すぐ土間に降りて来た。恰幅のいい四十前後の男で、笑うと布袋様のような顔つきになる。この見世を継いでからまだ二月も経っていないが、塩問屋の主になりきっていた。

「ささ、どうぞ、奥へ。木藤様がお待ちでございます」

自ら先に立って案内役となる。千次郎の後ろに、隼之助、雪也、才蔵と続いた。奉公人たちも一見したところ、ごく普通の奉公人にしか見えない。

しかし、猿橋千次郎をはじめとするほとんどの奉公人が、もとは公儀の勘定方にいた者たちなのである。

天下商人。

これが千次郎たちに与えられた呼び名だ。見世の主は、十二代将軍家慶であるとされているが、真の主は大御所の家斉であり、〈蒼井屋〉は言うなれば出城だという説明を受けている。

——〈山科屋〉には、敵の名を記した連判状が隠されていた。

奥座敷に向かう間、この見世で起きた騒ぎを思い出している。盗っ人を装い〈山科屋〉に押し入った賊の正体はお庭番、見つけられなかった連判状、主と奉公人は遠島の刑、隠居の金吾は逃亡。

短い間に、次から次へと騒ぎが起きた。侍と商人の戦なのだと、多聞は言った。鬼役は潰し屋なのかと、隼之助は思った。

今もその疑いは消えていない。大御所、家斉の真の狙いはなんなのか。連判状に記された敵とは、だれなのか。

島津薩摩守斉興。

浮かんだ名は胸に秘めて、奥座敷で待つ多聞に告げた。

「父上」

「来たか」

「は」

多聞は目顔で入るよう示した。雪也と才蔵は廊下に残って、控える。奥座敷の調度品などは、潜入時とあまり変わっていないのに、〈山科屋〉の空気は見事に消え失せていた。それでもなんとなく懐かしさを覚えている。

ふと見まわしたのをどう思ったのか、

「初めてのご奉公は、辛いことばかりではなかったようだな」

多聞が訊いた。

「はい。毎日、戦のような忙しさではありましたが、才蔵さんがさりげなく助けてくれましたので」

「さようか。苦労はあったやもしれぬが、報われたように思えなくもない。近頃、塩の値が安定しておる。出城として構えた〈蒼井屋〉のお陰であろう。この見世がつける塩の値を基準にする動きが出ているのは重畳よ」

「次は、呉服町の〈笠松屋〉が潜入先と承りました」

つい探りを入れるような目をしていた。この見世同様、潰して、乗っ取るつもりなのか。それとも饅頭屋〈相生堂〉のように助けるつもりなのか。できれば後者であってほしい。祈るような思いがある。

「うむ。〈笠松屋〉は酒問屋だが、この時季には、白酒を扱うておる。鎌倉河岸の〈豊嶋屋〉の真似だが、白酒の質は悪くない。中には〈豊嶋屋〉よりも旨いという者もいるほどじゃ。好みは千差万別ゆえ、どちらが優れているとは言えぬがの」

「調べるのは、白酒でございますか」

先んじて言った。

「さよう」

多聞は満足げに答える。

「前にも言うたが、すでにひとり、お庭番を潜入させている。奉公して半年足らずだが、今は手代として勤めている。白酒がどこで造られているのか、調べるよう命じておいたが、場所をつかんだ旨、知らせて来たのじゃ」

白酒が造られている場所は、地方の造り酒屋だと普通は考える。だが、そうではないと多聞は疑問を持ったがゆえに、手下を配した。おそらく薩摩藩がらみ、あるいは薩摩藩に連なる大名家が後ろにいるのではあるまいか。

「連判状の大名家でございますか」

頭に浮かんだ考えを告げると、多聞は「ほう」と感嘆の声を洩らした。

「上出来じゃ。そこまで読めるようになれば、わしはいつでも隠退できるわ」

「いえ、それは困ります。仲間を事前に潜入させることにつきましても、とうてい及びませせぬ。どこに、だれを配せばよいのか、想像もつきませせぬ。父上にはまだまだご指南いただかねば……」

「わかった」

苦笑いして、多聞は制した。少し照れているように思えた。初めて見る少年のような表情に、隼之助は当惑する。

——お変わりになられた。

弥一郎の祝言あたりからだろうか。膈(かく)の病であるのを隼之助が察したことを、多聞もまた察したのかもしれない。以前は絶対に見せなかった『顔』を出すようになっている。

「本所四ツ目橋の居酒屋は、ちと面倒なことになっておるようだの」

これまた巷(ちまた)の父親のように、〈だるまや〉の商いについても口にする。

「はい。女房を連れ去ろうとした輩(やから)を取り押さえました。おおかた酒問屋を営む若旦那の父親か母親の仕業(しわざ)ではないかと思うております」

「性悪女(しょうわるおんな)から可愛い倅を引き離せば、またもとの暮らしに戻れるとでも思うたか」

「そんなところではないかと」

「取り押さえた浪人ふうの者について、なにかわかった折には、才蔵に知らせさせる。これはもうわかっているだろうが、〈笠松屋〉のまわりには常に連絡役の者がいるゆえ、案ずるでない。また騒ぎが起きたときには、ここに逃げこめ。奉公人にも何人かのお庭番を紛れ込ませている。命を懸けておまえを守るであろう」

子を想う父そのものの答えに、恐怖のような不安が湧いた。多聞はやはり強く死を意識している。限られた時間内に可能な限り多くの事柄を伝えようと、心をくだいているように思えた。

胸がきりきりと痛む、大声で叫びたくなる。

気弱な姿など見たくありませぬ。今までの父上にお戻りください、と。

しかし、心とは裏腹の鋭い言葉を発していた。

「では、番町の屋敷にお庭番を配したのも、弥一郎殿をお守りするためでございますか」

ぴくりと多聞の眉が動いた。

微妙な間が空いた。

どこまで勘づいているのかという、探るような空気の後、

「いかにも、おまえの言うとおりよ」

ありきたりの答えを口にする。

「『鬼の舌』のひとつ、三種の神器のひとつである剣が、弥一郎のもとにある。取り巻きの若党では、ちと力不足に思えなくもない。ゆえに十人ほど配した。ついでにお庭番を手下として使うことにも慣れてくれればよいのだが」

三種の神器が揃ったものがつまり『鬼の舌』。それを膳之五家に分けて、守ってい

る。狙いは奪いに来る輩の制圧であり、将軍家の力をあらためて誇示することではないのか。

「本当に三種の神器が『鬼の舌』であってくれれば」

思わず出た呟きを、多聞は早口で遮る。

「まことの話じゃ。つまらぬ考えは捨てるがよい。大御所様がわれらに下賜なされた神器こそが、正真正銘の『鬼の舌』よ」

「は」

おとなしく引きさがる。どこにだれの目や耳があるかわからない。不用意に『鬼の舌』の話はするべきでなかった。

「いずれにしても、壱太の働きぶりには、お庭番の古老も目を瞠っておる由。先の隼之助よりもずっと優れているという噂がしきりであるとか。香坂殿も頼もしいが、なかなかどうして若い小頭も侮れぬ、とな」

先の隼之助とは、祖父のことである。木藤家に生まれた二人の嫡男は、ひとりが祖父、もうひとりが多聞の通り名を継いでいた。褒め言葉のあとには、決まって重い話が出る。

「ときに」

と、多聞は切り出した。

四

「金吾という隠居を憶えておるか」

「は」

我知らず、肩に力が入る。闇師の頭かもしれない金吾、彼の者を尾行した村垣三郷は浅からぬ傷を負わされた。金吾の名が出ると、血腥い風がどこからともなく吹いて来るように思える。

「過日の『山犬』だが」

予感的中か。島津薩摩藩斉興を襲撃しようとした『山犬』は、すべてお庭番が捕えている。生き残った者に対しては過酷な拷問を行っていたはずだ。

「うたいましたか」

隠語を用いて確認する。

「うむ」

頷いて、重々しく告げた。

「闇師の手下であるようじゃ」

「え」

一瞬、隼之助は言葉を失っていた。闇師の頭とされる金吾は、敵方の助っ人ではないのか。今回、『山犬』を配したのは、おそらく水嶋福右衛門だろうが、福右衛門は鬼役側、味方であるはずの者が、敵方の闇師と繋がっていたということなのだろうか。つまり、それは……敵と水嶋家が繋がっていることになるのだろうか。

――まさか。

流石に平静ではいられなかった。福右衛門は波留の父親、敵と繋がっていたとなれば、水嶋家のお取り潰しは免れない。いや、それどころか、裏切り者の一族として、厳しい罰がくだされるは必至。冷や汗が滲んだ。

「案ずるでない」

多聞の声は、驚くほどやさしかった。

「才蔵」

優れた手下にあとの話をゆだねる。

「は。われらの調べによりますれば、闇師は金で動く者たちでございます。しかるべき手順を踏み、連絡をつけたうえで礼金を払えば、引き受けるのではないかと思います次第。水嶋様は裏をかいたつもりだったのではないかと」

味方だとばかり思っていた闇師が、掌を返したように、もとの主を襲撃する。敵と闇師の間でなにか諍いがあったのかもしれない。福右衛門はそれを知ったうえで、闇師をうまく利用した。

「水嶋様は、どこで闇師の話をつかんだのでしょうか」

「それよ」

多聞は苦々しげに唇をゆがめた。

「おまえも気づいておろうが、敵と闇師の間で諍いがあったのはおそらく間違いない。わしより早う話をつかんだのは」

「水嶋家に婿入りするはずだった目付の倅殿でございますか」

だったと過去形にしたのは、波留との縁組みを思い浮かべたからにほかならない。

膳之五家は老中や若年寄、目付といった幕府の重鎮となんらかの関わりを持っている。当然のことながら、そこにも派閥が生じるため、内部の争いも日常茶飯事だった。

「そういうことじゃ」

淡々と続ける。

「水嶋殿はどうやら多額の借財を、お目付様に肩代わりしてもろうた様子。持ちつ持たれつの関わりができているのは間違いない。その流れで闇師の金吾とも知り合うたのであろう。わしもはじめは『まさか』と思うたわ。かような深い関わりができているとまでは思わなんだゆえ」

「お待ちください」

慌てて遮る。口にしてほしくなかった。口にすると、本当になりそうで怖かった。福右衛門と闇師の頭の金吾が、好を通じているなどとは考えたくもない。

「わたしが調べます。そのうえで今一度、話し合いの場を持ちたく思います」

「調べるのは、おまえの役目ではない。すでに他のお庭番が調べを始めている。おまえは予定どおり、呉服町一丁目の酒問屋〈笠松屋〉に潜入しろ」

「なれど」

「行け」

たった二文字の命令には、抗いがたい威力がこめられていた。逆らえば水嶋家は、もっと悪い立場に追いこまれるかもしれない。致し方なく隼之助は立ちあがって、座敷の外に出る。

「隼之助」

多聞の声が背後でひびいた。含みのあるひびきにどきりとした。

「波留殿のことは諦めろ」

その声が心に突き刺さった。最悪の場合、波留たちも処罰されるのではないか。福右衛門は切腹、家族は斬首。その中には惚れた女子も……。

「父上」

座敷に戻ろうとしたが、

「今はよせ」

雪也に抱えこまれた。

「離せ。おれは父上に」

「言うても無駄だ。水嶋殿は嵌められたのやもしれぬ。膳之五家の間に内紛を起こさせるために」

その囁きは、まるで己の声のようだった。激情の嵐にとらわれた隼之助の代わりに、雪也が冷静にさまざまな経緯を読み取っている。

「とにかく頭を冷やせ」

背中を押されるようにして、帳場の方に行った。よほど顔色が悪かったのだろう、千次郎が問いかける。

「いかがなさいました。お顔の色が」

「大事ない」

と、答えたのもまた雪也だった。才蔵は無言で後ろに従っている。見世の外に出て一石橋のたもとをみやったとき、橋を渡って来た大男と目が合った。

「将右衛門」

「遅うなってしもうたわ。すまぬ。小石川の屋敷に行ったのだが、花江殿から、たぶんここだろうと聞いてな。行き違いにならずによかったわい」

将右衛門は、わかりやすい男である。女房と熱い時を過ごしたことが、すっきりした顔に表れていた。

「また赤児（やや）ができてしまうのではないか」

隼之助が揶揄（やゆ）すると、大仰に眉を寄せる。

「言うてくれるな、どんな幽霊話よりもおそろしいわい。乳飲（ちの）み子は二人で充分じゃ。今でさえ女房殿は、稼ぎが悪いと言うて、いつも角（つの）を生やしておるというに」

橋のたもとで三人は、立ち話をするような形になっていた。才蔵は少し離れた場所に、さりげなく立っている。将右衛門の明るさに少しだけ救われる思いがした。

「二人に頼みがある」

隼之助は小声で告げる。

「雪也には、水嶋殿の知辺(しるべ)を調べてほしい。そして、将右衛門には、番町の屋敷を見張ってほしいのだ」

「なに？」

将右衛門は首を傾げ、しばし黙りこむ。残念ながら知略に長(た)けているとは言えない男ゆえ、混乱状態に陥っていた。

「意味がわからぬ」

ぼそっと言った。

「なにゆえ、わしが番町の屋敷を見張らねばならぬのじゃ。わしは隼之助の用心棒ぞ。我儘(わがまま)で居丈高な若殿の守役(もりやく)はとうてい務まらぬ」

「守役ではない、見張り役だ」

「どちらでもいいわい。とにかく、わしはご免蒙(こうむ)るわ。木藤弥一郎のそばに行くと、寒気がするのじゃ。あの冷ややかな目と人を見下したような態度は、かねてより腹に据えかねていた。喧嘩のふりをして始末しろということであれば……」

「それよ」

隼之助は小声で遮る。

「は？」

将右衛門はますます混乱の渦に落ちる。

弥一郎は狙われているのではないか。

敵の中に起きているかもしれない対立が、鬼役の中にも生じ始めているのを、隼之助は感じていた。

五

木藤家と水嶋家の対立、鬼役と敵の対立、敵の中で起きているやもしれぬ対立、幕府内における対立。

水嶋福右衛門は、嵌められたのだろうか。

それとも自分から動いたのか。長女を殺された怨みに突き動かされて、闇師の頭と手を結んだのか。怒りのあまり、惣領としての自制心を失ったか。あるいはそれを利用されて、知らぬ間に駒のひとつにされたのか。

〝わたしが調べてみる。番町の木藤家を見張る件については、将右衛門にやらせるゆえ、案ずるな。〈ひらの〉の彦市夫婦についても、できるだけあたってみる。おまえはお役目に集中しろ〟

雪也に何度も言われて、隼之助は、呉服町一丁目の酒問屋〈笠松屋〉の下働きとして潜入した。

日本橋呉服町は、呉服橋御門の裏に一、二丁目があり、この場所は日本橋の南、通一、二丁目の南にあたっている。呉服町ならびに呉服橋の名は、ここに幕府の呉服所後藤縫殿助（ごとうぬいのすけ）の居宅があることから名付けられた。

一丁目には酒問屋が多く、諸国の銘酒はほとんどここに集まるとされていた。

「ぼんやりしているんじゃない。さっさと荷を運ばないか」

番頭に怒鳴りつけられながら、隼之助は荷車で運ばれて来た博多の練酒（ねりざけ）――白酒の酒樽（さかだる）を、見世の裏手から蔵に運び入れていた。蔵の前で待っていた者が、すぐさま届いた樽を見世の方に運んで行く。大店に届けるのだろうか。別の奉公人は、漆（うるし）塗りの角樽（つのだる）に白酒を移して、飛び出して行った。

――主の名は滝蔵（たきぞう）、年は四十なかばか。

事前に渡された調書（しらべがき）の内容を反芻（はんすう）している。酒についての知識も、再確認する形で調書を頭に入れていた。今回は住み込みではなく、臨時雇いという立場にあるため、夜になれば自由に動けるはずだ。

「お客様がお待ちですよ。さあ、急いで、急いで」

手を叩く番頭に急かされて水を飲む暇もない。見世にはひっきりなしに客が訪れているようだが、先に潜入している吉五郎とはまだ話をしていなかった。汗みずくになって、大きな酒樽を見世の裏口から蔵に運び入れる。

「番頭さん」

裏庭に面した廊下に、すらりとした若い色男が現れた。ここの若旦那だと言われれば、信じてしまったかもしれない。驚くほど見世の空気に馴染んでいる。

「あれが吉五郎です」

いつの間に入って来たのか、才蔵が大樽の片側を持った。ふだんは気をつけているだろうが、今日は見世自体が戦場と化している。ひとりぐらい不審な者がいても、さして気にとめまいと思ったのだが、

「おや、おまえはだれですか。見たことのない顔だね」

番頭が目敏く見つけた。

「その男は、臨時雇いとして、わたしが手配いたしました。人手が足りないと思いましたので」

すかさず色男の吉五郎が助け船を出した。悠然と裏庭に降りて来る。男の隼之助でさえ見惚れてしまう美しさだったが、女子には毒であるほどの伊達男ぶりといえた。

この家の娘だろうか。桜模様の振り袖を着た娘が、廊下で熱い眼差しを注いでいる。

そんな様子を当然のことながら、快く思わない者もいた。

「ちっ」

番頭が忌々しげに舌打ちしたのを、隼之助は聞きのがさない。露骨にいやな顔をしていたが、吉五郎は平然としていた。

「才蔵でしたね」

お庭番内では上役にあたる才蔵を呼び捨てた。

「はい」

「あの若い下男と同じように、一日ごとの臨時雇いです。旦那様にはお話ししてあります。働きぶりがよければ、引き続きということになるかもしれないと」

「そっちの若い方はどうするつもりなんですか」

番頭は顎で隼之助を指した。目にあらん限りの棘をこめている。わずかでも隙を見せれば、追い出してやろうじゃないかという、邪悪な気持ちが見え隠れしていた。

「見世が忙しいので、ひとり、見世の方に手伝いを入れろと旦那様に仰せつかりました。言うまでもないことだと思いますが、今日は三月三日。白酒を売りつくす日です。若い男の方が女衆には受けがいいのではないかと思いまして」

「そうですか」

番頭はそっぽを向き、目を合わせようとしない。取り付く島もない冷たさだった。たかが手代ふぜいがと、腹の中で思っているに違いない。深い眉間（みけん）の皺（しわ）が、いっそう深さを増している。

「入ったばかりで、ろくに仕事を覚えていない賄（まかな）い方の下男、それも臨時雇いの男に、お客様の相手をさせるのは無理だと思いますがね」

「おとっつぁんは、吉五郎さんの考えどおりにしろと言っていますよ」

やりとりを見守っていた娘が、助け船の助け船となった。そうなれば、もう番頭は逆らえない。

「わかりましたよ。好きなのを連れて行けばいいでしょう」

相変わらず目を合わせないまま白旗をあげた。

「勝手を申しまして、申し訳ありません」

いちおう吉五郎は謝ったが、こちらも口先だけであるのが見て取れた。隼之助に目を向けて、手招きする。

「それじゃ、そこのおまえ、今日からご奉公したんでしたね。ええと、名はなんでしたっけ。ついさっきまで憶えていたんですが」

壱太か隼之助か、どちらを名乗るのか、記憶があやふやだったのかもしれない。確認するように訊いた。

「壱太です」

「ああ、そうでした。一緒に来てください」

「はい」

「あ、勝手口の井戸で手と顔を洗うのを忘れないように。汚い姿では駄目です」

「わかりました」

隼之助は、裏庭を横切るようにして、勝手口の方に歩いて行った。なにげない足どりで吉五郎も付いて来る。才蔵は隼之助が抜けた穴埋めと、なにか事が起きたときの見守り役なのだろう。大樽を運ぶ役目に従事していた。

「汁の準備はまだか」

「握り飯が足りません。もっと飯を炊かないと駄目です」

台所もまた戦争のような忙しさだった。

「申し訳ありませんが、見世を手伝うように言われましたので」

戸口で挨拶をしたが、だれひとり、返事をしなかった。いちいち細かいことを気にしていられない。隼之助は井戸の水を汲みあげて、手と顔を洗い始めた。

「夜、ここを抜け出しますので、外で待っていてください。博多の白酒がどこで造られているのか、ようやく突き止めました。ご案内いたします」

吉五郎が囁いた。隼之助は頷き返すにとどめる。腰にさげておいた手拭いで顔と手を拭き、尻はしょりしていた着物をさげて、裾を叩いた。

「不慣れですが、宜しくお願いいたします」

あくまでも臨時雇いとして他人行儀な挨拶をする。

「来てください」

踵を返した吉五郎に従い、近くの廊下にあがる。隼之助は自分の履き物を持って、見世の方に向かおうとしたが、くだんの娘が帳場に続く廊下の手前で待っていた。十五、六だろうか。波留よりも少し年下に見えるが、熱っぽい眸は大人の女のそれだった。

「吉五郎さん。今宵もまた三味線の指南をしてくださいな。お師匠さんより、教え方が上手なんですもの。おとっつぁんも、それなら吉五郎さんに教えてもらえと言っているんです」

「今宵は、野暮用がございまして」

「女の人？」

娘はあふれる想いと嫉妬心を隠そうともしない。羨（うらや）ましいと、隼之助は思った。願えばほとんどの望みは叶（かな）えられてきたのだろう。父親と母親に愛情をたっぷりと注がれると、人はこういうふうに育つという、よい見本のように思える。ちらつく傲慢さも、見た目の可愛らしさで補っていた。

「いえ、違います。臨時雇いの者に、一杯、飲ませてやろうと思いまして。これからも頼むことになると思いますから」

「そう」

大人びた目つきのまま、解放しようとはしない。やりとりが耳に入ったのか、父親らしき中年男が帳場から姿を見せた。

「珠緒（たまお）。いつまでもこんなところで、なにをしている」

「これは旦那様」

跪（ひざまず）いた吉五郎に倣（なら）い、隼之助も膝（ひざ）を突いて頭（こうべ）をたれた。荷を運ぶ指図をしながら様子を窺（うかが）っていたのか、

「旦那様。その者は、今日、来たばかりの臨時雇いでございます。お客様の相手をさせるのは、とうてい無理ではないかと思いますが」

番頭が廊下の近くに来て訴える。

「博多の練酒が白酒であることさえも、ろくに知らないような素人でございます。酒についてはなにも知らないと思います。恥を掻くのは旦那様でございます。表に出す奉公人は、選ばなければなりません」

吉五郎の出現によって、この男はいやおうなく裏方に追いやられたのかもしれない。激しい敵対心が感じられた。

「あたしは、吉五郎さんの考えどおりだと思います」

珠緒がさも悔しげに反論する。

「白酒を買いに来るお客様は、女の方が多いですから、相手をするのは若い男の方がいいと思います」

懸命に吉五郎を庇っていた。健気な姿に主は目を細めている。完全に父親の表情になっていた。

「おまえが商いに興味を持つようになったのは、吉五郎のお陰だね」

笑顔で言い、吉五郎と隼之助を見やる。

「わたしと少し話をしようじゃないか。吉五郎は見世に戻ってかまいませんよ」

「あ、はい」

「おまえの名は」

「壱太と申します。宜しくお願いいたします」

隼之助の答えに、主の滝蔵は大きく頷き返した。

「来なさい」

帳場ではなく、奥座敷に足を向ける。吉五郎が不安な顔を向けたが、それにはなにも応えない。

奥座敷は新入りを試す場になるはず。早くも勝ち誇ったような顔をしている番頭に見送られて、隼之助は座敷の端に腰をおろした。

六

「さて、と」

滝蔵は空咳（からぜき）をして、切り出した。

「練酒、これは白酒のことだが、うちでは九州の博多に白酒の酒蔵を持っている。普通の酒は伊丹と灘に蔵がある。それぐらいは聞いたことがあるかい」

まったく期待はしていない様子だった。吉五郎の代わりとばかりに、娘の珠緒が主の後ろに座る。小手試しの問いかけに、隼之助は真っ直ぐ目をあてて答えた。

「はい。白酒は餅米で造り、醪を臼で引き潰します。甘酒ではありませんが、練絹のような光沢のある甘口の酒でございます。特にこちらのお店の白酒は、光り輝くような色合いと、飲むときにふわりと漂う上品な薫りが人気であると伺いました。てまえも買い求めましたうえで、見世のお手伝いをさせていただきたく存じます」

多聞に連れられて諸国を旅した折、塩や砂糖、酒、茶、醤油、蕎麦、饅頭や飴などなど、食べ物に関わる事柄は、徹底的に教えこまれている。さらに才蔵から再確認するような調書を渡されている。ごく初歩的な答えをしたにすぎないのだが、主は少なからず驚いたようだった。

「ほう、詳しいじゃないか」

興味を持ったのかもしれない。では、と、第二弾を口にする。

「そもそも酒は、なぜ、サケと言われるようになったのか。これはちょいとむずかしいかもしれないね」

「サはさ庭や早苗、早乙女などと同じ語とされているとか。『さわやかな神聖さ』の意味を持つと聞いた憶えがございます。ケは飯のこと、つまり、特別な力を持った御馳走のことで、まずはカミにお供えするものであったと」

即答すると、主の見る目があきらかに変化した。座り直して背筋を伸ばすや、第三弾を発する。

「モヤシの意味は？」

「酒を造るときに使う種麴のことです。『一麴、二元、三造り』が酒造りのもととされますが、我が国においては、ばら麴、あるいは撒麴と呼ばれる米の粒の表面にカビを生やすものが用いられています」

「諸白と片白の違いとはなんだね」

「奈良で誕生したとされる諸白は、蒸米と麴米の双方に精白した米を使う高級酒のことです。それに対する片白は、麴に玄米を用いる古来より伝わるやり方の酒です。値段も安くできるため、昔はこちらの造り方が多かったのではないかと」

「酒造りの職人が、杜氏と呼ばれるようになったのは」

畳みかけるような問いかけに、隼之助も即答で応じ続ける。

「これも古来、家の女、つまりは刀自の米嚙みによって、酒造りが行われたとされております。その『とじ』から杜氏に通じていったのではないかとされております」

「新酒と呼ばれるのは、いつ造られた酒ですか」

「八月に造る酒です。普通は、前年に収穫した古米で造られます。これに始まりまして、『間酒』『寒前酒』『寒酒』『春酒』に至るまで、真夏を除き、酒はほぼ一年中、造られております」

　よどみない答えに、主はとうとう腕組みをして、唸った。

「うぅむ」

　光る目をじっと隼之助に据えている。その後ろで珠緒は、喜びに頬を染めていた。愛しい吉五郎の選んだ臨時雇いの下男が、父親と緊迫の問答をしたことに、強い興奮を覚えているのだろう。きらきら眸が輝いている。

「吉五郎さんの目は慥かでしょう、おとっつぁん」

　耐えきれないように声をあげたが、主は聞いていなかった。

「近頃、伊丹の酒の蔵元は、灘に押されている。その理由についてはどうですか。なぜ、そうなったのかわかりますか」

　言葉づかいもあらたまっている。先程、滝蔵は、伊丹と灘の両方に蔵元があると言っていたが、どうせなら片方だけにしたいと思っているのかもしれない。主自身もわからない事柄を、問いかけにしたように感じられた。

「あくまでも、わたしの考えですが」

　遠慮がちに口火を切る。

「かまいませんよ。言ってみなさい」

「はい。灘では、水車を用いて精米を行っているとか。人の手と水車とでは差が出ても仕方ありません。質のよい精米を大量にできるようになったのが、伊丹酒や池田酒を大きく引き離せた理由ではないでしょうか」

「そうか、水車か」

ぽんと膝を叩いた。逆に主の力量を試すような結果になっていた。酒問屋の主としては、中程度であると判断せざるをえない。米の出来がよいときは、『勝手造り令』が通達されて自由に造れるが、米の出来が悪いとなれば、酒造りを制限される。緩和と制限が度々繰り返されるため、酒問屋にはかなりの才覚が必要だった。

――〈笠松屋〉の明日は、あまり明るくないか。

そう思いつつ、油断なく警戒心を働かせてもいた。知識をひけらかしすぎたような気がしなくもない。食事師（くじし）の壱太であることを気づかれるのは上策とは言えなかった。

「造り酒屋で下働きをしていたことがございます。名もない地方の小さな造り酒屋を転々といたしまして」

訊かれる前に告げた。

「さして役に立たないような事柄を、いつの間にか憶えていたようです」

「いや、謙遜（けんそん）することはありません。たいしたものですよ、その若さで、と、そういえば、年は幾つなんですか」

「二十二です」

「吉五郎と同い年ですか」

滝蔵は、しみじみ呟いた。

「あれも使える男だが、おまえさんもいい勝負をする。たやすく得られる知識ではありませんよ。世の中には、ただ年を重ねるだけの者も多いですからね」

「番頭さんとか」

珠緒が悪戯っぽく笑った。「これ」と主は窘める。

「真面目に勤めてくれた者には、暖簾分けをしてきましたが、潰れる見世が多いんですよ。酒問屋は米相場を見る頭がないと続けられません。やはり、学ぶ気持ちがたいせつなんでしょう」

なにを思ったのか、手を叩いて、番頭格、あるいは手代頭といった様子の奉公人を呼んだ。二言、三言、言葉をかわした後、奉公人はいったん姿を消した。

「次は流石にわからないと思いますよ」

滝蔵は、やけに楽しげだった。娘が不満げに訴える。

「おとっつぁん、なにをするつもりなんですか。見世が忙しいのに、いつまでも話をしている場合ではないでしょう。きっと吉五郎さんが待っています」

「おまえこそ手習いの稽古があるじゃないか。そろそろ出かけなさい。商いに興味が出たのは嬉しいが、おまえも〈笠松屋〉の跡取り娘として、最低限の礼儀や芸事は身につけておかなければなりませんよ」

「は、い」

渋々立ちあがった娘と入れ替わりに、盆を抱えた奉公人が戻って来る。白酒らしい二本の銚子と、二つの杯が載っていた。滝蔵の前にそれを置くと、忙しげに見世に戻る。隼之助は奥座敷に、主と二人、取り残された。

「これは、どちらも〈笠松屋〉の白酒です」

二本の銚子から、それぞれ杯に注いで、隼之助に勧める。

「味見をしてみなさい」

「はい」

まずはひとつめの杯を取って、口に含んだ。

刹那、まろやかな麹の旨味が舌をゆっくりと包む。爽やかな香気が鼻からぬけていった。幸せな気持ちを覚えるのと同時に、雛祭りの〝絵〟が脳裏に浮かんでいる。杜氏たちが雛祭りを思い浮かべながら造ったのではないだろうか。『至福の酒』だと思った。

——間違いない。これは練酒と呼ばれる博多の白酒だ。

後味の良さにも練酒ならではの格が表れている。本当は水か白湯(さゆ)で舌に残る味を消したかったが、我儘を言える状況ではない。少しだけ時を置き、隼之助はもうひとつの杯の白酒を舌に載せた。

味はほとんど変わらない。素人であれば、同じ白酒だと言い切っただろう。が、舌に広がる風味にまず深みがなかった。あっさりと舌を通り過ぎてしまい、旨味の余韻を楽しむ暇もない。次いで脳裏に〝絵〟が浮かばなかった。

杜氏の想いが感じられないのである。

「どうだね」

滝蔵は興味津々(しんしん)、膝を乗り出していた。

「違いがわかるかい」

「いいえ」

隼之助は小さく首を振る。よけいなことは口にしなかった。これが、もし、『鬼の舌』を試すものであったとしたら、滝蔵が敵の一味だとしたら……多少、目端(めはし)の利く臨時雇いの男と思われるだけで充分だった。

「そうですか」

滝蔵は微妙な表情を見せた。安堵感と失望感がないまぜになったような感情は、だがしかし、一瞬のうちに消え失せる。

「表を手伝ってもらいましょうか」

目をあげて言った。

「今日は書き入れどきですからね。宜しくお願いしますよ」

「畏まりました」

隼之助は舌に二種類の白酒の味を刻みつける。一度、味わえば忘れることはない。なにかが隠されているのを感じていた。

第四章　至福の酒

一

その夜。

隼之助は、夜陰に乗じて、筑前国福岡藩松平（黒田）美濃守の下屋敷に忍びこんでいた。

福岡藩は筑前藩とも呼ばれており、慶長五年（一六〇〇）関ヶ原の戦功によって、黒田長政が怡土郡の西部を除く筑前一国を与えられて成立した外様の大藩である。石高は五十二万石、屋敷も下屋敷や抱屋敷を数多く持っている。

隼之助たちが忍びこんだ下屋敷は渋谷にあって、総坪数は約八千坪。池のある屋敷の図は、事前に才蔵から渡されている。

渋谷は御城の西南にあたる区域だが、広大な村地のほかは、大名家の下屋敷や抱屋敷、旗本屋敷などで占められている場所だ。町屋はほとんどないため、昼間でも人の往来は少ない。屋敷の一画は、息をするのも憚られるような静寂が満ちていた。

――〈笠松屋〉は福岡藩の御用商人。

ゆえに博多の練酒を扱い、雛祭りを中心に売り捌いている。が、隼之助が気になっているのは、福岡藩が薩摩藩と同じ九州の藩という点だった。

――幻の連判状に、名を連ねている大名家のひとつなのやもしれぬ。

多聞はそれを考えたうえで、〈笠松屋〉に吉五郎を潜入させ、連絡があった時点で他のお庭番にこの下屋敷を事前調査させている。隼之助は場が調った戦の、号令をかけるような役目といえた。ともすれば波留に向きそうになる気持ちを懸命に引き戻している。

この役目を滞りなく終わらせれば、あるいは多聞の考えが変わるかもしれない。

そこに懸けていた。

「才蔵か」

気配を感じて問いかける。

「はい。酒蔵らしきものが東の方にあるようです」

尖兵役の才蔵は、後ろに吉五郎を含む二人の手下を従えていた。そして、隼之助にも二人の手下が付いている。総勢六人の潜入となっていた。夜空には月と星が輝き、夜目の利くお庭番にとっては、いささか明るすぎるように感じられた。

「その酒蔵から〈笠松屋〉は、見世売りの白酒を運び出していたんだな」

と、隼之助は吉五郎に確認する。青白い月の光を浴びた姿は、昼間よりも妖しく見えた。〈笠松屋〉の娘が惚れるのも無理からぬことと、妙に納得している。

「そうです。一昨日の夜も確かめました」

「この屋敷で造っているところは見たのか」

今回の調べでもっとも重要なことを問いかけた。多聞や才蔵からの口からは語られていないが、おそらくそういうことだろうと隼之助はふんでいた。

表向きは博多の練酒——白酒だが、実際は、江戸の屋敷で造られている。福岡藩の偽りを暴くための潜入捜査であるのはあきらか。一瞬、才蔵と吉五郎は黙りこんだが、

「お気づきでしたか」

答えた才蔵に、吉五郎が続いた。

「造っているのは、赤坂の屋敷です。そこで造った練酒をここに運びこみ、〈笠松屋〉

に届ける。それが福岡藩のやり方です」

「赤坂の屋敷の方では、すでに造るのをやめている、か」

独り言のような呟きが出る。

「仰せのとおりです。造っているところを押さえたかったのですが、かなり早い時期に造り終えてしまうようでして」

才蔵にしては珍しく言い訳めいた言葉になっていた。公儀お庭番全員が、鬼役の手下として動いているわけではない。二六時中、見張れないことは理解できた。

「行くぞ」

隼之助は号令をかける。一度、深呼吸して、闇に融(と)けた。風のない穏やかな春の宵(よい)、しのびやかに六つの影が、暗闇の中を駆け抜ける。先頭に立とうとする隼之助を、そうはさせじと才蔵が追い抜いた。すぐ後ろには吉五郎が付き、その後ろに三人が従っている。

〝福岡藩の財政は、諸藩同様、厳しいようです〟

ここに来るまでの間、才蔵から聞いた話を思い出していた。

文化期に入ると、福岡藩の財政は悪化。農村においても百姓一揆(いっき)や村方騒動が頻発(ひんぱつ)していた。

前藩主、斉清は白水養禎の『存寄書』をもとに、大量の藩札を発行して家臣や領民に貸し付け、これによって借銀を返済させる御救仕組みを実施する。また生蠟・石炭・鶏卵など、特産物の専売を実施し、鴻池などそれまでの銀主の借財を据え置きとする借銀整理を行ったが、藩財政の運営に失敗。改革は挫折した。

特産品は、現地から運ぶよりも、江戸で造った方が安く済む。

だれが考えたのかはわからないが、運賃を省けば、それだけ多く利益が出るのは自明の理。福岡藩は密かに、赤坂の中屋敷で特産品の白酒を造り、いかにも博多から運んだように思わせて、売っているのだった。

――〈笠松屋〉の主が、今ひとつ、わからぬ。

走りながら考えていた。日付が変わっているため、すでに昨日の話になるのだが、滝蔵はなぜ二種類の白酒を味見させたのだろうか。公儀鬼役の手下であるかどうかを確かめるためだったように思えなくもない。

噂になっている『鬼の舌』。三種の神器という話だが、もうひとつ、別の噂が流れているのかもしれない。毒味役として並外れた『舌』を持つという鬼役の配下。もしかしたら、壱太を名乗る男は、その配下ではないのか。

そう考えるがゆえに、二種類の白酒を味わわせたのだとしたら……。

「小頭」

吉五郎の呼びかけで足を止めた。前方に二つの蔵が見える。六人は木陰に身をひそめて、様子を窺った。

見張り役の二人が、退屈そうに槍を持って立っている。藩士ではなく、雇われた中間であろう。ひとりは大口を開けて、大欠伸をしていた。

「わたしにおまかせを」

言い置いて、吉五郎は、二人に歩み寄って行った。

「だれだ?」

ひとりが誰何の声をあげて、槍を構える。お庭番と常人の違いが表れていた。あえかな月の光では、顔を見分けることはできない。

「吉五郎です」

答えると、二人同時に安堵の吐息を洩らした。金を渡していたに違いない。

「なんだ、吉五郎さんかい」

「驚かせるなよ」

親しげな言葉を口にする。

「すみません。実は前にお話ししていたのが今宵なんです」

「ああ、そうか」

　顔を見合わせた二人に、吉五郎はもうひと押しとばかりに金の包みを渡した。中には屋敷に直接、抱えられる中間もいるが、ほとんどの中間は、武家に伝手（つて）のある口入屋から配される。縁も義理もないとなれば、金で転ぶなと言う方が無理だろう。

「それじゃ、このあたりで引きあげるとするか」

「そうしよう」

　意味ありげな視線を交わし合い、ひとりが蔵の錠（じょう）を吉五郎に渡した。いっとき休憩を取らせるだけかと思ったが、引きあげるという言葉から察するに、欠落（かけおち）するつもりなのかもしれない。よけいな私語は発することなく、闇の中に消えていった。

「奉公先から遁走（とんそう）か？」

　隼之助は小声で訊ねる。

「大目付様の調べが入る旨、告げておきました。騒ぎに巻きこまれるよりは、金子をもらったうえで欠落した方がいいと思ったのだと思います」

　吉五郎はしたたかだった。あるいは事前に多聞から命じられていたことも考えられる。鬼役としてではなく、大目付の内偵云々と告げるあたりに、幕府内での対立が見え隠れしている。

「お待ちください。今、戸を開けます」

吉五郎は錠を手にして蔵の前に立った。

「向こうの蔵も開けてくれ」

隼之助は、もうひとつの蔵の錠を才蔵に投げる。もしや、と考えていた。片方の蔵には、本物の博多の白酒、片方の蔵には、偽物の白酒が納められているのではないか。隼之助が『至福の酒』と名付けた雛祭りの光景が浮かんだのが前者、そういう杜氏の想いが感じられなかったのが後者である。

蔵の錠を開ける役目は、吉五郎と才蔵が担い、他の者は油断なく周囲に目を向けている。先刻の見張り役が裏切ることも充分、考えられた。すわ一大事と知らせれば、この屋敷の主は、喜んで報奨金を出すだろう。隼之助もおかしな気配がしないか、心を配っていた。

「小頭」

吉五郎の声で、真っ暗な蔵に足を踏み入れた。窓は固く閉ざされているため、中は漆を塗りこめたような、ねっとりとした暗闇に覆われていた。五感どころか、第六感にまで研ぎ澄まされた感覚を持つ隼之助には、内部に満ちた白酒の薫りが、鼻や唇、さらに肌をとおして伝わってくる。

甘く、芳しい薫りだった。

「本物やもしれぬ」

つい声になった呟きに、吉五郎が怪訝な声を返した。

「味見をしていないのにわかるのですか」

「いや、わからぬ。すべての樽を開けてくれぬか」

「ですが」

吉五郎の躊躇いには、多くの意味が含まれている。全部の樽を開ければ、賊が侵入したことを知らせるようなものではないか。ひとつの樽に小さな穴を開け、そこから白酒を取り出して、味見をする程度に留めておく方がいいのではないか。

見張り役を小判で追い払う役目は命じられたものの、おそらくそこから先は現場の判断次第と告げられたに違いない。

「すべての樽を開けるのは……」

反論に厳しい呼びかけが重なる。

「吉五郎」

才蔵が戸口に立っていた。

「小頭のご命令は、木藤様のご命令だ。わたしは隣の蔵の樽を開ける。急げ」

「は」

そこからはすみやかに動いた。まずは最初の大樽の蓋を開ける。隼之助は懐紙を柄杓のような形にして、ほんのひと匙分、掬いあげた。その間に吉五郎は、次の樽、さらに次と蓋を開け続けている。

隼之助は一滴、樽の酒を舌に載せた。

とたんにふわぁっと鼻から香気が抜ける。同時に舌全体が、まろやかな旨味に覆われた。脳裏に広がるのは、雛祭りの〝絵〟。娘の幸せを願って、二親が懸命に支度を調えた。質素な土雛と豪華な雛人形という差はあるかもしれないが、子を想う心に変わりはない。

――これは『至福の酒』だ。

頭に刻みこんで、次から次へと味見をする。間違えないようにという心遣いだろう。味見が終わった樽には、吉五郎が蓋をしていった。多聞がたったひとりの潜入役をまかせただけのことはある。〈笠松屋〉の主ではないが、確かに使える男といえた。

「終わりましたか」

戸口で才蔵が待っていた。

「こちらは終わった」

「では」

才蔵は慎重な足どりで先に立った。後ろに続いた隼之助は、隣の蔵からもあふれんばかりの芳香が流れているのをとらえた。才蔵は吉五郎以上に使える男、すでに大樽の蓋を開け、味見をするだけになっている。

「お気をつけください」

はじめの大樽に近づいたとき、緊迫した警告を発した。屋敷の静寂に変化はない。表の見張りも沈黙を保っている。つまり才蔵は、大樽の中身に気をつけろと言っているのだった。策をめぐらせた何者かが、毒を混入していることも考えられる。

罠と罠、策謀と騙し合いの世界で生き残るのは至難の業。しかし、隼之助はそれをしなければならなかった。

「案ずるな」

答えて、はじめの大樽から懐紙で一滴の白酒を掬いあげる。舌に載せた瞬間、またもや、まろやかな香気が鼻から抜けていった。続いて訪れる幸福な〝絵〟、雛祭りを祝う光景が、鮮やかに浮かんでいる。

「この酒は罠の味がする」

隼之助は呟いた。

福岡藩の下屋敷は、耳が痛くなるほどの静寂に包まれている。『至福の酒』は闇の中で、素晴らしい香気を放っていた。

二

福岡藩の二つの蔵。

そこに納められていた大樽には、白酒がたっぷりと詰められていた。隼之助はそれぞれの蔵にあったすべての白酒の味見を終えて、いったん橘町の家に戻って来た。吉五郎は真っ直ぐ〈笠松屋〉に足を向け、才蔵以外のお庭番たちは、隼之助の護衛役を終えた時点で散っている。

「伊三郎殿ではないが、この家はいいな」

心からの呟きが出た。今日も戻って来られた、生きて帰ることができた。そんな安堵感を噛みしめながらの言葉になっている。

「壱太から真の隼之助に戻れるのはここだけだ。借りた当初は、父上に見捨てられたのではないかという、惨めな気持ちしかなかったが」

擦り切れた畳に寝転がって、煤けて汚れた天井を見あげる。つまらない染みの跡さえも愛おしく思えた。惨めな気持ちはどこへやら、今はこの家が隼之助や盟友の安らぎの場となっているのだから不思議なものだ。

「時が経ったからか、はたまた、おれが変わったのか。それとも実はなにも変わっていないのか」

独り言に父が応えたような気がした。

〝己の気持ち次第よ〟

そうかもしれない。最悪の状況でも考え方ひとつでどのようにも変えられる。多聞がそこまで考えたとは思えないが、ここに家を借りたのは最上の策といえた。

「今、茶の支度をいたします」

才蔵は湯を沸かす用意を始める。小石川の屋敷へ知らせに行かなくてよいのですか。木藤様にお話しすることがあるのではありませんか。内心、穏やかではないのかもしれないが、よけいなことはいっさい口にしなかった。

──あるいは、すでに他のお庭番が知らせに行っているのやもしれぬ。

どこか醒めた思いは、真綿にくるんで仕舞い込んだ。

「喉が渇けば、水を飲むからいい。才蔵さんも少し休め」

「お気遣い、ありがたく思いますが、わたしは大丈夫です。四ツ目橋の居酒屋〈ひらの〉の方はどうですか。見世を立て直す名案が浮かびましたか」

いついかなるときでも、才蔵はお庭番なのだった。なにげなく〈ひらの〉の話を出すあたりにも気配りが垣間見える。

「まだなにも浮かばない。若い主はむろんのこと、女房殿も料理が得意なようには見えぬからな。簡単に作れる旨い肴を考えてはいるのだが、それだけでは客を招びこむことはできないだろう」

「まずは酒の格をさげ、仕入れの金を減らすしかありませんね。あのあたりで灘の上酒を出しても、客が列を作ったりはしません」

詳しく話してはいないのだが、おおかたの経緯は察しているようだ。だれの目から見ても素人の商いであり、借財を増やさないためには早くやめるべきだと、これまただれもが思うに違いなかった。

「早朝、行徳の方から野菜を運んで来る百姓や、野菜を買い求めに訪れる客をあてこんで、旨い定食を出すのが、もっともいいようには思うが」

「それには、主と女房の料理の腕が足りぬ、と」

「話が戻ったな」

隼之助は、思わず問いかけていた。

「〈ひらの〉について、なにかわかったのか」

起きあがって才蔵を見つめる。見世を立て直す話がしたくて、彦市夫婦のことを口にしたわけではあるまい。深読みしたがゆえの問いかけになっている。

「鋭いですね」

才蔵は苦笑した。

「隼之助様に、隠し事はできません」

「つまらぬ世辞はよせ。読まれてもいい程度に、才蔵さんは気持ちをゆるめていた。気づかなければ『鈍いやつじゃ、とうてい鬼役の頭は務まらぬわ』と父上に笑われよう」

常に父を意識していることを吐露したような言葉になっていた。隼之助も苦笑いせずにいられない。

「なさけないことよ」

「なにを仰しゃられます。木藤様も仰しゃっておられましたが、あの若さでよくぞと、お庭番の古老たちも、新しい頭の誕生を心待ちにしております。生きているうちに見られるとは思わなんだと泣く者もおりまして、日に日に隼之助様への忠誠心は高まっているのです。われらは……」

「よせ、もうよい。天まで昇らされた挙げ句、突然、後ろから蹴り落とされてはたまらぬからな」

「決してそのようなことはいたしませぬ。隼之助様にお仕えするお庭番は、みな心からの忠誠を捧げております。忘れておりましたが」

と、才蔵は懐から薄い文書を取り出した。

「〈笠松屋〉が御用商人となっている大名家や公家を急ぎ調べさせました。お役に立つかどうかはわかりませんが」

差し出された調書を受け取る。

「あとで目を通しておく。話を戻すが、〈ひらの〉だ。女房を連れ去ろうとした浪人が吐いたのか」

隼之助と雪也が取り押さえた二人の浪人は、町奉行所の詮議を受けていたはずだ。話の流れからして、浪人たちが依頼人の名を吐いたのだろうと読んでいた。

「はい」

才蔵は手早く淹れた茶を、盆に載せて畳に置いた。座敷にはあがろうとはしないで、上がり框に座る。

「御内儀を連れ去るように頼んだのは」

「隼之助、いるか」

将右衛門の呼びかけと、才蔵が立ちあがるのが同時だった。答える前に大男は戸を開けている。

「なんじゃ、飯の支度はまだか」

刀を外しながら、しきりに鼻をうごめかしていた。才蔵が身体をずらして、狭い土間に将右衛門を招き入れる。座敷にあがるのを見て、釜を竈にのせた。

「三郷が飯を研いでおいてくれたようです。あとは炊くだけですので、すぐに用意いたします」

身のまわりの世話をするのは、村垣三郷の役目なのだが、またしても隼之助を気遣っている。波留のことしか考えられない今、三郷にうろつかれるのは迷惑でしかない。それを察していた。

「おれも汁を作ろう。青菜を洗って……」

立ちあがろうとしたが、才蔵はぴしゃりとそれを制した。

「おやめください」

真剣な目を向ける。

「小頭がやることではありません。それから、二人のときも『才蔵』と呼び捨てるようにしてください。些細なことかもしれませんが、そういった日頃の言動が、風格や威厳となって表れるのです」

「わかった、わかった」

声をあげたのは将右衛門だった。

「小頭云々の講釈はあとで聞くゆえ、先に飯を頼む。わしは腹が減ると、話をする気ものうなってしまうのよ。じきに浅蜊売りや、総菜売りが来よう。豆腐と油揚げの汁もよいが、さよう、今日は浅蜊がよい」

舌なめずりして、隼之助に向き直る。ともすれば堅苦しくなりがちな才蔵との関わりを、将右衛門や雪也が軽やかなものにしてくれた。ときに行き過ぎることもあるが、今はそのとおりと心の中で答えている。

「おれも浅蜊の味噌汁がいいな」

「わかりました」

才蔵も笑みを浮かべて、竈に薪をくべ始めた。さて、と、将右衛門が口火を切る。

「番町の屋敷だが、特に変わった動きは見えなんだわ。取り巻き連中は昨夜も『殿、殿』と弥一郎殿をおだてて、桜を愛でながら酒宴よ。この間のあれで気が済んだとは思えぬが、木藤様の手配りでお庭番が十人、配された。そのお陰やもしれぬ。終始、上機嫌であらせられたわ」

　最後の方は皮肉たっぷりだった。また弥一郎が若党を連れて、小石川の屋敷に現れるのではないか。それをさせぬために隼之助が見張り役を頼んだのだと、将右衛門は思っているようだが、

「そうか」

　よけいなことは言わない。

「それにしても、ずいぶん早く戻って来たではないか。おれは二、三日、見張ってくれるかと思うたのだが」

　その代わりとばかりに、ちくりと痛いひと言を告げた。膝をくずしていた将右衛門が慌て気味に座り直した。

「いや、わしもそう思うておったのだがの。香坂殿が来てくれたのじゃ。交替しようと言うてくれたので甘えた次第よ。香坂殿はわしよりもずっと睨(にら)みがきくゆえ、殿様の若党もおとなしゅうしておろう。まずは小頭様にその知らせをしながら、腹を満たしに来たというわけじゃ」

三

「伊三郎殿が……そうか」

隼之助は少しだけ身体の力を抜いた。安堵の気持ちが出てしまったのか、

「おい、隼之助」

将右衛門が反撃に転じた。

「今のそれはなんじゃ、ええ、香坂殿であれば心配ないと言わんばかりの顔をしたの。わしはそんなに頼りにならぬか」

「違う。心配ないと思うたのではない、伊三郎殿は『わかっている』と思うただけだ。おれが番町の屋敷を見張るよう、おぬしらに頼んだ理由を、な」

「ああ?」

将右衛門は素っ頓狂な声をあげ、しばし天井を睨みつけていた。必死に今までのことを思い出して、答えに繋げようとしている。

「天井の染みに答えは書いてないぞ」

揶揄すると、

「腹が減りすぎると頭もよう働かぬ。才蔵さん、飯はまだか」

　大仰に顔をしかめて告げた。

「今少しお待ちください」

「それで、雪也はどうしたのだ。小石川の屋敷にいるのか」

　隼之助は訊いた。二人に与えられた役目は、小頭の用心棒役だが、雪也は自分で〈ひらの〉のことを調べてみると言っていた。にもかかわらず、今朝は姿を見せていないのが引っかかっている。

「これじゃ」

　小指を立てて、将右衛門はにやりと笑った。

「今度はわたしの番だとな、取り澄ました顔で言いおったのよ。おきちのところであろう。男妾も楽ではないと、またまた小憎らしいことをぬかしておったわ。あれを聞く度、殴りたくなるわい」

「やれやれ、てっきり〈ひらの〉について調べてくれていると思うたものを、雪也までもが女のもとに行ったか。居酒屋を立て直す妙案でも考えてくれねば、この届け出のない休みは認められぬな」

　ふと思いついて問いかけた。

「酒を飲んだとき、飲んだ後でもよいが、おぬしはなにを食いたいと思う。あるいはなにを食うたときに『旨い！』と心から感じたか、と訊きたかったのだが」

途中で気が変わる。

「やめておこう。雪也ならばともかくも、大食らいの将右衛門にするべき問いかけではなかった。おぬしの場合、味は二の次、腹さえ満たされればいいんだからな」

「馬鹿にするでない、わしとて旨いか不味いかぐらいはわかるわい。そうよな。わしは酒を飲んだ後の茶漬けが一番じゃ。さらさらと掻っ込むあれで締めるのがよい。金さえ出せば旨い酒は飲めるが、旨い茶漬けというのがけっこうむずかしゅうてな。お、このような話は、常とは異なる舌を持つ小頭様には無用であったか」

皮肉は聞き流して、ひとつの事柄だけ頭に残した。

「茶漬けか」

旨い飯の炊き方と茶の淹れ方を教えれば、素人夫婦でもそこそこの茶漬けが出せるのではないだろうか。飯の上にのせる具を工夫すれば、なおいいかもしれない。上等な茶漬けを安価で食させる。それを売りにすれば、見世を立て直すひとつの手だてになるかもしれなかった。

「悪くないな」

「なんじゃ、わしの考えを横取りか。〈ひらの〉の立て直しがうまくいった暁には、いやというほど灘の酒を馳走してもらいたいものよ。雪也に聞いたが、酒だけは極上のようではないか。楽しみじゃわい」

舌なめずりして、何度も唾を飲んでいる。空腹であるため、よけいに唾があふれるのだろう。才蔵を縋るように見た。

「汁だけでも先にできんかのう。浅蜊だのなんだの、もう贅沢は言わぬ。胃ノ腑が痛うてかなわぬのじゃ」

「無理を言うな、将右衛門。この家の竈はひとつだけ。そこでは今、飯を炊いているではないか。汁を作ることはできぬ」

「お待ちください。三郷に集汁を作らせます」

言い置いて、才蔵は出て行った。将右衛門は宥めるように、胃のあたりを撫でている。飯の煮立つ匂いが広がって、なお刺激されていた。

「しばし待て、あとわずかじゃ」

「たまにはいいことを言うと思うたが、やはり、将右衛門は金と飯のことしか頭にない大飯食らいだな。ぐーぐーと腹の鳴る音が耳に痛いほどよ。〈ひらの〉の売りにする茶漬けは、『ぐーぐー茶漬け』とでもするか」

「ふむ、悪うないの」

「真顔で答えるな。そんな呼び名をつけたら、売れるものも売れなくなってしまうではないか」

「おはようございます」

会話を遮るように戸が開いた。三婆のひとり、お宇良が、朝から薄化粧をして、粋に装っている。

「おう。顔さえなければ、どこの御新造かと思うわい。首から下は艶やかよの」

将右衛門が悪態で応えた。

「ほほほ、溝口様ったら」

お宇良は、歯のない口もとを隠すように手で覆っている。噴きこぼれそうになったのだろう、飯を炊いている釜の蓋を素早く取った。

「目を離してはいけませんよ」

「すまない」

土間に降りようとした隼之助を、お宇良は仕草で制した。左手に持っていた丼を上がり框に置く。

「これ、昨夜の残り物ですけれど」

「切り干し大根の煮物か」

将右衛門は涎を垂らさんばかりの顔になっている。お宇良は飯の炊き具合を見ながら、四畳半しかない家を何度も何度も見まわしていた。

「雪也はおらぬ。今日は男妾の御役目を務めておるゆえ」

将右衛門が素っ気なく言った。

「あら」

皺だらけの顔が、さっと引き攣る。

気まずい沈黙が流れた。

なにか言いたいのだが、うまい言葉が見つからない。下手なことを口にすると、よけい怒らせてしまいそうで言えなかった。

――あのときも静まり返った。

隼之助は、なぜか多聞の言葉を思い出している。

〝お庭番から十人ほど選べ。弥一郎の下につける〟

小石川の屋敷で早めに行われた『別れ火の宴』。あのとき、お庭番たちの間に広がった薄気味悪いほどの静寂が、盟友たちに番町の屋敷を見張らせる理由だった。多聞はなにを考えているのだろうか。弥一郎を本気で鬼役の頭に据えるつもりなのか……。

「では、わたしはこれで失礼いたします」

妙に他人行儀な挨拶をして、お宇良は戸を閉めた。とたんに将右衛門が口を開いた。

「わしは見たのじゃ。井戸で野菜を洗いながら、雪也がお宇良婆さんと手を握り合うていたのをな。あれは間違いない。わりない仲になっておる」

「まさか」

いちおう否定したが、ありうるやもしれぬとも思っていた。

「そういえば、おとらさんが、お宇良さんはもう子ができぬゆえ、案ずることはないと言うていたな」

「そら、わしの言うとおりではないか。来る者は拒まず、去る者は徹底的に追いかける。雪也らしいと言えなくもないが、ようやるものよ。あれでなければ、男妾は務まらぬのやもしれぬがの」

将右衛門は襟を抜き、おちょぼ口になる。

「雪也様、お宇良は寂しゅうございました。五目の師匠のところへなど二度と行かせませんよ。吉原仕込みの技で、二度と離しませんから」

女言葉になって、ひとり芝居を始めた。

「いやいや、お宇良さんこそが、わたしの想い人だ。おきちなぞ、話にならぬ。それゆえ、こうして戻って来たのよ」

「嬉しい、雪也様」

「二度と離さぬ、お宇良さん」

「よせ」

　隼之助は小さく震えた。

「鳥肌が立った。口にするのもおぞましい、いや、おそろしい話よ」

「然り」

　将右衛門も大仰に震えあがって見せる。

「大江戸の光源氏か。わしに戯作の腕があれば、書くがのう。キワモノ好きの江戸っ子が、案外、読むやもしれぬ」

「怪談話としてな」

　隼之助の冗談に、将右衛門は大声で笑い出した。思わずつられて笑いそうになったが、不意にひらめいた。

「お宇良さんは、もとは吉原の遊女。〈ひらの〉の御内儀のおみつさんもそうだ。茶漬けの呼び名は『吉原茶漬』、いや、待てよ。吉原の地名を冠するのはまずいな」

「『花魁茶漬』はどうじゃ」

「それだ」

思わず膝を叩いた。

「かつて吉原では花魁が手ずから馴染み客に、茶漬けを作って振る舞ったという話を、おみつさんに語らせれば、人気が出るやもしれぬ」

「ほう、そのような話があるのか。知らなんだわ。流石は隼之助、その手の蘊蓄話には事欠かぬな」

「お褒めに与り恐悦至極と言いたいところだが、作り話よ」

「は」

将右衛門は膝を叩くふりをした手を、額に持っていき、叩いて見せる。

「こいつは一杯、食わされたわい。なれど、悪くないやもしれぬの」

「さっそく〈ひらの〉に行って……」

腰を浮かせたとき、

「ごめんください」

戸口で声がひびいた。隼之助は飯の炊き具合を見がてら、土間に降りて戸を開ける。見覚えのある小僧が立っていた。

「〈笠松屋〉の使いです。旦那様が、今日も壱太さんに見世を手伝ってほしいと仰しゃいまして」

「わかりました。すぐに参ります」

戸を閉めて、将右衛門の方を見る。興味を持たれたのが、いいのか悪いのか。主の滝蔵は二種類の白酒を出して、隼之助を試したように思えなくもない。滝蔵が敵方であれば、罠の可能性も考えられた。

「刺客が待ち構えておるやもしれぬぞ」

将右衛門が代弁するように言った。

四

鬼役の手下だと気づかれたか。

それゆえ主の滝蔵は、隼之助を始末するべく、刺客の手配を調(ととの)えたのではないか。急遽(きゅうきょ)、才蔵も臨時雇いとして加わり、〈笠松屋〉に向かった。雪也にも使いを出して、将右衛門と二人、見世の表と裏木戸に立つ手筈(てはず)をつけている。

十名ほどのお庭番も配して、万全の態勢を取ったのだが……。

「酒を届けてくれないか」

「畏まりました」

「いつものやつをお願いしますよ」

「はい」

見世では、ふだんどおりの応対が行われている。昨日が戦場のような有様だったため、物足りないほどだったが、おそらくこれがいつもの光景であるに違いない。

見世の外にようやく姿を見せた雪也が、隼之助に目顔で合図を送ってきた。遅れたことを詫(わ)びていた。

――これで守りに綻(ほころ)びはない、はずだ。

友に頷き返して、さりげなく帳場を見やる。白酒の売り上げでも計算しているのだろうか。主の滝蔵は帳簿の丁(ちょう)を繰るのに余念がない。土間に置かれた幾つもの大樽の中身は、すべて灘や伊丹の酒であり、白酒の大樽は片づけられていた。

「壱太」

吉五郎が呼んだ。

「はい」

「伊丹の酒がなくなってきた。才蔵と一緒に、蔵から持って来てくれないか」

「畏まりました」

色男の采配に、主も満足しているのか、特に口を挟んだりはしない。奥座敷に続く廊下からは、振り袖姿の珠緒が何度も顔を覗かせていた。その都度、母親に連れ戻されていたが、その母親さえも、吉五郎にちらりと艶っぽい流し目を投げたりする。客はと言えば当然のように女客が多かった。

——雛祭りが終わっても女客は減らぬか。

隼之助は、才蔵と一緒に見世から蔵のある裏庭に足を向けた。時刻は八つ（午後二時）頃だろうか。やわらかな陽射しに包まれた裏庭には、お庭番の気配がそこかしこに感じられる。肩すかしを食わされたような感じだったが油断はできない。おかしな気配がないのを確かめたうえで、蔵の戸を開けようとしたが、

「お待ちください」

才蔵が先に入った。

「大丈夫です」

昼間でも中は暗闇に満ちている。酒蔵の場合、陽の光はよくないため、昨夜の福岡藩同様、蔵の格子窓は閉めたままだった。しかし、出入り口の戸を開けただけでも、かなり明るくなっている。隼之助は才蔵と、大樽の酒を小樽に移し始めた。

「滝蔵は、なぜ、今日も壱太を呼んだのでしょうか」

才蔵が小声で言った。わざと『壱太』の名を口にすることによって、頭を切り換えているように思えた。

「わからぬ。罠でも仕掛けられているかと思うたが、昨日より暇なだけで、これといった変わりはない。もちろん『今のところは』だがな」

「隙を見て吉五郎にも訊いてみたのですが、わからないと言うておりました。壱太が来たので逆に驚いたようです」

「吉五郎か」

隼之助はつい口にしていた。

「いささか目立ちすぎるように思えなくもない。色男すぎるというのも考えものやもしれぬな。娘の、のぼせようがちと気にかかる」

努めて波留のことは考えないようにしていたが、色恋話が出ると、思い浮かべずにいられない。

「水嶋家についてはどうだ」

「波留様のことを考えておられるのですか」

二人同時に問いかけを発していた。これまた同時に苦笑いしつつ、隼之助は驚きをこめて告げる。

「本当に才蔵さんは、おれのことがよくわかる。怖いほどよ」

「たまたまでしょう」

軽くかわして、「それより」と続けた。

「水嶋家につきましては、依然として御目付様との縁組みが生きている様子。亡くなられた奈津様でしたか。波留様を、跡取り娘の代わりにするという考えは、変わっていないように見受けられます」

「目付の婿を家に迎え入れれば、水嶋家は磐石となる。借財も返してもらうている以上、簡単には諦められまい」

かつて多聞も隼之助の生母という存在がありながら、目付の家から北村富子——弥一郎と慶次郎の母を娶っている。面と向かって福右衛門を責められないのが辛いところだが、それは常人の考えかもしれない。

——わしは別れたと、開き直るやもしれぬ。

思わず浮かんだ笑みは流石に理解できなかったのか、

「今の笑いはなんですか」

才蔵が訊いた。とうの昔に酒は小樽に移し替えている。人が来ないのをこれ幸いと、蔵での密談となっていた。

「なんでもない。昨夜の件についてだが、これといった噂話を耳にしないな。中間が姿を消したうえ、幾つかの酒樽の蓋は開けたままにしてきたというに、おかしなこともあるものよ。瓦版（かわらばん）などはどうなっている。載っていたか」

「いえ、載っておりませんでした。福岡藩は大目付様への届け出を控えているのかもしれません。諸藩は騒動をきらいますゆえ」

盗っ人に入られたのは福岡藩の手落ちとして、厳しい罰が与えられないとも限らない。それを懸念して、沈黙を守っているのかもしれないが、あるいは別の理由があるのかもしれなかった。

「福岡藩と〈笠松屋〉の考えは、じきにわかるだろう。今は敵の出方を見るのが得策だろうな。そうそう、さいぜん話が中途半端になった〈ひらの〉のことだが、女房を連れ去るように命じたのは、どこの、だれなんだ？」

橘町の家は、ここほど密談に適しているとはいえない。三婆や訪問客に邪魔されて、余儀なく中断させられることも珍しくなかった。

「実は」

と、才蔵は急に声をひそめる。囁かれた内容を聞き、隼之助は目をあげた。

「にわかには信じられぬが……お庭番の調べが間違っているとは思えぬ。そうか。そういうことだったのか」

「あの若旦那には、できすぎた女房かもしれません」

「確かに、な。それにおみつさんがおらねば、『花魁茶漬』は意味をなさぬ。女房殿あってこそゆえ」

「なるほど。その策で居酒屋を立て直すお考えですか」

よけいな説明をしなくて済むのはありがたい。

「うまくいけばいいのだが……ひとつ訊ねたい」

「なんなりと」

「浪人を雇った件については、町奉行所の調べを受けねばならぬだろう。そのへんの手配りはどうなっている」

重要な案件は秘したままのやりとりを続ける。

「金を握らせましたので、奉行所もよけいなことはしないと思います。ただ騒動になっておりますゆえ、彦市夫婦への儀礼的な問答はあるやもしれません」

「知らぬ存ぜぬで通せば、問題は起こらぬか」

問いかけになった言葉に、才蔵は小さく頷き返した。

「はい」

「そうか。結局のところ、〈だるまや〉も父上の後押しがなければ成り立たぬということだな」

自嘲が滲んだ。

「木藤家に生を受け、お庭番の資質を受け継いだのは、運命でございます。それをうまく用いて人助けをするのが、悪いことであるとは思いません」

「それも一理ある。とにかく居酒屋を流行らせればいい話だ。壱太の御役目が忙しくなる前に、頼りない若旦那を鍛え直さねばならぬ。これは壱太の御役目よりも大仕事やもしれぬな。母親がすぐに手助けをするのも良し悪しだ。ゆえに、いつまでたっても若旦那は独り立ちできぬ」

今度は、異母兄弟の弥一郎を思い浮かべている。二人の母である富子は、多聞に離縁された後も弥一郎と慶次郎をなにかと扶けていた。木藤家を継ぐのは弥一郎だと、富子はおそらく今も固く信じているだろう。

「どこの家にも少なからず騒動の火種が隠れているが、父上のお考えは、おれにもようわからぬ。弥一郎殿の下に、十人のお庭番を配した真意は……」

「だれか来ました」

才蔵の警告の後、二人にだけ聞こえる程度の指笛が鳴った。潜入しているお庭番に違いない。ほどなく吉五郎が戸口に顔を出した。

「旦那様が壱太をお呼びです」

逆光で表情までは見えない。が、声には不安げなひびきが感じられた。隼之助が問いかける前に、吉五郎は答えを返した。

「用件まではわかりませんが急いでください。早くしろという仰せですので」

上役とも仲間ともつかない口調になっている。

「わかりました」

隼之助は下男として答えた。もしかしたら、鬼役の手下であることを知られてしまったのかもしれない。それが吉と出るのか、はたして、凶と出るのか。

──勝負。

肚（はら）をくって、蔵を出た。

五

「これから客人が来るんですよ」

主の滝蔵は言った。

「近衛(このえ)家の御用人でしてね。なに、どうということのない挨拶なんですよ。壱太は、廊下に控えていてくれませんか」

という短い話の後、隼之助は、主の命令どおり、奥座敷の廊下に控えていた。案内されて来た用人は三十前後、なかなかの美形だが、色が白くて、いかにも華奢(きゃしゃ)な身体つきの持ち主だった。

――腎陽虚(じんようきょ)だな。

隼之助は得意の体質診断をくだしている。生まれつき熱が不足しがちな体質で、生命力の蓄えが少ない。痩(や)せているのに皮膚がぽちゃぽちゃと柔らかく、背中を曲げた姿勢でいることが多いとされているが、まさに用人は軽く背中を曲げて座っていた。

用人が仕えている近衛家は、藤原北家の嫡流(ちゃくりゅう)で五摂家(ごせっけ)のひとつである。関白藤原忠通(ただみち)の長男基実(もとざね)を祖とし、子の基通(もとみち)が近衛殿に住んだことから、それが家名となった。父子ともに平清盛(たいらのきよもり)の娘を妻として、摂政・関白となるが、平氏没落後、基実の弟兼実(かねざね)が源頼朝(みなもとのよりとも)の信任を得て、摂政・関白となり、以後摂関は、近衛流と九条流から任じられた。

また五摂家は摂政・関白を出す家柄のことであり、近衛家、九条家、鷹司(たかつかさ)家、一条家、二条家の五家を指している。

「主は、ちと案じております」

挨拶を済ませた用人は甲高い声で切り出した。

「近頃は、灘の酒がもてはやされておりまするゆえ、伊丹の酒はもう江戸では用無しなのではないかと」

「ご心配には及びません。伊丹の酒は相変わらず人気が高うございます。仕入れた先から売れますので」

滝蔵はあたりさわりのない返事をしている。隼之助は今朝、才蔵から渡された〈笠松屋〉と親交のある大名家や公家の調書を頭に広げていた。近衛家は伊丹に領地を持ち、酒造りを奨励、近衛家への年貢酒の名目で、年間、三千七百五十樽もの伊丹酒を京都に向けて出荷していた。

年貢酒であるため、税はかからない。つまり、京都で売り捌いた酒の利益は、丸々近衛家に転がりこむという仕組みだった。

そこを突けという指示なのか、あるいは近衛家をもっと調べろという指示なのか。多聞の考えは今ひとつ読めないが、主の滝蔵についても同じことがいえた。

――なにゆえ、主はおれをこの場に呼んだのか。

福岡藩に賊が忍びこんだ話は、おそらく耳に入っているはずだ。しかし、滝蔵や奉公人の口からはなにも語られてはいない。才蔵も言っていたように、福岡藩は大目付への届け出を控えているのだろう。

――おれはわざと大樽の蓋を外したままにしておいたが、福岡藩の方も鬼役の潜入を予測していたように思えなくもない。

どうぞ白酒の味見をしてくださいと、言わんばかりのように見えたが、穿ちすぎだろうか。滝蔵が二種類の白酒を味見させたのは、どういう意図だったのか。二つの蔵に納められていたのは、おそらく博多から送られて来たと思われる白酒。福岡藩の下屋敷がある赤坂で作られた偽の白酒ではなかった。

――あれは正真正銘、博多の白酒だ。

白酒の荷に関する送り状や、送り届けた者についても、敵は怠りなく揃えているはずだ。なにも知らずに鬼役が下屋敷の酒蔵に踏み込んだら……木藤多聞は鬼役の任を解かれる事態に陥りかねない。

あるいは、と、隼之助は別のことも考えていた。

――真実を見分けられる『舌』の有無を確かめる策やもしれぬ。

二つの蔵に納められた白酒が、本物の博多の白酒か否か。そんなことが常人にわかるはずはない。にもかかわらず、鬼役が動かなければ、それはすなわち見分けられる

『舌』を持つ者がいるという証になるのでは……。

　――きりがない。

　頭がおかしくなりそうだった。侍と商人の戦、騙し合いの戦、幾重にも張りめぐらされた巧みな罠、ひとつでも読み違えた方が敗ける。

「今年もまた屋敷において、連歌の会を執り行う運びとなりました」

　用人の口から出た話を聞き、気持ちを眼前の会話に戻した。桜は満開か、早い場所では散りかけている頃だろうが、近衛家の江戸屋敷の桜は、今が見頃なのかもしれない。御用商人の〈笠松屋〉としては出費を覚悟の参加なのかもしれなかった。

「さようでございますか。てまえも末席に列ばせていただきます。今年はあの男を供にしようと思いまして」

　目顔で促されて、隼之助は深く頭を垂れた。

「壱太と申します」

「若いのですが、色々と使える男でございまして」

「さようですか」

　用人は、無遠慮な目を投げる。

「はてさて、使えると仰しゃいましたが、どの程度、役に立つのやらわかりません。

近頃は『御御御汁（おみおつけ）』の意味さえ、ろくに知らぬ者が増えましたからねえ」

試すような言葉を発した。

「どうですか」

滝蔵は隼之助に答えをゆだねた。答えなければ、供の件は了承しかねるということだろうか。多聞によって、試されるのは慣れている。

「『御御御汁』は、はじめは飯につける汁というので単に『おつけ』と言ったとか。それが『みおつけ』と呼ぶようになり、さらにそれを丁寧にしたために、御を三つも重ねるような仰々（ぎょうぎょう）しい呼び名になったと聞きました」

「へえ、そうなんですか」

滝蔵は心底、感心している様子だったが、

「なぜ、御を三つも重ねたのか。そこまで丁寧に扱われた理由は？」

用人は真剣な表情になっていた。たかが奉公人の分際でと思ったのはあきらか。むきになっている。

「戦が頻繁に行われていた時代までは、味噌の原料になる大豆は軍馬の飼料として、優先的に使われていた由。民の口に入るほどの大豆を作ることができなかったのだと思います。そのため大豆から作られる味噌は貴重なもの、大切なものとして、御を三つも重ねて言うようになったと聞いた憶えがございます」

「へえ、そうなんですか」

滝蔵の二度目の言葉は、用人に向かって発せられた。たかが御御御汁、されど御御御汁かもしれない。

「うむ」

用人は、渋々という感じだったが認めた。

「これはすごい」

手放しで滝蔵が褒めちぎる。

「すごいじゃないですか、壱太。わたしはこの年まで『御御御汁』の意味なぞ、知りませんでしたよ。いえね、いつもこちらの御用人様に、やりこめられているんです。蘊蓄師とわたしはお呼びしているんですが」

用人の空咳が、主の妙な高ぶりを制した。常日頃から苦々しく思っていたに違いない。やり返して、せいせいしたというところだろうか。蘊蓄師なる異名を聞き、隼之助も内心、苦々しく思っている。雪也や将右衛門が、よく口にする異名だった。

「失礼いたしました」

滝蔵は詫びて、さらに言った。

「先程、お話に出ました連歌の会でございますが」

「そのことです、まさにそのこと」

用人はふたたび隼之助に目を向けた。

「『御御御汁』の話ぐらいは、だれかに聞いたかもしれませんが、近衛家で行われる連歌の会は本膳料理、正式な日本料理の配膳法です。今までは〈笠松屋〉さんはお客様でしたが、今年からはお手伝いしていただけるというお話でした」

「いえ、あの、てまえはそのような」

滝蔵の反論は完全に無視される。

「いかがですか、手伝えますか。本膳料理がどういうものであるか、壱太はわかっておりますか」

「真髄までは理解しかねますが、おおまかな話は、このように承っております」

隼之助は答えた。

室町時代に確立された料理と形式こそが、本膳の基になっている。これが今の時代になって、内容、形式ともにより充実することになった。本膳料理を手掛けるときは、富貴繁栄、不老長寿、子孫繁栄を祈念して、料理を調進するのが大事である。

「そもそも本膳料理とは、本膳を真心にして、それに付随する膳立によって構成されております。『三汁十一菜』、五の膳まで調進するものが基本になり、次いで『三汁七菜』の三の膳まで、『二汁七菜』の脇膳つき、『二汁五菜』の帛紗(ふくさ)料理の形式もあります。本膳と申しますのは……」

「わかりました」

用人が片手をあげて止めた。白旗宣言だった。してやったりとばかりに、滝蔵の唇がゆがんでいる。

「壱太も蘊蓄師の仲間入りでございましょうか」

「〈笠松屋〉さんもお人が悪い。料理人を供にするのであれば、その旨、先に伝えていただきたく思います」

「いやいや、この者は料理人ではありません」

と、滝蔵は断じた。さして知りもしないのに適当に答えていた。

「それはそうと、連歌の会のことでございますが」

話を戻して、続ける。

「例の連歌は行われるのですか。〈山科屋〉さんからの廻状は、今、美濃守(みののかみ)様のもとにあると伺いましたが、まことでございましょうか。さらに、あれが次は近衛家の方に廻るとも伺いましたが」

「え」

用人の頬が引き攣った。

一瞬、微妙な間が空いた。

六

汗の匂い。

隼之助は、それをとらえた。外ではむろんのこと、屋内でもなかなか汗の匂いまではとらえられない。だが、今は、はっきりと用人の身体から発せられる汗の匂いを感じていた。

「い、いや、それは」

用人は狼狽えていた。ちらりと隼之助に走らせた目にも、隠しきれない動揺が表れている。もしや、と思った。

——廻状というのは、連判状のことか？

滝蔵はそれが福岡藩松平美濃守のもとにあることを教えるため、隼之助を同席させたのだろうか。そもそも敵方ではなかったのか。あるいは廻状の話を手土産に、寝返るつもりなのか。はたまた此度のこれこそが罠なのか。近衛家の江戸屋敷に隼之助を誘き寄せ、始末しようという腹づもりなのだろうか。

疑問があとからあとから、あふれ出してくる。滝蔵が口にしたのは、非常に重要な事柄だった。

近衛家も敵方であり、首謀者の名を連ねた連判状は、今、近衛家にあるのかもしれない。

真実か、それとも偽りか。

――なれど、この汗は偽りではない。

鋭い感覚が教えていた。用人の焦りを、なにが真実であるかを教えていた。滝蔵の真意まではまだわからない。が、隼之助の正体をある程度、見極めたうえの賭けであるようにも思えた。

「美濃守様のお屋敷の桜は、いつものように美しゅうございますか」

滝蔵は素早く話を変えた。

「さよう。いつも以上に咲き誇っておりまする。今宵、嵐にでもなれば、連歌の会は流れてしまいますゆえ、気が気ではござらぬ」

用人も合わせながら、またもや隼之助を見やる。こいつは何者なのか、という顔つきをしていた。

「壱太と申したな」

「は」

「いずれで料理の修業をしたのじゃ。料理人ではないようだが、学んだことはあろう。四条流か」

「めっそうもない。てまえの亡くなりました父親が料理人でございました。それだけのことでございます。祖母もすでにおりませんが、この祖母が占いまがいのことをして生計（たつき）を立てておりました。薬湯や陰陽（いんよう）のことなどは、祖母より指南を受けております」

嘘八百を並べたてるのにも、だいぶ慣れてきた。明日、滝蔵の供役を仰せつかるとなれば、怪しまれないようにしておかなければならない。

「さようか」

「供の役目は、充分、はたすと思いますが、いかがでございましょうか」

あらためて問いかけた滝蔵に、不承不承という感じではあったが頷いた。

「うむ」

曲がっていた背中が、なお曲がっている。喉の渇きを覚えたのか、冷えきった茶を取ろうとした。

「お待ちください。温かい茶に替えます。御用人様は、手足に強い冷えを覚えるたちではないかと思いますので」

立ちあがりかけた隼之助を、滝蔵が止めた。

「おまえは座っていなさい」

手を叩いて、女中を呼び、茶を替えるよう告げる。どこか得意げだったが、用人の目は隼之助だけに向けられていた。

「薬湯のこともわかると言うていたな」

「はい」

訊かれた以上のことを答える。

「ですが、御用人様の場合は、薬を飲むほどではないと思いますので、食べ物に気を配るのが宜しいと存じます。南瓜(かぼちゃ)や唐辛子、山椒(さんしょ)といった品を多く摂(と)るようになさるのが宜しいのではないかと」

「心がけることにしよう」

運ばれてきた温かい茶を飲み、満足げな笑みを浮かべた。

「なによりの馳走(ちそう)じゃ」

「それは宜しゅうございました」

滝蔵もまた上機嫌だった。

「ところで、御用人様。白酒はいかがいたしましょう。奥御殿の方々は、博多の白酒を心待ちにしておいでになるのではありませんか。雛の節句は終わりましたが、白酒を飲んではならぬという定めはございません。博多の白酒はまだ美濃守様のお屋敷に残っておりますゆえ、それをお持ちいたしましょうか」

「心遣い、いたみいる。そのように取り計ろうてくれるとありがたい」

「畏まりました」

滝蔵は平然としていた。福岡藩の下屋敷に、盗っ人が入って白酒の大樽を開けた騒ぎについては、本当に知らないのかもしれない。もう少し真意を確かめられないだろうか。滝蔵が敵なのか、味方なのか。今は敵方だが寝返るつもりなのか。

「白酒のことでございますが、よからぬ噂を耳にいたしました」

隼之助は思いきって口にする。

「美濃守様のお屋敷には、昨夜、盗っ人が入ったとか」

我知らず左手を胸にあてていた。懐に木藤家の裏紋が入った短刀を携えている。鬼役であることを示す唯一の品だが、それを滝蔵に見せるのは得策ではない。投じた大石は、さて、どちらに転がるか。

「まさか」

滝蔵の呟きを、用人が継いだ。

「なにも聞いておらぬ」

顔を見合わせた後、二人は隼之助に問いかけの眼差しを返した。

「てまえは噂話を耳にしただけでございます。昨日、見世のお手伝いをさせていただきましたので、白酒の話が気になりまして」

「主殿」

用人の要請に、滝蔵はすぐさま応じる。

「調べさせます」

慌ただしく部屋を出て行った。隼之助は追いかけるように廊下へ飛び出していた。見世の方から大声が流れて来る。滝蔵に続いて帳場に出ようとしたとき、帳場に続く廊下から才蔵が現れた。

「だめです」

なにがだめなのかはわからない。問い返す前に、小声で訊いた。

「今、来ている近衛家の用人は、福岡藩に滞在しているのか」

「そうだと思います。おそらく江戸屋敷にいるのではないかと」

「では、福岡藩の江戸屋敷を急ぎ調べさせろ。例のものがあるやもしれぬ」

才蔵は小さく息を呑み、頷き返した。

「わかりました」

「あの声は」

隼之助は気づいた。見世先から聞こえてくる声に憶えがある。才蔵が止めた理由を察していたが、とっさに二つのことを考えていた。

ひとつは壱太に向けられた滝蔵たちの疑惑の目——鬼役の手下かもしれぬという疑いを他に向けられるかもしれない。そして、もうひとつは、壱太になにかあれば、それをきっかけにして番町に配されたお庭番が動くかもしれない。

二つの事柄を胸に秘めて、隼之助は帳場に出た。

「何度、同じ話をさせるのじゃ。わしは膳之五家のひとつ、木藤家の木藤弥一郎よ。上様より鬼役、つまり、五家の頭役を仰せつかっておることは存じおろう。〈笠松屋〉が売っていた博多の練酒について調べたき儀がある。蔵に案内せい」

弥一郎が滝蔵を相手に、歌舞伎まがいの見得を切っていた。後ろには四人の若党を従えている。彼の者たちの近くに吉五郎がいたが、「動いてはならぬ」と隼之助は目で制した。弥一郎はひとりが差し出した木刀を受け取ると、これ見よがしに自分の肩を叩き始める。威嚇をこめて見おろしていたが、哀しいかな、あまり成功しているようには見えなかった。

「練酒は、すでにてまえどもの蔵にはございません。雛祭りが終わりましたので、仕入れるのをやめましてございます」

滝蔵は帳場に座って、丁重に応じている。

「ひと樽も残っておらぬと申すか」

問いかけつつ弥一郎は、隼之助に素早く目を走らせた。壱太とお庭番たちが、博多の白酒の件で動いているのをつかんだのだろう。面会を拒んだ多聞に腹を立て、自分の有能さを見せつけるべく、暴挙に出たことは容易に想像できた。

――父上がもっともきらうやり方だ。

隼之助は、主の斜め後ろに座って万が一にそなえる。

「残っておりません」

滝蔵は落ち着いていた。弥一郎の若さと浅薄さを、経験と後ろ盾で余裕たっぷりに受けている。その態度が怒りに火を点けたのか、

「きさま、木藤家を愚弄するか」

弥一郎の顔つきが変わった。

「〈笠松屋〉は筑前福岡藩の御用商人であろう。昨夜、美濃守様の下屋敷に盗っ人が押し入って、二つの蔵に納められていた博多の白酒を盗んだ由。命じたのは〈笠松屋〉であるという密告があってな。われらが出張って来たのじゃ」

虚実ないまぜなのか、すべて偽りなのか。隼之助には取り調べるための口実としか思えなかったが、滝蔵を驚愕させるには充分すぎる話だった。

「てまえには憶えがございません。美濃守様にお訊ねいただきますれば、はっきりするのではないかと思います次第。蔵をお調べあそばされる件につきましては、鬼役の証とされる短刀を拝見いたしたく思います」

動揺しつつも鋭く切り返した。隼之助が懐に携えている青龍の意匠が入った短刀、それが鬼役の身分を示すものであることを、大店の主たちは知っている。が、当の弥一郎は、訝しげに眉を寄せた。

「なに？」

そうか、あの短刀はかように重要な品だったのか。

落ち着きなく動く弥一郎の瞳に、そんな『言葉』が浮かびあがっていた。激しい怒りが一瞬のうちに燃えあがる。

「きさま」

振りあげられた木刀は、だれに向けられたものだったのだろう。隼之助は滝蔵を庇って覆い被さる。鈍い衝撃と激痛が、続けざまに襲いかかった。背骨が折れそうなほどの衝撃を、隼之助は呻き声ひとつ洩らさずにこらえた。

弥一郎の心の叫びだった。

嫡男であるにもかかわらず、多聞は最低限の扱いしかしない。番町の屋敷が形だけの木藤家というだけではなく、実は敵の目を引きつけておくための囮だと知ったら、自分が囮役の主だと知ったら……。

「おやめください」

「殿」

才蔵や若党、さらに吉五郎も加わって、弥一郎の狂気をどうにか抑えつける。はあはあという弥一郎の息づかいだけが聞こえていた。顔をあげようとしたとたん、隼之助は闇に吸いこまれる。

「壱太、しっかりしなさい、壱太！」

滝蔵の、取り乱した声が遠のいていった。

第五章　罠の味

一

番町の木藤家は、闇と静寂に包まれている。

かつて義母の花江が、たいせつに育んでいた野菜畑と薬草畑は、わずかな間に見る影もないほどに荒れ果てていた。若党の稽古場にでも使われているのだろうか。無惨に踏みつけられている。

「今日はすっきりしたのう」

「止めねばよかったのじゃ。おぬしがよけいな真似をするゆえ」

見張り役の若党が、玄関近くに立っている。雨が降るのかもしれない。空を流れる雲の速さに、近づく嵐の気配があった。湿った風に乗って酒の匂いが流れてくる。二人の足下には、大徳利が置かれている。酒を飲みながらの気楽な見張り役にとって、昼間の騒ぎはいい肴なのかもしれなかった。

「馬鹿を申すでない。止めねば妾腹の小頭は死んでいたぞ」

「は。いっそいなくなってくれれば、どれほど殿のお気持ちが楽になるか」

「荒れておられたな」

「ああ。相手をさせられて、みな足腰が立たぬほどじゃ」

先刻まで弥一郎は、畑だった場所で若党相手に凄まじい稽古をしていたのだった。ひとしきり暴れた後は酒をあおっている。その後は新妻のもとにでも行くつもりなのかもしれない。同じことを考えたのだろう。

「最後に求めるのは奥方様の胸か」

ひとりが羨ましげに呟いた。

「妬くな、妬くな。見張り役を務めれば、われらにも岡場所で天女が待っておる」

「それを楽しみに、もうひと廻りといくか」

「うむ」

歩き出そうとした二人に、音もなく人影が忍び寄る。数はざっと十人、それを見て、隼之助は動いた。襲いかかろうとした男の腕を掴む。

小頭。

男の目が大きく見ひらかれた。隼之助は小さく首を振って、屋敷内の一画を指し示した。お庭番たちを集める。

「今すぐ小石川に戻れ」

ほとんど声を出さずに命じた。

「それが父上のご命令でもある」

「ですが、小頭」

反論には、闇に潜んでいた才蔵が応じた。

「お頭のご命令に従えぬ者は、おれが始末する」

その場にいた全員が、はっと息を吞んだ。才蔵が『小頭』ではなく、『お頭』と言ったからである。

「わからぬか」

と、才蔵は続けた。

「おまえたちを動かすために、お頭はわざと打たれたのだ」

多聞によって配された十人のお庭番は、いつそれをやろうかと機会を狙っていた。

隼之助が手ひどく扱われたのを聞き、十人の心に火が点いた。

〝お庭番から十人ほど選べ。弥一郎の下（もと）につける〟

多聞が発した言葉の後に訪れた不気味な静寂。あれが今宵、実行されるはずだった。未然に防いだものの、心は晴れない。

「行け」

隼之助の声で、十人はようやく闇の中に消えた。少しの間、踏み荒らされた畑の方を見つめている。女主が変わるだけで、家というのは、これほどに変化するものなのだろうか。どこかよそよそしくて冷たい空気を、隼之助は肌で感じている。

「なぜだ」

自問のような言葉が出た。多聞は、なぜ、お庭番にあんなことを命じたのか。表立ってではないが、内々の命令であるのは明白。才蔵はなにも答えない。

「おまえが配した十人は、すべて中村（なかむら）家の者だな」

隼之助の胸には、ひとつの確信が生まれている。

「は、い」

才蔵はかろうじて答えた。中村家は亡き母、登和（とわ）の生家。隼之助を生んだ後、死んだとだけ聞かされてきたが、母の死には大きな謎がある。

病で死んだのか、だれかに殺されたのか。

後者ではないのかという疑いが、ここにきて急速に高まっていた。お庭番は仲間同士の絆が強く、結束が固い。だれかに殺められた登和の仇を討つべく、襲撃を決行しようとしたのではないのか。

「まさか母上は……」

問いかけは最後まで続けられない。勝手口の方に、人の気配が感じられた。隼之助は才蔵とともに、しのびやかに気配の方へ足を運んだ。酒でも酌み交わしていたのだろうか。香坂伊三郎と弥一郎が、勝手口から裏庭に現れた。やや遅れて下男が、提灯を手にして出て来る。夜目の利く伊三郎には、必要ないことも知らず、足もとを照らした。

「それがしは、これにてご免つかまつる」

伊三郎の挨拶に、屋敷の主はいかにも名残惜しげだった。

「それがしは、今しばらく食客として貴殿を遇したい。家中の者が相手では、ろくな稽古ができぬ。幾ばくかの礼金を差しあげたく思うが、いかがであろう」

昼間の狂態はどこへやら、弥一郎は、別人のような礼儀正しさを見せている。直心陰流の免許皆伝の腕前が、若党相手ではなまるのかもしれない。もっとも伊三郎ほどの剣客となれば、心が揺り動かされるのも無理からぬことかもしれなかった。

「役目は終わりましたゆえ」

伊三郎は多くを語らない。

「はて、役目とは？」

若き主は生真面目に問い返した。こういうところが、弥一郎の長所でもあり、短所でもある。ただただ真っ直ぐで、人の裏を読むことができない。隼之助はときに羨ましいと思うことさえあった。

——ごく普通の旗本であれば、今の弥一郎殿で充分であるものを。

剣術の腕が立ち、そこそこ公儀の役目についても通じている。若党が群れるのも、弥一郎に魅力があればこそではないのだろうか。むろん御膳奉行という御役目に、惹かれる者もいるだろうが……。

「なに、つまらぬことでござる」

伊三郎は淡々と答えた。

「旨い膳を味わわせていただき、満足でござった」

「欲のないことよ」

弥一郎は、口もとをほころばせる。初めて目にする笑顔だった。友に対するような笑み、そこで隼之助は気づいた。

やはり、木藤弥一郎には真の友がいないのではないか、と。

隼之助に向けられるさまざまな怒りの中に、友に対するものが含まれていたとしても不思議ではない。雪也や将右衛門のような存在が、弥一郎にはいないのではないか。

自分より上か、自分より下。

そういう部分は、多聞に似ているのかもしれなかった。

「だからこそ、食客として遇したいのだが」

家に入ろうとしない若き主の姿に、答えが表れている。剣客同士、繋がるなにかを感じてもいるのだろう。

不意に伊三郎は刀を抜き、収めた。

梟だろうか。

枝に留まっていた鳥が、羽音をたてながら、飛び立っていった。水滴が軒先から一滴、落ちる間に、三度、抜き放って鞘に収められるという神業を、弥一郎もまた見届けている。

「お見事」

唸るように言い、問いかけた。

「して、なにを斬られたのか」

「絆でござる」

伊三郎の言葉に、隼之助はぎくりとした。絆を切ると表現すべきかもしれない。なにを言わんとしているのか、おおよその見当はついたが、弥一郎にはわからなかったのだろう、

「え？」

怪訝そうに眉をしかめた。

「いや、猫が梟を狙うておりましたゆえ、威嚇しただけでござる。助けられたこともわからず、飛び立ち申した。薄情なものでござるな」

「鳥になさけを求めても致し方ありますまい。なれど、そのうち恩返しとばかりに、美しき女人に姿を変えて現れるやもしれませぬぞ」

軽口を叩くことにも、隼之助は軽い驚きを覚えている。意外な一面を垣間見たように感じていた。

「然り」

伊三郎は豪快に笑った。弥一郎も少しの間ではあるが、珍しく大声をあげて笑っていた。そこで別れを告げずに、表玄関の方に足を向けた伊三郎の隣に並んだ。足もとを照らす下男の提灯もまた若き主の名残惜しさを示しているように思えた。

この夜、隼之助は、木藤弥一郎という男の、深い孤独を見た。

戦場になっていたかもしれない家は、何事もなく平(たい)らかな一日を終えようとしていた。

二

平らかな一日は、隼之助の場合、得るのがむずかしかった。

幼い頃より夜でも常に気持ちを張り詰めている。ひたひたと廊下を歩く足音、近づいて来るのは……。

富子だった。

弥一郎と慶次郎の母親にとって、隼之助は取り除くべき障害にほかならなかったのだろう。厠(かわや)に起きたとき、右手を隠すようにして迫って来たあれはなんだったのか。隼之助を殺(あや)めるつもりだったのか。

――おれを殺める前に、母上を殺めたのではないか？

悪夢の中で訊ねている。

登和が死んだのは病ではないのか。もしかすると、富子に殺されたのか。ゆえに才蔵は十人の刺客を、番町の木藤家に送りこんだのではないか。

そう、登和の仇(かたき)を取るために……。

「母上」

飛び起きて、隼之助は思わず声をあげた。

「いつっ」

背中が火を点けられたように熱い。

「熱が少し出ております。お寝(やす)みください」

才蔵の声を聞いて、目をしばたたかせる。小石川の家に戻ったところまでは憶えているが、そこから先の記憶がない。

「ここは？」

「小石川の長屋です。白湯(さゆ)を飲まれますか」

横たえながら訊いた。

「頼む」

そこで隼之助は、布団のまわりにお庭番たちが座していることに気づいた。吉五郎の顔も見える。ふだんであれば即座にわかっただろうが、やはり、熱のせいかもしれない。感覚が鈍くなっている。

「まるで通夜の席のようだな」

自嘲気味に笑った。ぴんと張り詰めていた空気が、わずかにゆるむ。それだけで身体が楽になった。

「みなお頭を案じておりまして。部屋に戻るように言うたのですが」

手下が運んで来た白湯を、才蔵が湯飲みに注いだ。薬湯などは夢現に飲んだのを憶えている。今は猛烈に喉が渇いていた。立て続けに三杯、飲み、思わず声をあげる。

「旨い」

「花江様が用意してくださいました。一睡もなさらずに、台所におられます。殿岡様と溝口様も先程までおられたのですが、お役目に支障が出てはならぬと思い、無理に引き取っていただきました」

「義母上がおれのために……そうか」

隼之助は座している仲間を見まわした。

「部屋に戻れ。おぬしらがいると、また熱が出そうだ」

才蔵に視線で促されて、座していた仲間は立ちあがる。枕元にひとり残った吉五郎に問いかけた。

「〈笠松屋〉はどうだ。おれの正体は知られておらぬか」

「大丈夫です。主は、壱太に助けられたことを、泣いて喜んでおりました。心底、嬉しかったようです。演技とは思えませんでしたが、真実の涙かどうかまではわかりかねます」

吉五郎は、いかにもお庭番らしい言葉を返した。涙を見れば空涙（そらなみだ）かもしれぬと疑い、喜びの表情を見てもすぐには信じない。因果な役目だと、つくづく感じている。

「弥一郎殿が現れてくれたことによって、逆に信頼を得ることができたのは、おれにしては上出来やもしれぬ」

「ご謙遜（けんそん）を」

才蔵が遠慮がちに言った。

「だれも真似できませぬ」

「よもや、番町の屋敷にまで行くとは思わなんだか？」

隼之助は訊いた。怒りを抑えられず、愚かな行為に出た弥一郎。その姿を見れば、多聞から発せられた密命を実行に移すかもしれない。自分に向けられた滝蔵の疑念をかわすためと、もうひとつ、密命を実行に移させる手段として、隼之助は我が身を投げ出した。

「いえ」

いつもどおり、才蔵はよけいなことを口にしない。寡黙（かもく）なところは、伊三郎に似ていた。隼之助は話を変える。

「近衛家の用人については、どうなっている」

滝蔵が言った廻状とはすなわち、謀叛（むほん）人の名が記された連判状ではないのか。危険を犯してまで教えようとしたその真意はどこにあるのか。敵方ではなかったのか、はたまた連判状を手土産に寝返るつもりなのか。あるいは隼之助を誘き出すための罠なのか。

「昨夜、福岡藩の江戸屋敷に忍びこませましたが」

最後のひと文字に、答えが表れていた。

「連歌の会の折、近衛家の当主が名を記す段取りなのやもしれぬ」

呟きに才蔵が続いた。

「当主が江戸に下向（げこう）する話は聞いておりません。隼之助様におかれましては、すでにお考えなされていると思いますが、われらを誘（おび）き出す罠であるかもしれません」

「ありうるな。さらにもうひとつ考えられるのは、連判状などはないのやもしれぬ。あると言われれば鬼役が動くゆえ、そこを狙って始末するという罠よ。われらがありもしない『鬼の舌』を、いかにもあるように見せかけるのと同じことだ」

禁句をわざと話に出して、才蔵と吉五郎の反応を見る。

「お頭は勘違いしておられます。『鬼の舌』は……」

答えようとした吉五郎を、才蔵が鋭く制した。

「吉五郎」

「すみません」

「おまえはそろそろ見世に戻れ。先程も言うたが、壱太は、小石川の叔父御の家にいると話すがいい」

才蔵の言葉に、吉五郎は問いかけを返した。

「主が見舞いを口にしたときはどうしますか」

「そんな必要はない」

隼之助は痛みをこらえて起きあがる。

「連歌の会には、お供つかまつりますと伝えろ」

「その身体では無理です。せめて二、三日、休まれた方が宜しいと思います」

「行かなければならぬ。おそらく福岡藩主、美濃守様もお出ましあそばされよう。二つの蔵に同じ白酒を納めていたあれが気になる。〈笠松屋〉の供として、江戸屋敷に潜入できれば、連判状の有無だけでもわかるやもしれぬゆえ」

「小頭」

手下のひとりが戸口に来た。

「どうした」

才蔵が応える。

「木藤様が、お見舞いをなさりたいと」

「なに？」

隼之助は起きあがろうとしたが、身支度を調える暇もない。すぐに多聞が現れた。布団から出て、真新しい畳に座る。お庭番たちが暮らす長屋は、襖や畳が全部、新しいものに取り替えられている。

「起きてもよいのか」

座した多聞の問いかけに、隼之助と才蔵は同時に答える。

「もう大丈夫です」

「二、三日、休むように申しあげたのですが」

またもや顔を見合わせていた。その横を吉五郎が、会釈しながら通り過ぎて行く。お庭番の守りを受けているためか、多聞の表情は穏やかだった。

「弥一郎には、きつく申しわたした。なれど、あれは聞く耳を持たぬ。命を助けられたことなど、まるで気づいておらぬわ」

　さらりと重い言葉を告げる。やはり、そうだったのかと、隼之助は総毛立った。十人のお庭番、それも中村家のお庭番を配したのは、それを意図してのことだったのか。病で急死という武家ならではの言い訳を用意して……。

「なぜでございます」

　隼之助は訊かずにいられない。

「父上の血を分けたお子ではありませんか。なにゆえ、弥一郎殿をそこまで忌(い)み嫌われるのか、わたしにはわかりませぬ」

　心からの言葉になっていた。憎んだこともある、腸(はらわた)がちぎれるほどに怨んだこともあった。が、昨夜、木藤家を訪れた際、伊三郎に対して見せた弥一郎の笑みが、それらの感情を一瞬のうちに消し去っていた。

　この変化が自分でもよくわからない。父に似ていると思ったからなのか、弥一郎の孤独を目(ま)の当たりにして、憐(あわ)れみを覚えたからなのか。理由はさだかではないが、今、憎悪は覚えなくなっていた。

「春疾風(はるはやて)でも吹いたか」

　多聞は苦笑する。

「香坂殿は、どうやらおまえの懇請を受けて、番町の屋敷に出向いた様子。『はやちの伊三郎』がいては、お庭番たちも迂闊に手が出せぬからな。あれ以上、頼もしい用心棒はおるまい」

そう、お庭番は動かなかったのではない。伊三郎がいたために、動くに動けなかったのだ。ゆえに隼之助は手荒な策を用いた。我が身を使って配下を煽り、多聞の密命を実行させようとした。

「伊三郎殿にはなにも頼んでおりませぬ」

隼之助は正直に告げる。多聞は意外そうな顔をした。

「ほう。では察して、動いたというわけか」

「伊三郎殿は、大御所様のご寵愛を受けておられる剣客。もしかすると、木藤家の御家騒動を耳にしたのやもしれませぬ。我が家の食客でもあられますゆえ、一宿一飯の恩義を感じて、未然に防ごうとしてくれたのやもしれませぬ」

なにげなく浮かんだ言葉を口にしたのだが、話しているうちに伊三郎への疑問が湧いてきた。あらためて考えてみると、いささか出来過ぎているように思えなくもない。伊三郎はだれかに木藤家の話を聞き、弥一郎とお庭番の間がまずいと思ったがゆえ、動いた。そう考えた方がしっくりくるのではないだろうか。

「御家騒動など、木藤家には起きておらぬ」

多聞はきっぱりと否定する。

「以心伝心は、才蔵との間だけかと思うたが、香坂殿とも通じるものがあるようじゃ。良き友になるやもしれぬな」

「わかりませぬ」

が、と続けそうになるのを無理に抑えた。「して、なにを斬られた」と弥一郎に訊ねられたとき、伊三郎はこう答えた。

〝絆でござる〟

あれはどういう意味なのか。それを切ったというのは、つまり……そういうことなのだろうか？

「福岡藩のことじゃが」

多聞が話を変えた。

「二つの蔵には、本物の博多の白酒が納められていた由。おまえは『罠の味』だと言うたとか」

才蔵を通じて仔細は知らせてあるが、親子でこの話をするのは初めて。隼之助は記憶を探りながら頷いた。

「はい。どうも福岡藩は、われらの潜入を予測していたように思えてなりませぬ」

「ふぅむ。二つの蔵に白酒の大樽を用意しておいたのが気にかかる、か。おまえが味見をしたところ、二つの蔵の白酒は、すべて本物の博多の白酒だった」

「白酒の荷に関する送り状や、送り届けた者についても、敵は怠りなく揃えていると思われます。なにも知らずに鬼役が、福岡藩の下屋敷の酒蔵に踏み込んだときには」

　隼之助の言葉を、多聞が継いだ。

「木藤家は鬼役の任を解かれるやもしれぬ」

「は。それゆえ、『罠の味』と申しました。なれど」

「あるいは、と別の考えも浮かぶ。二つの蔵に納められた白酒が、本物の博多の白酒であるか否か、常人にはわかるはずもない。にもかかわらず、鬼役が動かぬのはすなわち、真実を見分けられる『舌』を持つ者が、鬼役の中にいるという証になるのではないか」

　多聞は、隼之助と同じ考えを口にした。侍と商人の戦、騙し合いの戦、幾重にも張りめぐらされた巧みな罠、ひとつでも読み違えた方が敗ける。

「敵の名が記された連判状についてはどうじゃ。あると思うか」

「あるのではないかと」

あのとき、〈笠松屋〉の主、滝蔵は、近衛家の用人に大胆な問いかけを発した。

〝例の連歌は行われるのですか。〈山科屋〉さんからの廻状は、今、美濃守様のもとにあると伺いましたが、まことでございましょうか。さらに、あれが次は近衛家の方に廻るとも伺いましたが〟

用人の顔が引き攣り、微妙な間が空いた。

「汗の匂いか」

多聞の笑みには、満足げな感嘆が漂っている。

「いかにもおまえらしい感じ方よの。繰り返すようだが、常人にはわからぬ。それゆえ、弥一郎には務まらぬのじゃ」

いきなり話を戻した。

「花江が、弥一郎に石を投げられたときのことを憶えておるか」

「はい」

いやな予感がした。聞きたいのだが、これ以上は聞きたくない。弥一郎に拳ほどの大きさがある石を投げつけられた花江、花江はお庭番の女、女は投じられた怒りの一撃を、かわせたのに敢えて避けなかったのではないか。

父と子は無言で見つめ合っている。

隼之助は怖くて訊けない、そして、多聞は憚(はばか)られる事柄ゆえ口にできない。怨み、だろうか。

常に冷静な多聞にも、そういう感情があるのだろうか。隼之助の母、登和を今も忘れられないのだろうか……。

「起きられるのであれば、湯に入るがよい」

不意に言った。

「水嶋殿が参られる。才蔵に髪を結い直してもらえ。この屋敷の当主として、鬼役の頭として、水嶋家の主殿に対面じゃ」

「え」

驚く隼之助を置いて、多聞は立ちあがる。

「はてさて、追い詰められた亀は、どのような策を講じるか。楽しみなことよ」

亀は木藤家の裏紋である龍と同じく水嶋家の裏紋だ。

「波留殿も同席させるとのことであったわ。おまえが思うような流れになるとよいが、思いもかけぬ策を秘めておるやもしれぬ。油断するでない」

「ははっ」

畏まって頭をさげたが、多聞の言葉はほとんど頭に残っていない。

――波留殿に逢える。

そのことだけが繰り返し、ひびいていた。

三

「実は」

型どおりの挨拶の後、水嶋福右衛門は切り出した。

「隼之助殿を水嶋家の婿に迎えたいと思いまして、参りました次第。奈津がいなくなった今となりましては、波留が水嶋家の跡取り娘。嫁には出せませぬ。以前、かわしました結納の話は、いったん白紙に戻していただき、あらためてこの話を木藤家に申し入れる次第でござる」

「………」

隼之助は声を失った。

多聞は頭役を退いた隠居として、隼之助の斜め後ろに控えている。福右衛門の後ろにいる波留もまた初めて耳にする話だったのだろう。桜色の小紋で美しく装っていたが、驚きのあまり大きく目を見ひらいていた。

「いかがでござろうか」

福右衛門は、隼之助と多聞を交互に見る。島津薩摩守に『山犬』を配したことや、闇師との関わりについてはおくびにも出さない。能面のごとき無表情さを保っている点においては、多聞といい勝負かもしれなかった。

――父上はどう思うておられるのか。

隼之助は、まずそれを考えた。良い話であろうとも即答するわけがない。ましてや、意表を衝くような申し出となれば、即答できるはずがなかった。

「時をいただきたく思います」

一番、適しているであろう言葉を口にする。

「父と相談のうえ、あらためて、水嶋家へご挨拶に伺いたく思います次第」

斜め後ろにいる多聞は、どんな表情をしているのか。肩越しに振り向きたくなる衝動を懸命に抑えていた。しかし、福右衛門の方も、すぐに返事をもらえるとは思っていなかったに違いない。

「さようか」

あっさりと言った。

「波留を置いて参りますゆえ、存分に話をなさるのが宜しかろうと存じます。それでは、それがしはこれにてご免つかまつります」

気がぬけるほど簡単に座敷を出て行った。立ちあがろうとした隼之助を、多聞が素早く止める。

「見送りはわしにまかせるがよい」

返事を聞かずに、多聞も座敷をあとにする。残された二人は、しばし無言で見つめ合っていた。

「驚いたな」

口火を切った隼之助の言葉を、波留が受けた。

「わたくしもです」

「水嶋殿もずいぶんと思いきった策を考えられたものよ。まさか、婿にとは思わなんだ。波留殿はそれがしの父の表情をごらんになられたか」

「はい。ですが、眉ひとつ動かされませんでした。いつもどおりの、冷静なお顔でした。父の申し出をご存じだったようにも思えなくもありません」

「まだまだ修行不足ということか。とうてい頭は務まらぬわ。荷が重すぎる」

「でも」

波留は眩しげに目を細める。

「立派にお役目を務められておられる由。身を擲って配下を守ると、父が申しておりました。なかなかできぬことよ、と」

「ゆえに、婿殿か？」

おどけた口調に、波留も口もとをほころばせた。小さな笑いが広がる。この穏やかな空気がいい。波留の身体から発せられる名前どおりのあたたかな気持ち。それが隼之助を押し包み、生きる力を与えてくれる。

「それにしても、どうしたものか」

「やはり、無理でしょうか。父は、木藤様には三人も男子がいるではないか、ひとりぐらい我が家に婿入りさせても罰はあたらぬ、と、息巻いておりましたが」

「昔であれば、即座に受けたやもしれぬ」

考えながらの呟きが出た。木藤家の嫡男は弥一郎、もし、弥一郎になにかあった場合には、弟の慶次郎がいる。隼之助の出番がまわってくることはない。そう思っていたのだが、小石川に屋敷を構えて以来、多聞は驚くほどの変化を見せていた。

鬼役の頭は隼之助、さわりとなるであろう存在は早めに始末するのが肝要。

未然に防いだ御家騒動は、だがしかし、まだ終わってはいない。

「事情が変わったのですね」

波留が言った。どこまで把握しているのかはわからない。だが、波留なりに理解しようと努めているのが伝わってくる。

「うむ」

「お義母上は」

そう言いかけたとき、荒々しい足音が聞こえた。先を争うようにして、雪也と将右衛門が座敷に飛びこんで来る。

「聞いたぞ、隼之助。水嶋家に婿入りするそうではないか」

「羨ましいのう。わしが代わりたいほどじゃ」

「妻女がいるというに、図々しいことを言うでない。それに将右衛門が相手では、波留殿が気の毒だ。妖怪と所帯を持つ方がまだましやもしれぬ。妖術で小判を出してくれるやもしれぬゆえ」

「顔に似合わぬ口の悪さは、だれに似たのやら。では、隼之助は水嶋家に婿入り、わしは鬼役の頭というのはどうじゃ」

「ますます悪いな。手下に虚仮にされるのがおちよ」

「ちっ、口の減らぬ男妾めが」

盟友たちのやりとりを聞きながら、あらたな疑問が湧いてきた。なぜ、多聞は簡単に婿入り話を洩らしたのか。引き受けるつもりがないからか。仮にそうだとしても、不用意すぎるような気がしなくもない。

弥一郎を欺くため。

ふっと浮かんだ。

いきり立っている弥一郎が、婿入り話を耳にすれば、しばらくはおとなしくなるかもしれない。実につまらない考えであり、後日、事実があきらかになった場合、弥一郎の怒りが増すのは必至。それでも敢えて洩らしたその意図は、どこにあるのか。

「いかがしたのじゃ。暗いのう」

将右衛門が顔を覗きこむ。

「すまぬ。おれの悪い癖だ。よいことが続くと逆に不安になる」

「は。我が友はどこまで人が好いのか。あれだけ番町の若殿に打たれたことは、すでに忘れていると見ゆる。それとも波留殿に逢うて、綺麗さっぱり忘れ去ったか」

雪也の揶揄には、平然と応じた。

「そんなところだ」

「おお、開き直ったわい」

「言わせておけ、将右衛門。暗い隼之助よりはましだ。どれ、わたしは膳を運んで来るとしよう。花江殿が、酒肴を調えておくゆえ、取りに来いと言うておられたのでな」

「その役目はおれに譲ってくれ」

立ちあがった隼之助の腕を、雪也が慌てて摑んだ。

「よせ。おぬしはまだまともに動けぬではないか」

「なんの、これしきの傷で寝ていられるか。本所四ツ目橋の居酒屋〈ひらの〉にも行かねばならぬ。半日、寝てしもうた。身体馴らしよ」

言い置いて、廊下に出る。陽の動き具合から見て、八つ半（午後三時）頃だろうか。春の陽射しが目に眩しかった。

「わたくしもお手伝いいたします」

波留が追いかけて来た。

「お身体は本当に大丈夫なのですか」

「大事ない。義母上が薬湯を煎じてくれたうえ、湯にも、傷に効く川柳を入れてくれた。小袋に入れた川柳を、湯に浸かりながら背中に当てておいた。あれがよかったのであろう。痛みはほとんど消えておる」

本当は歩くだけでも辛かったが、男の見栄を張ることで、気持ちだけでも立て直そうとしていた。虚勢を感じ取ったのだろうか。波留がそっと手を握りしめる。

「無理をなさいませぬように」

その手の温もりが、隼之助を奮い立たせる。

「明日のことはわからぬが、なにが起きようとも、おれは波留殿を妻にする」

小さな手を両手で包みこんだ。

「はい」

「お二人さん、膳はまだかのう」

座敷から将右衛門が顔を突き出している。

「不粋なやつめ」

隼之助は舌打ちして、波留の手を離した。台所に歩を進めたとき、勝手口から裏庭に現れた老婆を見た。

「おきみさん、か？」

大声を出したわけではないのだが、聞こえたのかもしれない。老婆が足を止めて、振り向いた。

「まあ、坊ちゃま」

皺だらけの顔の中で、小さな目が輝いた。隼之助は会釈をして通り過ぎるつもりだったのだが、おきみは物言いたげな目をして立ち止まっている。なにか用でもあるのだろうか。

「波留殿。すまぬが、先に行っていてくれぬか」

「はい」

波留を廊下に残して、隼之助は裏庭に降りる。おきみの方も歩み寄って来た。顔をくしゃくしゃにしている。

「おめでとうございます。坊ちゃまも、いよいよご祝言をあげられると伺いました。あのお方ですか」

おきみは、廊下から見ていた波留に会釈をする。

「そうだ。どういう形になるかはわからぬが、おれの妻は波留殿と決めておる」

「さようでございますか。立派になられましたねえ。わたしのお乳を飲んでいたお子が、木藤家の惣領（そうりょう）になられるとは」

「一度、訊いてみようと思うていたのだが、おきみさんは、おれと弥一郎殿を間違えているのではないか。おきみさんが『坊ちゃま』と呼んでいたのは番町の若殿であろう。おれは木藤家の嫡男ではないゆえ、乳母など雇うてもらえるわけがない。跡継ぎは……」

「いいえ、間違っておりません」

遮るように断定した。

「わたしがお乳をあげたのは、壱太様、あなた様でございます。壱太様こそが、木藤家の正嫡。旦那様の血を引くご長男でございますよ」

「おきみさん」

花江の大声が割って入る。裏庭に降りて、こちらに来ると、おきみの肩を抱くようにして離れて行った。二言、三言、かわした後、おきみは裏門の方に足を向けた。一度だけ足を止め、肩越しに後ろを見やる。

「お元気で、坊ちゃま」

「おきみさんも達者でな」

「はい」

もう一度、深々と頭をさげると、今度こそ、おきみは裏門の方に消えて行った。

「娘さんの嫁ぎ先に行くことになったそうです」

花江が告げる。

「だいぶ老耄てきましたから、ひとり暮らしは無理になったのでしょうね。なにを聞いたのか知りませんが、まともに受け取ってはだめですよ」

いつになく厳しい表情をしていた。もとより年寄りの戯言(ざれごと)を真に受けるつもりはない。

「わかっております」

「では、膳を運びましょうか。殿岡様たちが待ちかねておりましょう」

促(うなが)されて、隼之助は台所に足を向ける。波留のことで頭がいっぱいだった。婿入りでもなんでもいい。所帯を持てるだけで充分だ。

——多くは望まない。

ほしいのは、波留だけだった。

波留との穏やかな暮らしだけだった。

四

その夜、隼之助は、本所四ツ目橋の居酒屋〈ひらの〉を訪ねていた。鬼役の方が忙しくなる前に、『花魁茶漬(おいらんちゃづけ)』を教えこまなければならない。店内に客はおらず、護衛役の雪也と将右衛門は、外で見張りを務めている。隼之助と一緒にいるのは、彦市とおみつだけだった。

「材料は来る途中で仕入れてきました」

小さな調理場に置かれた俎には、買い求めて来た三尺（約九十一センチ）程度の鮪が一尾、載っている。主の彦市は、鼻に皺を寄せ、露骨に嫌悪感を示していた。

「江戸っ子は鮪なんぞ、食べやしませんよ」

通人とまではいかないが、伊達に遊んではいませんよと、今まで銭を注ぎこんだ分ぐらいの知識を披露する。が、流石に値段までは知らなかったのか、

「いくらなんですか」

窺うような目をして訊いた。こんな下魚を高い値段で買って来たのであれば許さない。すぐさま突っ返して来いと身構えていた。

「二百文と言いましたが、新肴場の見世も終い時だったので、それを百二十文にまけてもらいました」

夜鷹蕎麦を十杯、食えるか食えぬかの値段である。高いとは言えまい。

「まあ、当然の値段ですよ。猫の餌にするしかない魚を、ありがたがって仕入れる世間知らずな再生屋に呆れつつ、にんまりしていたに違いありません。本気で鮪茶漬けを出すつもりですか」

「はい。旦那様が酒の仕入れ値をさげる気持ちはないと仰しゃいましたので、茶漬け

には金をかけられないと思いました。安くて、旨いとなれば、鮪以外にはありません。食べてみるとわかりますが、四季を通じて旨いうえ、安く仕入れられるのも魅力です。旨くなければ流行りませんから」

「あたしは、とても食べる気になれませんよ。見ただけで、げっぷが出そうだ」

彦市は、あくまでも通人のこだわりを見せる。世間知らずな主だと思っているのは隼之助だけではない。

「わたしがいただきます。試しに作ってみていただけますか」

おみつが遠慮がちに申し出た。

「わかりました」

答えて、隼之助は鮪を捌き始める。頭を落として横に置き、あとは鯵をおろすように三枚におろした。脂がのった部分と赤身を分けて、手際よく刺身に仕上げながら訊ねる。

「できれば炊き立ての飯がいいのですが、贅沢は言えません。冷や飯はありますか」

「あ、はい。夕餉に炊いた残りがあります」

おみつも調理場に入って来る。彦市は首を振りふり、近くの飯台の腰掛に座った。お手並み拝見という感じかもしれない。

「こちらでは、夜、飯を炊くのですか」

隼之助は疑問を問いかけに変えた。通常、長屋の家では、朝、飯を炊き、夜は残った飯を茶漬けや湯漬け、雑炊といったものにして食べる。一日に二度、炊くのはそれだけ薪を使うため、大店や飯屋以外ではあまり行わない。

「いえ、いつもは朝、炊くのですが、今宵は若旦那がどうしても炊き立てのご飯を、ゆっくり味わいたいと仰しゃいましたので」

「うちでは、朝と晩に飯を炊くんですよ」

見世で彦市が声を張りあげた。

「冷や飯はいやですねえ。貧しさの表れに思えますよ。飯が冷たいというだけで、喉につかえて、食べられなくなる」

と、贅沢きわまりない言葉を続ける。貧しさの表れと言い放つそれが、どれほど民を愚弄していることになるか、それさえもわかっていない。あたりまえの暮らし、質素な長屋の暮らしが、まったく理解できていなかった。

「すみません」

おみつが小声で詫びる。

「悪気はないんです」

そうかもしれないが、あの心構えでは、見世を守り立てるのは無理ではないか。まず性根を叩き直さないことには、〈ひらの〉の明日は暗いように思えた。

「女将さん。すみませんが、湯を沸かしていただけますか」

隼之助の呼びかけに、おみつはさっと頬を染める。

「はい」

女将と呼ばれることに慣れていない様子が初々しかった。吉原の遊女としては若くないかもしれないが、幸いにも遊郭の厳しい暮らしが顔に表れていない。そのうえ心映えの美しさもある。『花魁茶漬』の看板女将の資質は充分に持っていた。

「お茶はなにを使うのですか」

興味津々という表情をしている。

「粉茶です。茶こしを使って、たっぷり茶碗に注ぎます」

「値段も安いですね」

おみつは彦市とは逆に、商いのことをわかりすぎるほどわかっていた。遊女から転身したにしては勘がいい。これまた素質があると思った。

「はい。茶碗はどのような品がありますか。できれば、蓋付きの茶碗がほしいのですが」

「あります」

後ろの棚から出したのは、九谷焼の夫婦茶碗だった。やりとりに耳をそばだてていたに違いない。

「それは、あたしとおまえの茶碗ですよ」

彦市が顔を突き出した。せめて夫婦茶碗ぐらいは、いいものを揃えようじゃないか。そう言ったであろうことは容易に想像できた。その『ぐらいは』が、どれほどあるのだろうか。布団ぐらいは、草履ぐらいは、鉄瓶ぐらいは、で借財が増えたということも考えられた。

「お借りするのは今だけです」

断って、男用の茶碗に飯を軽く盛りつける。通人を気取っている彦市は贅沢好み。刺身に切り分けた鮪の、脂がのった部分を、五切れほど飯の上に並べた。その脇に大根おろしをひとつまみ添えて、塩加減を考えつつ醤油をかける。

「お茶漬けに大根おろしを添えるんですか」

おみつの驚きには、笑みを返した。

「そうです」

最後は茶の加減だが、これが一番、むずかしい。隼之助は茶こしに粉茶を入れて、沸いたばかりの鉄瓶の湯を、こぼれないよう巧みに注いだ。

「いい手付きだねえ」

彦市が見惚れていた。茶漬けは多聞の好物であるため、旨い茶漬けを作るのに腐心した憶えがある。粉茶を注ぐ加減や、年齢や通好みであるか否か、四季折々の変化、さらに体調はどうか、などなど、時々に応じて微妙に作り方を変えることも多聞から学んだ。

「これでほんの少しの間、蓋をします」

蓋をして、見世の飯台に運ぶと、彦市が慌て気味に座り直した。隼之助の手さばきを見ているうちに食欲をそそられたのか、やけに真剣な顔になっている。

「さあ、召しあがってください」

隼之助が蓋を取ると、粉茶と醤油がないまぜになった薫りが立ちのぼる。彦市が当惑気味に茶碗を見た。

「このまま食べていいんですか」

やけに緊張していた。

「鮪はまだ裏が赤い状態ですから、飯の中に押しこむようにしてください」

茶漬け食いのにわか指南役となって、箸使いを指図する。

鮪を静かに飯の中へ押しこむようにすると、裏の方のまだ赤い部分までもが白く半煮えになってくる。透明だった茶は乳白色になり、醤油もまじって茶が濁ってくる。鮪からはこまかな鮪の脂が茶の上にぷつぷつと浮かびあがってきた。大根おろしもまじって、いよいよ茶漬け本来の旨味が茶碗の中にこもってくる。

「食べても……」

ごくりと唾を飲んだ彦市を止めた。

「もっと味を濃くしたければ、もう一度、茶碗の蓋をします」

無情にも蓋をすると、「ああ」と吐息が洩れた。

「たまりませんよ」

「召しあがってください」

隼之助が蓋を取るやいなや、彦市の箸が動いた。夢中になって茶漬けを食べる、鮪ごと飯を食べて、茶を啜りあげる。口をきくことなく、一気に最後のひと粒、いや、茶の一滴まで飲み終えた。

「いかがでしたか」

訊くまでもない。

「旨いに決まっているじゃありませんか。壱太さんも意地が悪いね。食べっぷりと表情を見ればわかるだろ」

「念のためと思いまして」

「初めてですよ、こんなに旨い茶漬けをいただいたのは。冷や飯でこれだけ旨い茶漬けが作れるとは思いませんでした。これは売れます、『花魁茶漬』は必ず売れますよ」

目の色が変わっていた。半可通ではあるものの、伊達に遊んできたわけではない。本物にふれると、通人もどきにも、それがわかるのだった。

「では、旦那様に鮪の捌き方を覚えていただかなければなりませんね」

軽く言ったつもりだったが、とたんに彦市は憂鬱そうな顔になる。

「あんなに大きな鮪を捌く自信はありませんよ」

「あれもできない、これもだめでは、商いは成り立ちません。せめて今宵は茶漬けの作り方だけでも憶えてください。ちょうど外にわたしの友がおりますので、二人に客の役目をしてもらいましょう」

二人を呼びに行こうとしたとき、折良く戸が開いた。

「壱太」

雪也が外に出るよう顎を動かした。二人がいるのは、過日、おみつが連れ去られかけた騒ぎのためであると、彦市夫婦には告げてある。暇を持て余しているので付いて来た、飯だけ食べさせてやってくれと、最初に話しておいたので不審をいだいている様子はない。

「失礼いたします。すぐに戻りますので」

隼之助は雪也の背中を押すようにして、外に出た。

五

外は強風が吹き荒れている。

「身体は大丈夫か」

雪也の口から盟友ならではの気遣いが出た。隼之助は後ろ手に戸を閉めながら答える。

「波留殿に逢(お)うたゆえ」

「薬湯(やくとう)よりも、波留殿か」

「然(しか)り、と言うたら、義母上が哀しまれるな」

「いや、花江殿は喜ばれるであろうさ。橋の上だ」

友が示した方に足を向ける。埃(ほこり)が舞いあがる四ツ目橋の上で、才蔵が待っていた。

月明かりが端正な顔立ちに、いつも以上の深い陰影を与えている。時刻はすでに九つ(午前零時)を過ぎていた。橋の近くを行き来する者はほとんどいない。

「お庭番がひとり、殺められました」

才蔵は低い声で告げた。

「なに？」

「小石川の屋敷の門前に、布団にくるまれた状態で転がされておりました。心ノ臓をひと突きされていたとか。わたしは一度、小石川に戻らなければなりません。手下は二人、残していきますが」

それが不安でならぬと言いたげだった。

「お頭も一緒においでください」

「おれは今少し、若旦那に茶漬けの指南をしなければならぬ。そう度々は来られぬからな。今晩中に『花魁茶漬』を形にしなければならぬゆえ、屋敷に戻るのは、夜明けぐらいになると父上にお伝えしてくれ」

「承知いたしました。例の廻状につきましては、まだ見つかっておりません。近衛家の用人は、間違いなく福岡藩の江戸屋敷に滞在しているようですが」

「連歌の会だったか。廻状があるのは確かだとは思うが、はたして、美濃守様や近衛家の用人が携えているのかどうか」

目をあげて、言った。

「熱くなりすぎるなと、みなに伝えてくれぬか」

仲間の死によってお庭番は結束を固める一方、逸りすぎる傾向がなきにしも非ず。敵の罠に陥ちやすくなることを敢えて警告した。

「そのお言葉、肝に銘じます。みなにも言い含めます。それでは」

「気をつけろ」

背中にかけた言葉に、頷き返して、才蔵は闇に融けた。隼之助は雪也と一緒に見世に戻る。と、中ではすでに将右衛門が、飯台の前に陣取って茶漬けを食していた。

「なにかが足りぬ」

ひと言、呟いて、空の茶碗を置いた。

「はや、ではなかった、壱太がいつも作る茶漬けは、もっと、こう舌に心地よい味じゃ。女将が作ってくれた茶漬けは、どこかが違うておる」

「うるさい客ですね」

笑った隼之助に、おみつは真剣な目で訊ねる。

「教えていただいたとおりに作りました。なにが足りないのでしょうか」

「台所へ」

先に立って、調理場に入る。彦市とおみつが付いて来た。雪也は腹が減ったと言いながら、刀を外して将右衛門の前に座る。通人を気取る友は、量より質を好む客といえた。大食らいの将右衛門とは対照的だが、指南するには最適の二人かもしれない。

「あたしも見ておりましたが、おみつは壱太さんと同じように作りましたよ」

彦市も得心がいかないのか、

「あのお侍様は、味がわからないお方なのではありますまいか」

将右衛門の舌のせいにしようとする。

「大男のお侍は大食らいです。ゆえに先程の茶漬けでは、ちと上品すぎるのです。お待ちください」

隼之助は棚から丼（どんぶり）を取って、それに飯を盛りつけた。同時に急須も出して、番茶の支度をし始める。

「粉茶ではなかったのですか」

「茶も飯の量も、相手によって変えます。大男のお侍は溝口様と仰しゃるのですが、質よりも量が多い茶漬けを好みます」

盛りつけた飯の上に、それでも鮪を七、八切れほど載せた。脂ののった方である。

余らせて、腐らせるのはもったいない。たとえ百二十文といえども、一片たりとも無駄にするつもりはなかった。

「脇に大根おろしを添えて、醬油を適宜、垂らす点は変わりません」

話しながら、しゅんしゅんと音をたてている鉄瓶から、急須の番茶に熱い湯を入れる。

「番茶がいい具合に蒸れましたら、それを」

大きめの丼に、たっぷり番茶を注いだ。急いで飯台に運ぶと、雪也から声があがる。

「わたしのはまだか」

「少々お待ちください」

他人行儀に答える間、将右衛門は早くも丼を両手で持っていた。

「これこれ、これよ。わしはこの薫りが、うーん、たまらぬわい」

あとは一気に搔っ込む。蓋をして鮪を半煮えにするよりも、生の状態が残っている方を好むのだ。将右衛門の場合、鮪は表面がわずかに白く変わる程度でいい。

「いつもの茶漬けじゃ。これぞ『壱太茶漬』よ」

満足げに啜りあげるのを横目で見つつ、三度、調理場に戻る。今度は雪也の番だったが、洗った彦市の茶碗をおみつに渡した。

「先程のやり方でかまいません。作ってみてください」

「同じやり方でいいのですか?」

　不安げな問いかけに、大きく頷き返した。

「そうです。色男のお侍は、旦那様と同じように通好みの客。飯は少なめにしますが、年は若いので、鮪は赤身ではなく、脂がのった部分を使います」

「ははあ、なるほど。年齢によって鮪を使い分けるんですか」

　と、彦市。何度も小さく頷いている。

「仰せのとおりです。脂がのった部分は、若い衆。赤身の部分は、そうですね。これも人によりますが、だいたい四十以上ぐらいでしょうか。そして、通人の場合は、飯を少なめにして、粉茶を多め。逆に溝口様のようなお客の場合は、飯を多めにして、番茶をかけます。茶の量は客の好みがありますので、お出しする前に訊いた方がいいと思います」

「できました」

　おみつが手早く通人好みの茶漬けを作った。蓋をしようとしたその手をさりげなく押さえる。

「殿岡様は、鮪が生っぽいのを好みます。蓋はしないで横に添えておいてください。

掻き混ぜた後に使うかもしれませんので」

「わかりました」

おみつの顔が引き締まる。

「たかが茶漬けと思うていましたが」

彦市が吐息まじりに呟いた。その横をおみつが通り過ぎて行く。初めてここに来たときに見た顔とは、まるで違っていた。生きいきとしている。

「茶漬けも奥が深い」

感嘆することしきりの主に、隼之助は新しい仕事を与えた。

「米を研いでください。外に知り合いの若い衆がいるのです。殿岡様と溝口様も、まだまだ食べると思います。鮪を使い切りたいので、申し訳ありませんが、炊き立ての飯をお願いします」

「承知いたしました」

彦市の答えや目にも力がこもっている。客によって同じ茶漬けを微妙に変えるのは、なかなか大変かもしれない。失敗もするだろうが、客への気配りを忘れなければ、この見世はきっとうまくいくはずだ。

「漬け物があれば、もっと食が進みます。糠漬けはもちろんのこと、沢庵漬けも置いた方がいいでしょうね。行徳から来る農家の中に、沢庵漬けを得意とする家があると思います。そこと契約すれば、旨い沢庵を手に入れられますから」

「なにからなにまで、すみません」

米を研ぎながら、彦市が言った。

「酒の格をさげますよ。つまらないことにこだわりすぎました。客への気配りです、商いはこれに尽きます。おとっつぁんからさんざん言われてきたのに、なにも心にひびいていなかった。わかっていなかったんです。壱太さんを見ていて恥ずかしくなりましたよ」

目を合わせないのは、照れているからだろう。大きな壁をひとつ、乗り越えられたかもしれない。立て直しの第一歩を踏み出せたように感じた。調理場を出ると、おみつが近寄って来る。

「ありがとうございます」

小声で言い、頭をさげた。

「なんとかやれるかもしれません。壱太さんのお陰です」

「いえ、わたしは鮪を捌いただけです。女将さんの頑張りを目の当たりにして、旦那様も発奮(はっぷん)なされたのでしょう」

過日の『拐かし騒動』についての問いかけが、喉元で止まっている。訊いてみようか、それとも最後まで素知らぬ顔をするべきか。悩んでいたとき、外で不自然な物音が響いているのに気づいた。

——なんだろうな。

隼之助が動くより先に、将右衛門が立ちあがっている。雪也も察したに違いない。箸を置き、刀を腰に戻した。

「壱太はここで待て」

その声が終わらぬうちに、見世の戸を開けた将右衛門が外に飛び出していた。雪也もあとに続いたが、出て来るなとでも言うように、素早く後ろ手に戸を閉めた。二人だけにまかせておけるはずがない。

「旦那様と女将さんは、絶対に出てはなりません」

鋭い感覚が異常な事態をとらえている。

刃鳴りの音が、連呼していた。

六

「来てはならぬ。おぬしは中にいろ」

　雪也が叫んだ。

　いっそう深さを増した闇の中で、二人の盟友と二人のお庭番が、浪人ふうの男たちと刃を交えている。十五、六人はいるだろう。隼之助は躊躇することなく、戦いの中心に飛びこんで行った。

　ひとりの男が今まさに刀を振り降ろそうとしている。その背後に音もなく迫るや、後頭部を手刀で打った。膝から崩れ落ちた男に、斬られそうになっていた配下がのしかかる。隼之助が助けなければ、逆の立場だったのは間違いない。勢いよく男の背中に短刀を突き立てた。

「小頭」

　場の雰囲気を考えたのだろう、とっさではあるものの、『お頭』ではなく小頭と言っていた。

「気絶させるだけでいい。とどめを刺すのは……」

会話は最後まで続けられない。背中合わせになろうとした二人の間に、他の男が斬りかかる。隼之助は配下を突き飛ばして、巧みにかわした。男の横にまわりこみ、ふたたび後頭部を打とうとしたが、

「その手はくわぬ」

男はいち早く振り向いた。腰をわずかに沈めて、右袈裟斬りを叩きつける。隼之助は飛びさがって避けた。左袈裟斬りも難なくかわしつつ、視野をよぎった別の男に足払いをかける。顔から叩きつけられるようにして、その男は倒れた。配下のひとりがまたもやのしかかり、背中に短刀を食いこませる。

「ええい、ちょこまかと動きおって」

右袈裟斬りの男が隼之助を睨み据えた。踏みこんでもう一度、逆袈裟斬りを放ったが、呆れるほど遅い動きに見えた。余裕を持って距離を取り、雪也と背中合わせになる。

「おぬしは抜くな」

木藤家の短刀を見せるなと告げ、自分の脇差を抜いた。

「これを使え」

雪也から渡された脇差を握りしめて、突き出された刀を弾き返した。すかさず別の

男が斬りこんで来る。敵が二人に増えたが、香坂伊三郎の動きとは天と地ほどの差がある。ひとりの突きを跳ね返しながら、もうひとりの右腕を脇差で切った。

「あぅっ」

男の手から刀が落ちる。すかさず配下のひとりが踏みこんだ。踊りの名手のような動きで喉を切り裂く。鮮血を迸らせながら、男は地面に斃れた。

「見世にお戻りください。あとはわれらで始末いたします」

配下のひとりは、身体を気遣っていた。弥一郎に打たれた背中が、きしむように痛み出している。

「将右衛門」

隼之助は跳ぶような速さで駆けつける。将右衛門を取り囲んでいた三人は、これぞ真の標的とばかりに斬りかかって来る。雪也と二人の配下が、三人の後ろに迫った。将右衛門を包囲していたつもりが、今度は自分たちが取り囲まれていた。早々と逃げた者もいるのだろう。賊はこの三人だけになっている。三十代から四十なかばまでの男たちだった。

「だれに頼まれた」

雪也が訊いた。

「言えば命だけは助けてやる。言わねばここで斬る」

隼之助が頭であることを、知られぬための策といえた。近頃は盟友たちも立場をよく理解している。はした金で雇われた浪人であれば、雪也の提案を受け入れたはずだが、三人はなにも答えない。無言で斬りかかって来た。

三対の目は真っ直ぐ隼之助に向けられている。

「はぁっ」

ほとんど同時に三人は、刀を振り降ろしていた。

隼之助は飛びさがる。わずかにさがっただけだが刀は届かない。ひとりがふたたび刀を振りあげた刹那、二人が左右に分かれた。三方からの攻撃は、むろん盟友たちと二人の配下によって阻まれる。

隼之助が敵のひとり、盟友たちと配下が敵の二人と戦う形になった。最後まで残っただけのことはある。三人はかなりの遣い手だった。とはいえ、男の刀は隼之助を掠めることさえできない。

「幽霊のようなやつめ」

唸るように言った。

「木藤隼之助。きさまが鬼役の小頭であることはわかっておるのじゃ。なまくらの脇差などではのうて、青龍の紋所が入った短刀を出さぬか」

「かような品は持っておらぬ」

「きさま」

ぎりっと奥歯を嚙みしめる。男の攻撃に鋭さが加わった。年は三十前後、相当、動いているはずなのに息は乱れていない。威嚇のような袈裟斬りと逆袈裟斬りを放ちながら、じりじりと間合いを詰めて来る。その凄まじい気迫に押されていた。加えて、背中の痛みが耐えきれないほどになってきていた。

――呑まれたら敗ける。

要は氣の力で勝てるかどうかだ。隼之助は集中する。男の刀を避けながら、己の超感覚にすべての気持ちを向けた。

不思議なことに背中の痛みが消える。

――今だ。

男が刀を振りあげた瞬間、懐に飛び込んだ。

「ぐぅ」

脇差が深々と心ノ臓に食いこんでいる。隼之助は手を離して、素早くさがる。刀を振りあげたまま、男は二、三歩、後ろによろめいた。脇差は心ノ臓に刺さったままだ。

骨が折れるように膝を突くと、前のめりにゆっくり斃れる。

「う」

隼之助もその場に膝を突いていた。

「大丈夫か」

雪也が支える。二人のうち、ひとりは地面に斃れていたが、将右衛門と戦っていたもうひとりは、両太腿を切られて動けなくなっていた。年は四十前後、呻き声をあげぬよう、歯を食いしばっている。

「猿轡を」

隼之助の言葉を、配下のひとりが受ける。将右衛門が苦労して、太腿を切るにとどめたのはわかっていた。その苦労を無にするような愚は避けねばならない。配下が猿轡を咬ませると、ようやく安堵の吐息をついた。

「将右衛門のお手柄だな」

「頭役のように思えたのでな、足を斬ったのじゃ。お頭から報奨金が出るやもしれぬ。深川の〈尾花屋〉で一杯、飲ったあと、また岡場所に流れるか」

将右衛門の明るさが救いだった。血腥い風を少しでも吸いこまぬよう、隼之助は無意識のうちに鼻の感覚を鈍くしている。そうすることによって、いやな臭いを感じなくさせることができた。

「壱太さん」

彦市がわずかに開けた見世の戸の隙間から覗いている。月明かりはあるが、常人の目には暗闇しか映るまい。

「役人に知らせてくれぬか」

配下に告げて、隼之助は〈ひらの〉に歩を進めた。雪也に支えられながら、やっと歩けるような感じである。痛みが激しくなっていた。

「彦市さんには、どう話したものか」

小声で雪也に助言を求める。返り血を浴びた凄惨な姿をどう思うだろうか。友が答える前に、彦市が問いかけを発した。

「またおみつを連れに来たんでしょうか」

「ちがうんです、若旦那。この間のあれはちがうんです」

おみつが見世の中から叫んだ。

そう、過日の騒ぎは、おみつが仕組んだもの。二人の浪人を雇い、自分を拉致してくれと頼んだのはおみつだった。浪人のうちのひとりが、自分の情人だと嘘をつけば、彦市は見世を閉めて実家に戻るだろう。

彦市と別れるための苦しい嘘、居酒屋を続けるのは、無理と思ったがゆえの哀しい謀だった。

「どういう意味ですか」

当の彦市は、わけがわからないという顔をしている。

「この間のあれはちがうって……」

「話はあとだ」

雪也が言った。

「壱太を休ませてはくれぬか。なに、怪我をしたわけではない。われらの戦いぶりを見て、腰をぬかしてしもうたのだ。ゆえに出て来るなと申しつけたものを」

顔を見合わせて、隼之助は、にやりと笑った。腰抜けのふりをするのも悪くない。大仰な声をあげながら雪也にもたれかかる。

此度の刺客はだれの命で動いたのか。

最後まで残っていた三人の遣い手こそが、その謎を解く鍵かもしれない。血腥い風がやむのは、遠い日のように思えた。

第六章　布団鬼

一

隼之助が小石川の屋敷に戻ったのは翌日の八つ（午後二時）過ぎだった。背中の痛みが激しくなってしまい、〈ひらの〉で休まざるをえなかったからである。

「吉五郎、か？」

思わず絶句した。長屋の座敷に敷かれた布団に、横たえられていたのは、手代として〈笠松屋〉に奉公していた吉五郎。とうてい信じられなかった。

昨日、会ったではないか。熱を出して床に就いてしまった隼之助の枕元に座していたではないか。その吉五郎が……なぜ？

頭が真っ白になった後、浮かんだのは怒りと疑惑だった。

だれに殺られたのか、お庭番であることを知られたからなのか。敵が見せしめのために始末したのか。始末されたのだとすれば、それを命じたのはだれなのか。敵の頭役と思われる薩摩守だろうか。

「心ノ臓をひと突きです」

才蔵が掛けていた血まみれの着物をどける。すでに死に装束を纏っていたが、胸のあたりを静かに押し広げた。手練れの仕業に思えなくもない。が、たまたま急所に突き刺さったようにも思えた。

「この屋敷の門前に転がされていたと言うていたな」

確認の問いかけを発する。座敷にいるのは、才蔵、雪也、将右衛門の四人だけだ。

「はい。布団にくるまれておりました」

「布団鬼のように見えなくもない」

雪也がぼそっと告げた。なんのことか、すぐにはわからない。怪訝な目を向けた隼之助と才蔵に、慌てた様子で言い添えた。

「いや、不謹慎やもしれぬのだが、吉原の遊びよ。まず最初にひとりが布団にくるまって、外側からぐるぐる紐で巻きつけられたうえ、畳に転がされる。それに足を躓かせぬようにしながら、座敷内で鬼ごっこをするのだ。走っている間に足をこれに当てた者は、鬼となって布団巻きにされるという遊びだ。公儀鬼役にかけているように思えなくも……」

廊下でどんっと大きな音がひびいた。言うまでもなくお庭番が集まっている。怒りのあまり、だれかが壁を叩いたのかもしれない。

「われらに対する挑戦か」

隼之助の呟きに、才蔵が続いた。

「敵の狙いはお頭です。騒ぎを起こしてわれらを小石川に戻らせ、〈ひらの〉の警護が手薄になった隙に襲撃する。周到に用意された罠だったのです。ご無事でなによりでした。吉五郎もそう思っております」

「おれを始末するための罠」

一部分を繰り返して、はっと目をあげる。

「〈笠松屋〉も危ない。もし、主の滝蔵が連判状の話を手土産に寝返ったのだとしたら、滝蔵も命を狙われるぞ」

「引き続き、お庭番を配しております。主に危害が及ぶ懸念があれば助けろと、木藤様がご命令なされました」

「流石は父上。そういえば、まだご挨拶を済ませておらぬ」

腰を浮かせかけたが、才蔵は手でそれを止める。

「御城に出仕なされました。大御所様より使いの方が参りましたので」

「そうか」

会って弱音を吐くつもりなのか、慰めの言葉でも掛けてほしかったのか。隼之助は心のどこかで父を求めている自分に気づいた。

〝甘えるでない〟

声なき〈声〉に心で応えた。

わかっております。

吉五郎の死に装束の襟元を直してやる。血まみれの着物が掻巻代わりでは、可哀想でならない。

「新しい掻巻を掛けてやってくれぬか」

小声で言った。

「おれの部屋にあるゆえ」

「ですが」

反論しかけて、才蔵は口をつぐんだ。花江が新しく縫ってくれた掻巻を、惜しげなく与える隼之助の気持ちを慮っていた。

「助けてやれなんだ。すまぬ」

詫びて、隼之助は、亡骸の顔に布をかけた。ともすれば哀しみに引きずられそうになる己の弱さを懸命に抑えていた。気持ちを切り替えて、下手人を捕らえるための情報収集を始める。

「吉五郎の正体を〈笠松屋〉は知っていたと思うか」

「わかりません。気づいていなかったのではないかと、わたしは感じております。見世の者も、まさかお庭番が紛れ込んでいるとは思わぬのではないかと」

「番頭は吉五郎に反感を持っていた。主の娘がのぼせあがっていたからな。吉五郎が婿入りすれば、居場所がなくなる。そう考えて調べたのやもしれぬ」

「無理であろう。ただの番頭には調べようがないわい。もっとも、やつが敵方の密偵となれば、話は違うてくるがの」

将右衛門の反論に、雪也が同意する。

「わたしも同じ考えだ。おかしな動きをすれば、吉五郎さんも気づいたはず。才蔵さんはなにか知らせを受けていたか」

と、才蔵に答えをゆだねた。

「特に受けておりません」

「だが、気になる。気づいていた者がいたように思えてならぬのだ。亡骸に辱(はずかし)めを与えるようなあれが」

途中で言葉が止まった。ある者の顔と名が浮かんでいた。まさか、いや、だがしかし、と心の中で繰り返している。

――ありうるやもしれぬ。

が、絶対にそうであってはほしくない事実だった。

「弥一郎殿か」

雪也が心を読んだような問いかけを発する。刹那、空気が緊張した。廊下に座しているお庭番たちの殺気だろう。隼之助は肌を刺すような痛みを覚えている。しばし続いた沈黙の後に、ざわめきが訪れた。

「ふぅむ、なるほどのう。番町の若殿は〈笠松屋〉を訪ねていたな。そのとき、吉五郎さんの顔を見た。どこかで見たことのある男だと思い、調べてみたところ、なんのことはない、小石川のお庭番屋敷に出入りしている者ではないか、となった」

将右衛門がつるりと顎を撫(な)でる。

「亡骸を布団にくるみ、布団鬼の遊びに見立てるような陰湿さが、いかにも弥一郎殿らしいというかなんというか」

「よせ」

　隼之助は鋭く制した。

「めったなことを口にしてはならぬ。弥一郎殿は木藤家の嫡男だ。配下を手にかけるような真似はせぬ」

「綺麗事は言うな。同じ立場のおぬしを、めった打ちにしたではないか。骨が折れてもおかしくないほどの激しさだったぞ。わたしは、刀を抜きそうになる手を止めるのに、どれほど苦労したことか」

　雪也の正直な訴えを、将右衛門が後押しする。

「さよう。並みの者であれば、動けなくなっていたやもしれぬ。寝たきりになっていたやもしれぬ。息の根を止めんばかりの勢いであったわ。壱太なればこそ、こうして平然と話をしておるが」

「弥一郎殿ならやりかねぬ」

「おう。右に同じじゃ。飾りものの嫡男であることに、そろそろ気づいたのであろうさ。壱太を打ち据えただけでは物足りず、吉五郎さんを殺めた」

　将右衛門の結論めいた言葉が、耳の奥底で木霊(こだま)していた。座敷も廊下も静まり返っている。だれひとり、声を発しなかった。

「待てよ」

将右衛門が静寂を破る。

「もしかすると、おぬしを打ち据えたのも罠のひとつだったのやもしれぬぞ。痛めつけておけば、疾風（はやて）のような動きを封じられるではないか。汚い策だが、これまた弥一郎殿らしいと言えなくもない。今の話が事実であるとした場合、壱太の襲撃を命じた者の名もおのずとわかるではないか。さよう、布団鬼を命じたのも……」

「やめろ」

強い口調で遮った。

「今の話はあくまでも雪也と将右衛門の考えだ。この場限りのこととして忘れてほしい。とらわれてはならぬ」

大声で申し渡した。しらじらしいと自分でも思っている。二人の推察どおりではないのか。多聞に対する怒りを隼之助と配下にぶつけたのではないか。鬼役の調べに参加することを許されない形だけの嫡男。下手をすれば囮役（おとり）ぐらいに多聞は考えているかもしれない。それらを弥一郎が察したのだとすれば……。

「失礼いたします」

廊下で配下の声がひびいた。

「お頭。表門に番町の弥一郎様が、おいでになられております。木藤様に是非、お目にかかりたいと言うておられますが」

「噂をすれば、か」

雪也が言った。

「木藤様はおいでにならぬ。追い返せ」

代弁するように命じたが、配下は立ち去らない。

「実は〈笠松屋〉の主も同道しておりまして……女房と娘も一緒です」

「なに？」

説明を求める隼之助の視線に応えた。

「『命を狙われている、助けてほしい』と〈笠松屋〉の主は番町の屋敷に駆けこんだとか。勝手はできぬゆえ連れて参ったと、弥一郎様は仰せになられております」

「わたしがお目にかかりましょう」

才蔵が小頭役を買って出る。

「お頭が〈笠松屋〉の主に会えば、壱太の正体を知られてしまいます。あくまでも小頭は宮地才蔵ということにして話を聞いてみます」

「弥一郎殿は得心（とくしん）せぬ」

「得心していただくしかありませぬ。弥一郎様には別室でお待ちいただき、主の真意を確かめるのが宜しかろうと存じます」

主の滝蔵は、敵方なのか、味方なのか。寝返ったふりをして、鬼役の内情を探るつもりなのかもしれない。あるいは味方になるために、番町の屋敷へ駆けこんだのか。

「いかがいたしましょうか。木藤様がお戻りになられるまで待ちますか」

才蔵の問いかけに、きっぱりと答えた。

「いや。おれが会うて話を聞こう」

「なりませぬ。壱太が木藤隼之助であることを、鬼役の新しいお頭であることを知られてはなりませぬ」

「ちと考えがある。おそれおおいことやもしれぬが、公方様のやり方を使わせていただこうではないか」

「は？」

「鬼役の小頭が会うと主に伝えろ。女房と娘は別室に待たせておけ。弥一郎殿が同席すると言い張ったときには受け入れるのだ。下手に刺激してはならぬ」

「承知いたしました」

滝蔵の真意も気になるが、わざわざ付いて来た弥一郎の真意も気になる。多聞に会うための口実であることを祈らずにはいられなかった。そして、布団鬼の下手人ではないことを……。

隼之助は心から祈っていた。

二

対面は、屋敷の書院で行われた。

「小頭の木藤隼之助様じゃ」

お庭番の中から選ばれた男が言った。年は五十を超えている。大大名家の用人さながらの、風格をたたえた風貌を買われて、隼之助の御取合役(おとりあい)——貴人の取次役を務めることになったのだった。

隼之助は御簾(みす)をおろした上段の間に座している。大仰なやり方は好まないが、顔を曝(さら)すわけにはいかない。苦肉の策といえた。

「ははっ、てまえは呉服町で酒問屋〈笠松屋〉を営みます主の滝蔵でございます。お目通りをお許しいただきまして、ありがたき幸せにございます」

滝蔵は畳に額をすりつけて恐縮している。

「この屋敷に引っ越してから、まだいくらも経っておらぬというに、隼之助殿はえらくなったものよ。下々はご尊顔を拝するのもままならぬか」

弥一郎は書院の脇に控えながらも、口出しするのを憚らない。開け放したままの障子から見えるのは、夕陽だけではなかった。十人ほどの弥一郎の若党が、これ見よがしに前庭に陣取っている。事が起きればすぐさま刃を交えるとでも言うように円陣を組み、周囲に睨みをきかせていた。

番町側からすれば、ここは敵の本拠地。お庭番屋敷と呼ばれる場にいるのは、相当、覚悟がいるだろう。

「血気盛んな者ばかりでな。このわたしが、宥め役になるほどよ。頼もしい番町軍団であるやもしれぬ」

番町軍団なる挑戦的な表現で隼之助を煽っていた。むろん、相手にするつもりはなかったが、弥一郎の表情や声に、喜びのようなものを見て取っている。

——婿入りの噂話を聞いたか。

苦笑を禁じえない。水嶋家からの申し出を耳にした弥一郎は、「やはり父上はこのおれを鬼役の頭に」というような、きわめて都合のいい解釈をしたに違いなかった。

隼之助は隣の才蔵に小声で告げる。

「武道場でお待ちいただきたいと、お伝えしろ」

「は」

才蔵は御簾の端に行き、滝蔵に顔を見られないようにして、御取合役の男にそれを伝えた。伝えられた男がまた同じ言葉を口にする。

「弥一郎様におかれましては、武道場にてお待ちいただきたく存じます」

「は。なにをえらそうに」

不満げに鼻を鳴らしたものの、ここで言い争うのは得策ではないと思ったのか。

「行くぞ」

弥一郎は刀を持ち、廊下に出た。書院の前庭にいた番町軍団も、若殿に従い、ぞろぞろと歩き始める。これでだいぶ話しやすくなった。

「して、〈笠松屋〉さんは、なにゆえ、番町の木藤家に駆けこまれたのか」

さっそく隼之助は切り出した。御取合役を通じての会話であるのは言うまでもない。

無駄話をするつもりはなかった。

「そのお話をいたします前に、ひとつ、確かめたき儀がございます」

滝蔵は問いかけを投げる。

「てまえどもの見世には、吉五郎という手代がおりました。娘がひと目惚れしたほどの色男でございます。仕事もできる男でございまして、てまえはすぐに手代の役目を与えました。期待を裏切らぬ奉公ぶりでしたが」

ふと言葉を切って、躊躇(ためら)うような素振りを見せた。

「それで?」

と、隼之助は促した。

「はい。この吉五郎が、戻って参りません。てまえどもの見世に臨時雇いとして奉公いたしました壱太と申します者が、実は、その、番町のお殿様に手ひどい扱いを受けまして……壱太はてまえを庇(かば)って、打たれたのです。吉五郎はその壱太の付き添い役を引き受けてくれまして」

多少、話が前後しているようだが、これまでのところ、正直に話している。滝蔵はよもや御簾の中にいるのが、その壱太とは想像だにしていまい。万が一、わかったうえだとしたら、相当な役者ということになる。

「医者に連れて行くと出て行ったきり、吉五郎は戻って参りません。ほうぼうに使いをやって探しましたときに、見世の者がよからぬ噂を聞いて戻りました」

吉五郎に似た若者が、神田川の柳原土手でだれかに襲われた。

「柳原土手」

思わず出た隼之助の呟きに、才蔵が答える。

「間違いありません」

細かい話はまだ聞いていなかったが、おそらく尾行けられていたに違いない。ここに戻ればよかったものを、尾行に気づかなかったのか。吉五郎はそのまま先を急いだ。人通りの少ない柳原土手に差しかかるのを待っていたように賊が襲いかかる。

——吉五郎。

固く目を閉じたそれを感じたかのように、滝蔵が声を発した。

「もしや、と思いまして、番屋に参りました。吉五郎でございました」

不意に声が途切れる。深い哀しみが伝わってきた。もしかすると、滝蔵は本気で娘婿にと考えていたのではないだろうか。哀しみに落胆も加わっているように思えた。

「お訊ねいたしたく思います」

滝蔵の声に強い調子が加わる。

「吉五郎は、木藤様の配下だったのではありませんか。お庭番のひとりだったのではありませんか」

即答したかったが、逆に問いかけを返した。

「なぜ、番町の屋敷に駆けこんだのか。身の危険を感じたという話だが、それは、なぜなのか。酒問屋の〈笠松屋〉で、今、なにが起きているのか。正直に話してはくれぬか」

「てまえがお答えすれば、小頭様も正直に答えてくださいますか」

滝蔵は商人らしく、一歩、踏み込んでくる。隼之助は背筋を伸ばして応じた。

「答える」

「では、まずはてまえからお答えいたします。武家と商人の間に、戦が始まっておりますのは存じあげておりました。表には出ておりませんが、この後、ますます激しさを増すであろうことは間違いございません」

あらたまって、頭をさげた。

「てまえは天下商人(てんかあきんど)になりたいのです。公方様の御用商人として、お役に立ちたいのです。それゆえ、わざと敵に近づきましてございます。吉五郎が雇い入れた壱太という者に、二種類の白酒を飲ませましたのは、そのためでございます、壱太も吉五郎の仲間だろうと思いましたので」

「主殿は、はじめから吉五郎がお庭番であることに、気づいていたのか」

「いえ、壱太と話しましたときに、もしかしたらと思いました。食の話に関しまして、実に詳しかったものですから」

深呼吸した後、一気に告げる。

「博多産の白酒には、二種類あることをお伝えいたしました。廻状につきましても、近衛家の御用人にわざとお訊ねいたしました」

例の連歌は行われるのですか。〈山科屋〉さんからの廻状は、今、美濃守様のもとにあると伺いましたが、まことでございましょうか。さらに、あれが次は近衛家の方に廻るとも伺いましたが。

あのとき、滝蔵は確かにそう訊いた。壱太を同席させた理由も、そのためだったのかと納得できる。沈黙をどう思ったのか、

「先程も申しましたが、壱太さんに庇(かば)うていただきました、助けていただいたのです。それゆえ、決意した部分もございます」

滝蔵は呟くように言った。

福岡藩が造る博多の練酒——白酒には、博多産の本物と、赤坂の下屋敷で造られた偽物がある。内々ではかなり知られている話ではあるものの、今まで公儀はそこを突(つつ)くような野暮な真似はしなかった。詮議するための口実にすぎないようにも思えるが、あれこれ言える立場ではない。

隼之助は、先刻、発せられた問いかけに答えた。

「いかにも吉五郎と壱太はわれらの仲間だ」

仲間だったと告げる気にはとてもなれない。敵に殺められた者たちは、今も自分とともに在り、この戦が終わるまで一緒に戦っている。

「敵に殺められたと、われらは考えている」

二度目の答えにはわずかな逡巡が交じったかもしれない。吉五郎を殺したのは、本当に敵なのだろうか。布団鬼などという、屈辱的な死を与えたのは、だれなのか。隼之助にはさまざまな疑惑が浮かんでいたが、商人の滝蔵も流石にそこまでは読めなかったのだろう。

「お気持ちお察し申しあげます」

もう一度、頭をさげて、続けた。

「てまえも同じ思いでございます。娘は吉五郎の死を知った後、気がふれたようになってしまいまして……なにも口にしておりません。『あたしが吉五郎さんの仇を討つ』と、譫言のように繰り返しております。不憫でなりません」

声にいちだんと悲哀がこもる。涙をこらえるように、何度も瞬きを繰り返していた。顔をあげて、きっぱりと言い切る。

「命を助けられました御恩に、お応えいたしたく思います。てまえが存じあげておりますことは、ひとつ残らず、お話しいたします」

その条件として天下商人の座がほしい。すなわちそれはお庭番の手厚い庇護が受けられることを意味していた。滝蔵は近衛家の用人を前にして、内々の危険な話を口にしている。自分でも言っていたように、理由はひとつではないだろうが、吉五郎の死によって、覚悟を決めたように思えた。

「申し出は、必ずお頭様にお伝えする」

それでも隼之助は慎重だった。現時点における事実上の頭は、木藤多聞。安易に話を受けられない。さらに先送りすることによって、あらたな事実が出てくることも充分、考えられる。

「そろそろお戻りなされるゆえ、それまで当屋敷に滞在なさるがよい。ここにいれば少なくとも命を狙われる危険はない」

安全に過ごせる場所であることを敢えて口にした。滝蔵にとっては、我が身を含んだ家族の無事こそが願いであるのはあきらか。安堵した表情になる。

「ありがとうございます」

「客間の用意を調えるとともに、見廻りの数を倍に増やせ。不審な者を客間に近づけてはならぬ」

才蔵への言葉だったが、

「畏まりました。なれど」

即座に反論の声をあげる。

「もっとも危険な客人が、屋敷の中にいるのではないかと」

木藤弥一郎。

危険な客人を狙う危険な者たち。一触即発の張り詰めた気配の中、隼之助は才蔵をともなって、武道場に向かった。

三

「よい武道場じゃ。われらのために、父上が新しく普請なされたのであろう。まことにもって、ありがたきことよ」

弥一郎は、竹刀を手に上機嫌だった。番町の屋敷は弟の慶次郎を呼び戻して継がせ、自分はこの屋敷の主になる。すでに夢ではなく、明日にもそうなると固く信じているようだった。隼之助にはそれが不思議でならない。

——父上のことも、お庭番のこともわかっておらぬというに。

だが、わからない方がいいのではないか。鬼役の頭に弥一郎を据えて、隼之助は影となる。あるいは水嶋家に婿として入ってもいい。望みはたったひとつ、気持ちは変わっていない。多くは望まなかった。

「おぬしは入るな」

武道場にいた雪也が、戸口で押しとどめる。

「まだ背中の傷が癒えておらぬではないか」

「さよう。無理をしてはならぬ。香坂殿は木藤様のお供でまだ御城じゃ。いや、わしと雪也で守れぬと言うているわけではないがの。木藤様がお戻りになるまで休んでいろ」

将右衛門も珍しく案じていた。弥一郎が武道場に移動するのを見て、二人もあとを付いて来たのかもしれない。稽古着姿になっていた。

「おれは大丈夫だ」

友を押しのけて、武道場の中に入る。

「おう、おいであそばされたか。こちらにおいでなされよ」

弥一郎が皮肉たっぷりに招き入れた。

「鬼役の小頭殿も、われらと稽古しようではないか。それとも偉うなりすぎて、相手をする気にもなれぬか」

「殿。お呼びなさるときは、婿殿が宜しいのではないかと」

取り巻きのひとりが声をあげると、次々に侮蔑の声があがった。

「水嶋隼之助か」

「膳之五家の婿殿じゃ。無駄飯食らいには、もったいない話よ」

「男妾とでくのぼうを供に、いざ、婿入りせん、か」

最後の言葉でどっと沸いた。

「男妾だと？」

「でくのぼうとは、わしのことかい」

目つきの変わった盟友を宥める。

「おぬしたちが熱くなってどうするのだ。おれは弥一郎殿と争いに来たわけではない。話をしに……」

「過日はすまなんだな」

らしくない詫びが、弥一郎の口から出た。

「あれは隼之助殿が鬼役の小頭と知られぬための策よ。見世の中に怪しむ者がいると、おれの近習が調べて来たゆえ、それはまずいと思い、手助けした次第。ちと打ちすぎたやもしれぬが、なに、どうということもなかろう。盗みや喧嘩は日常茶飯事という、裏店で鍛えられたゆえ、物足りぬほどだったのではあるまいか」

「弥一郎様。隼之助様の怪我は」

庇おうとした才蔵を止める。

「才蔵」

「は」

すぐに後ろへ退いた。その様子を見た弥一郎が唇をゆがめる。

「短い間によう手なずけたものじゃ。やはり、血は争えぬな。ここはお庭番屋敷と噂される屋敷。お庭番たちが壁となって、中に住む主を守ってくれるは必至。言うなれば人の砦よ。かように強固な砦はない」

「僭越ながら申しあげます」

つい言っていた、言わずにいられなかった。

「お庭番だけが砦ではありませぬ。屋敷の主も、ともに砦とならねばなりませぬ。それでこそ、仲間の絆が深まるのです。いざというとき戦う力になるのです」

弥一郎は大きな考え違いをしている。これでは才蔵が言うように、お庭番は従うまい。上と下ではだめなのだ。お庭番と横と横の繋がりになれなければ、真の鬼役になることはできない。弥一郎に一番、足りないもの。それは仲間と思える相手だった。雪也や将右衛門のような盟友だった。

「おれに意見をするとは」

弥一郎の目に昏い輝きがともる。胸の奥底にくすぶっている怒りと不満が、出口を求めて渦巻いていた。若党のひとりが〈笠松屋〉のときのように木刀を差し出した。弥一郎は持っていた竹刀を渡して、それを受け取る。

「ちょうどよい。ここで勝負をつけようではないか。どうなろうとも他言は無用、いっそ真剣勝負といくか？」

挑発に乗れば、才蔵を含むお庭番が、いっせいに襲いかかるのは間違いない。武道場の外に、ひりひりするような殺気が漂っているのを、隼之助はとらえていた。

「ここはお庭番屋敷です」

警告をこめて告げる。

「われらは稽古のつもりでも、勘違いする者がいるやもしれませぬ」

「勘違い、おおいにけっこう。来たければ、来るがよい。なれど、覚悟がいるぞ。御役目を解かれる覚悟をな、することじゃ。家族を路頭に迷わせてもよいのか、ええ、見世物小屋で軽業の芸でも披露するか」

これでもかと煽《あお》っていた。隼之助は、前に出ようとする雪也と将右衛門を右手で制していた。弥一郎いるところ必ず嵐あり、だろうか。盟友たちを制しながら、少しずつ戸口の方にさがって行く。

「あれを渡せ」

弥一郎は迫った。

「木藤家の裏紋が入った短刀よ。あれがいざというとき、鬼役であることを示す手札になるとは知らなんだわ。父上がよく手入れをしていたのは知っていたがな。おれにはろくに見せることもせなんだ」

ふてぶてしい笑みを浮かべたつもりだったかもしれない。が、苦悩するように顔がゆがんで見えた。どんなに求めても与えられないもの。狂うほどに欲しても手が届かないもの。それは裏紋の入った短刀なのだろうか。

——いや、違う。

弥一郎に相対して見えた。

己のほしい答えが……。

「参る」

不意に弥一郎が身構える。有無を言わさぬ気迫だった。前に出ようとした二人の盟友を止める。

「手を出すな」

その声音の厳しさに、二人は反論を呑みこんだ。竹刀をさげて、戸口の方にさがる。才蔵は盟友たちよりも、隼之助の近くに来ていた。弥一郎が不利になれば、若党が力添えするかもしれない。油断なく目を配っている。

「この日が来るのを、どれほど待っていたか」

弥一郎は喜びを抑えきれない様子だった。青眼に構えて、腰をやや沈める。過日、打ち据えたあれは、弥一郎自身、後味の悪いものだったのだろう。

これで思いきり叩きのめせる、うまくやれば葬り去れるかもしれない。

そんな邪悪な期待が、両眼から迸っていた。

「木刀は持たぬのか」

念のためという感じで訊ねる。

「要らぬ」

「いい覚悟だ。逃げるなよ」

弥一郎は、じりっと一歩、足を進める。隼之助はわずかにさがった。若党たちは竹刀を握りしめ、若殿と同じように真剣な眼差しを注いでいる。一緒に戦っているかのような、気迫をみなぎらせている。

弥一郎の木刀の先が、かすかに動きかけた。いち早く隼之助はまわりこむ、ほとんど同時に弥一郎は深く踏みこんでいた。

が、打ち降ろした先にもう獲物はいない。

「逃げ足だけは速い」

さも忌々しげに舌打ちする。思っていたより遅いが、装っていることも考えられた。隼之助の油断を誘い、そこに必殺の一撃を叩きこむ。戦いは技だけではない、熾烈な精神の戦いでもあった。

今度は八双に構えた。

隼之助は右に少しだけ足を送る。弥一郎も構えたまま、軸足を動かすことなく、追いかけて来る。当然のことだが、常に身体の正面が隼之助と向き合う形を取っていた。またしても木刀の先に力がこもる。

刹那、隼之助はすっと屈みこんだ。

滑るように弥一郎の懐にもぐりこんでいた。もぐりこみながら抜いた懐の短刀の切っ先が、弥一郎の喉に当てられている。

「う」

低く呻いた。

「動けば、喉をつらぬきます」

隼之助は警告を発した。自分でも驚くほど冷静だった。この日を待ち望んでいたのは弥一郎だけではない。始める前にはそう思っていた。命乞いする弥一郎を、冷ややかに見つめながら息の根を止める。

きっと嬉しくて手が震えてしまうだろう。さあ、どうだ、見ろ。これがおまえの実力だと、歓喜に震えてしまうかもしれない。その日を夢見ていたはずなのに……。

なにも感じなかった。

「やれ」

弥一郎は動かない。

「おまえの望みを叶えるがいい」

「殿」

「下郎めが、刃を収めぬか」

色めきたった若党に、雪也と将右衛門が威嚇の一撃を叩きつける。才蔵が目にも止まらぬ速さで、ひとりの木刀を奪い取った。弥一郎を助けようとした若党は、武道場の隅に追いやられる。

「望みは御身ではありませぬ」

隼之助は言い、一瞬のうちに離れた。弥一郎に背中を向けたとき、死体になるのを免れた男が豹変する。木刀を振りあげ、後ろから襲いかかろうとしたが、

「弥一郎!!」

恫喝がひびいた。

びりりと空気が震えるほどの衝撃が走る。多聞が戸口から入って来た。後ろには香坂伊三郎を連れている。

まるで二頭の狼のようだった。

「父上」

畏まった弥一郎に、若党も従った。主従ともども木刀を傍らに置き、その場に平伏する。むろん隼之助たちも戦闘態勢を解いていた。畏まって頭をさげる。多聞が現れた瞬間、武道場の雰囲気が変化していた。

「おかしな話じゃ。弥一郎は番町の屋敷で謹慎しておるはずだが、はて、年のせいで見誤ったか。隼之助に後ろから襲いかかろうとした卑怯者が、弥一郎に似ておるのはなぜであろうな。なれど、ここに弥一郎がおるわけはなし、さよう、幽霊に相違あるまい」

多聞流の強烈な皮肉だったが、弥一郎は聞いていない。

「屋敷に〈笠松屋〉が駆けこんで参りましたゆえ、案内つかまつりました次第。父上がお戻りあそばされるまでの間、隼之助殿と稽古をしておりました」

「おまえに責め問いをまかせたい」

流石は父親というべきか。多聞もまた弥一郎の訴えを聞いていなかった。

「は？」

番町の主はいささか呑み込みが悪い。

「隼之助」

説明役を申しつけられて告げる。

「わたしを襲った賊のひとりです。最後まで逃げずに戦った三人のうち、将右衛門が足を斬って、ひとりを捕らえました。だれかの密命を受けていると思われます」

「そういうことじゃ」

受けて、多聞は命じた。

「命じた者の名を吐かせろ」

「ははっ」

弥一郎は素直に頭（こうべ）を垂（た）れる。

隼之助は、たとえようのない不安を覚えていた。

四

隼之助の襲撃を命じたのは、弥一郎ではないだろう。しかし、襲撃することは知っていたかもしれない。では、吉五郎を殺めたのはだれなのか。襲撃を命じた者なのか、違う者なのか。

——同じ血を持つ者やもしれぬ。

二人の顔が脳裏に浮かんでいる。同時に多聞との会話も甦っていた。

〝花江が、弥一郎に石を投げられたときのことを憶えておるか〟

拳ほどの大きさの石を投げつけられた花江、花江はお庭番の女、女は投じられた怒りの一撃を、かわせたのに敢えて避けなかったのではないか。

父と子は無言で見つめ合った。隼之助は怖くて訊けない、そして、多聞は憚られる事柄ゆえ口にできない。

あのとき「もしや」という疑いが、隼之助の中では確信に変わったのである。

——母上は殺されたのだ、あの女に。

多聞は怨んでいるのだろうか。それほどに死んだ隼之助の母、登和のことを想っていたのだろうか。

そうであってほしいと思う反面、私（わたくし）のことで動いてほしくないという、複雑な気持ちがある。常に超然と構えている多聞こそが、鬼役の頭に相応（ふさわ）しい男。情に流されるようでは、頭役は務められない。

そこまで考えたとき、苦笑が滲（にじ）んだ。

——あれほど父上を嫌っていたものを。

多聞も変わったかもしれないが、隼之助の心にも変化が生じていた。鬼役の配下として動くことにより、父がどれほど厳しい世界にいるか、身をもって理解できたからかもしれない。それは万の言葉よりも雄弁に教えてくれた。

心と心、命と命。

敵との駆け引きだけではない、仲間との間にも心と命の繋（つな）がりがある。多聞にはとうてい及ばないが、少しずつでも近づければ……。

「隼之助様」

才蔵の呼びかけで我に返った。

「すまぬ。ちと考え事をしていた」

隼之助は、大広間で二人の盟友やお庭番たちと、ささやかな通夜の膳を囲んでいる。板の間の大広間は、お庭番たちが暮らす長屋の一画にもうけられており、内々の話し合いや古老の長寿を祝う会、さらにこういった冠婚葬祭の場にも利用されていた。

「吉五郎の二親（ふたおや）がこれを隼之助様にと」

差し出された小さな包みには、おそらく吉五郎の遺髪の一部が収められているはずだ。隼之助は今までも喪（うしな）った仲間の遺髪を分けてもらっている。

頂戴いたします。

と、離れた場所に座している吉五郎の二親に、立ちあがって深く辞儀をした。両親も慌て気味に立ちあがろうとしたが、それを手で制して、何事もなかったかのように座る。才蔵に小声で訊いた。

「責め問いの番人は配したか」

番人と言ったが、実際は弥一郎たちに気取（けど）られぬよう、天井裏か床下に潜んで様子を探れと命じていた。

「はい。良助（りょうすけ）に命じました。隼之助様には、とうてい及びませんが、身軽で素早い男ですので」

「そうか。何事も起こらなければよいが」

妹のそばに張りついたまま離れない。ちらりとこちらに目をくれたが、すぐに色の白い妹の顔に目を戻した。

「ちっ、雪也めが、通夜の席でも女子を口説くか」

忌々しげに言い、将右衛門は続けた。

「話を戻すが、弥一郎殿にぴったりの御役目よの。力が入りすぎて、わしが捕らえた賊の息の根を、止めてしもうているやもしれぬ。肝心の話を聞き出せぬうちにな」

「肝心の話を聞きたくないがために」

息の根を止めるやもしれぬ。

心の中のみで呟かれた部分は、むろん将右衛門には聞こえない。

「なにゆえ、途中でやめるのじゃ。おぬしの悪い癖ぞ」

「今宵も飲みすぎておるな。おぬしの悪い癖ぞ」

やり返して、にやりと笑った。

「雪也も悪い癖が出ているようだ。女子とみれば、見境なしゆえ、困ったものよ。おきちさんに言いつけると脅してやれ」

「拷問役か」

小耳に挟んだのだろう、将右衛門が大徳利ごと、隣に移って来た。雪也は吉五郎の

「やれやれ。お頭様は、馬に蹴られる不粋な役目をわしに仰せつけるか」

ぶつぶつ言いながらも、大徳利を片手に立ちあがった。隼之助は握りしめていた吉五郎の遺髪を、懐から出した巾着に入れる。はからずも命を落とした仲間の遺髪を入れてあった。

これからも一緒に御役目を務めたい。

そう思うがゆえ、いつも遺族に申し入れていた。

「吉五郎の二親も感謝しておりました」

才蔵が言った。二親もと告げることで、今までの感謝もこめている。

「お頭のお気遣いが嬉しいと言うておりました」

「おれはまだお頭ではない、小頭だ」

「われらはすでに隼之助様が、鬼役のお頭だと思うております。木藤様も同じお考えです。敵に正体を知られるのはまずいため、表向きは中村壱太といたしますが、鬼役のお頭は隼之助様です」

反論する前に、近寄って来た配下のひとりが囁いた。

「〈笠松屋〉の主が、壱太に会いたいと願い出ております」

「わたしが」

立ちあがろうとした才蔵を止める。

「いや、おれが会おう。主たちは離れだったな」

「はい」

「なんの話でしょうか」

当然のように、才蔵も付いて来た。女子を口説くのに夢中だとばかり思った雪也と、それを諫めに行った将右衛門も目顔で訊ねている。

来なくていい。

隼之助は首を振って、才蔵とともに大広間を出た。大勢の場から出たためだろう。暗い廊下はやけにひんやりしているように感じられた。延々と続く長い廊下を歩く度、小石川の屋敷の広さを思わずにいられない。

「敷地面積千三百坪、母屋だけでも三百坪、建屋坪数すべてを合わせると六百坪か」

歩きながら呟いた。

「いまだに迷いそうになる」

「ご冗談を。こちらからの方が近道です」

才蔵は近くの壁をとんと軽く押した。壁がくるりと半回転して、隠れ部屋に続く廊下が現れる。いたるところにこういった仕掛けが施されていた。

「これよ。ゆえに憶えられぬ」

「わたしが案内役となります。いつ、いかなるときでも」

どんな場合でも傍らにいて、助けるという意味に違いない。才蔵の、ときに男好なのではないかと、疑いたくなるほどの肩入れぶりに苦笑いを返した。

「頼りにしている」

「参りましょう。あの叫び声が気になります」

真っ暗な廊下の彼方から、かすかに女の絶叫が聞こえてくる。前を歩く才蔵に、急ぎ足で続いた。だんだん叫び声が大きくなるにつれて、二つの戸が見えてきた。才蔵は迷うことなく、左側の戸を開ける。

とたんに悲鳴のような絶叫がいっそう大きくなった。才蔵が縁の下に置いてあった草履を出す間に、隼之助は離れが設けられた一画に飛び出している。

「お頭」

「〈笠松屋〉の娘が」

見廻り役の二人が、離れを目で指し示した。肺腑をえぐるような叫び声は、意味をなしていない。時折、「吉五郎さん」と交じるのだけは聞き取れた。茶室も造られている離れにも、武道場と同じような真新しい木の薫りが漂っている。

「失礼いたします」

隼之助は戸口から呼びかけた。

「壱太です」

何度か繰り返した後、ようやく戸が開いた。

「お呼び立てして、すみませんね」

主の滝蔵が小声で詫びた。身体をずらして、中に入るように示したため、隼之助は会釈しながら土間に足を踏み入れる。入ってすぐが囲炉裏を切られた十畳ほどの板の間の居間、その奥に座敷、さらにその奥が渡り廊下へと続いており、その先に六畳ほどの茶室がもうけられていた。

田舎家を思わせる離れは、いかにも質素に見せかけていたが、竹格子の出窓や、絵を描いた杉戸などなど、さまざまな箇所に意匠を凝らした造りになっている。

その贅沢な座敷で、ひとりの娘が半狂乱になっていた。

「吉五郎さん、吉五郎さん」

珠緒は名を叫んでは、髪を振り乱して泣き声をあげる。振り袖の襟元や裾が乱れて、帯もしどけなく解けていた。美しく島田髷を結い、吉五郎と目が合う度に、頬を染めていた娘の面影はもはやない。

「珠緒」

母親はおろおろするばかり、滝蔵が縋るように訴えた。

「最後にひと目、吉五郎に逢いたいと言うのです。そうすれば諦めがつくかもしれません。お願いいたします、このままでは狂うてしまいます。壱太さんから木藤様に、お願いしては……」

「壱太」

絶叫していた珠緒が、急に泣きやんだ。探すようにのろのろと目が動き、隼之助に止まる。不意に右腕を握りしめた。才蔵が止めようとしたのだが、それを許さないほどに速かった。

「だれが吉五郎さんを殺めたんですか」

かすれた老婆のような声だった。泣きすぎて声が出なくなっている。滝蔵はまともに食事をしていないと言っていた。にもかかわらず、隼之助の腕を握りしめた両手には、万力のごとき力が加わっている。

「教えてください、お願いです。あたしが吉五郎さんの仇を討ちます」

「下手人はまだわかりません。ですが、わかったときには教えます」

そう答えるのがやっとだった。激しい怒りと憎悪、そして、耐えきれないほどの哀しみ。それらがないまぜになって、握りしめられた腕から伝わってくる。

「本当ですね、本当に教えてくれますね」

「教えます」

才蔵が無理やり割って入る。珠緒の手首を握りしめ、なかば強引に手を開かせて、離させた。隼之助は板の間に、よろめくようにして後退する。様子を見ていた見廻り役の二人が支えなければ倒れていたかもしれない。

「大丈夫ですか」

ひとりの問いかけに、かろうじて頷き返した。

「背中の傷が少し痛んだだけです」

あくまでも壱太として答える。敬語は使うな、今は壱太だと、二人に伝えてもいた。どんなときにもお庭番として振る舞う吉五郎を見て、因果な御役目だと思ったが、今も同じことを感じている。

――つくづく因果な御役目よ。

我が身のこととして感じられるのが、弥一郎と大きく異なる点だろうか。昔は悪い面しか見えなかったが、時の流れや状況の変化、さらには隼之助自身の変化でとらえ方が違ってきていた。

「木藤様が大広間においであそばされた」

別の配下が、離れの戸口に現れる。

「集まれとの仰せじゃ」

福岡藩と近衛家の件でどう動くか、話をするための招集だろう。

「すぐに参ります」

隼之助の答えに、背後の滝蔵が続いた。

「お願いいたします。吉五郎さんに今一度、お目にかかりたく思います。娘に最後のお別れをさせてください」

「わかりました」

もう一度、告げて、才蔵や配下と離れを出る。珠緒に握りしめられた右腕は、痣のようになって、ずきずきと疼いていた。

五

「いまだに連判状の在処がわからぬ」

開口一番、多聞は言った。通夜の席がにわかに密談の場になっている。雪也と将右衛門、そして、香坂伊三郎もお庭番の後ろに座していた。

「福岡藩の藩邸と下屋敷には潜入させているが、残念なことに朗報は届いておらぬ。わしはすでに頭役を退いた身であるが、此度だけは鬼役の頭として、わざと福岡藩へ詮議に出向くことにした」

頭役を退いた身の部分で、ひときわ声が大きくなる。異論があがらないのを確かめるように見まわした後、

「理由は小頭、いや、新しいお頭より聞くがよい」

隼之助を指名した。事前になんの話もないのはいつものことである。突然、説明役を命じられることにも慣れてきた。

隼之助は立ちあがって、多聞の隣に並んだ。

「みなも知っている話やもしれぬが、念のためにあらためて告げておくことにする。福岡藩の下屋敷には、二つの蔵がある。どちらの蔵にも博多の白酒が納められていた。赤坂の下屋敷で造られた偽物ではない、正真正銘の博多産の白酒だ」

「『この酒は罠の味がする』と、お頭は仰しゃられました」

ひとりが声をあげた。配下にお頭と言わせることによって、隼之助に自覚を持たせつつ、より強く印象づけようとしているのかもしれない。多聞の根回しを感じたが、

敢えて口にはしなかった。

「確かに言った」

隼之助は頷いた。

「それと同時に、二つの事柄が浮かんだ」

ひとつは鬼役に対する罠。二つの蔵のうち、どちらかが偽物の白酒——赤坂の下屋敷で造られた白酒の疑いありとして詮議をすれば敵の思う壺であるのは間違いない。

「これも説明するまでもない話だと思うが、酒の荷については、公儀によって『一紙送り状』という制度がもうけられている」

一紙送り状とは、浦賀番所の『下り酒荷改方』において、いちいち酒樽を改める繁雑さを避けるために作られた制度だ。各産地ごとに行司——業界の世話役が船一隻分の積み荷の送り状を一枚の紙にまとめ、さらに大坂三郷の酒造大行司が、それらを取り纏めるという仕組みである。

「敵がこの『一紙送り状』を用意しているのは確かだろう。鬼役が詮議に訪れた際、これをわれらに見せれば、調べはそこで終わる。残るのは、鬼役に対する不審と疑惑のみ。公儀内にも鬼役を代えるべきだ、あるいは膳之五家そのものを廃止すべきだという声があがるやもしれぬ」

「ゆえに、お頭は『罠の味』と仰せになられたのだ」

才蔵の凜とした声がひびきわたった。お頭を連呼することに、戸惑いや気恥ずかしさを覚えていたが、これも口にはしない。

「さらに、もうひとつ、逆の話、つまり、鬼役が動かぬ場合にも、敵が不審と疑惑をいだくのは必至と思われる」

隼之助も声にいっそう力をこめた。

「二つの蔵に納められた白酒が、本物の博多産の白酒であるか否か、常人にはわかるはずもない。にもかかわらず、鬼役が動かぬのはすなわち、真実を見分けられる『舌』を持つ者が、鬼役の中にいるという証になるのではないか」

自慢話に聞こえないだろうか。自分が『鬼の舌』かどうかもわからぬのに、いかにもそうだと言っているように感じるのではないか。いい気になるなと反論されるのを覚悟したが、広間には静けさが満ちていた。一言一句、聞き洩らすまいと、配下が真剣に耳を傾けているのがわかる。

「そのため、先のお頭は福岡藩に対する詮議を行うことにしたというわけだ」

遠慮がちに『先のお頭』を口にした。まだまだ実感は湧かないうえ、本当に鬼役の頭になれるのだろうかという疑問もある。だが、ここで多聞と言い争うのは得策ではない。気持ちのうえでは仮のお頭として、話の流れに身をまかせている。

「なれど、先程、お頭は仰せになられました。それを行った場合、鬼役は面目を失い、敵の思う壺になってしまうのではありませんか」

中堅の配下が立ちあがって問いかけを発した。以前はどうだったのかわからないが、隼之助は自由に意見を交わし合う場を持つべきだと考えている。

「そのとおりだ」

答えて、問いかけた者を座らせた。

「だが、そこで先程の『一紙送り状』が役に立つ。才蔵」

呼びかけると、才蔵が隣に来る。おそらく用意してあるだろうという、予測にすぎないものだったが見事に応えた。右手に問題の荷札、福岡藩の白酒に関する『一紙送り状』を掲げている。

「福岡藩はわれらが手をまわすとは思わなかったのか、浦賀番所に『一紙送り状』の控えが残されていた。金を渡して控えを手に入れることもできたはずだが、敵の動きが遅いというよりも、お頭がいち早く動いたということであろう。どちらが先手を取るか、勝負はそこにかかっている」

命じたのは多聞であり、動いたのは才蔵なのだが、新しい頭に対する祝いのひとつなのだと思うことにした。とはいえ、まだ鬼役の頭としての自覚は生まれていない。いやおうなくこの場に立たされて、推し量りながらの頼りないやりとりをかわしているにすぎなかった。

「福岡藩には、この『一紙送り状』の控えを示したうえで、赤坂の下屋敷における偽の白酒造りの密告があった旨を告げる。ゆえに調べたいと申し入れれば、鬼役の面子が立つばかりでなく、敵に疑心暗鬼という災いの種を投げることもできるからな」

　詮議に出張れば罠に陥ちる、さりとて動かなければ、それはそれで『鬼の舌』の存在を敵に知らしめる結果になりかねない。もっとも適した折衷案が、この敢えて出張るというやり方だ。隼之助は、ちらりと確認の目を投げる。

「以上が先のお頭のお考えだ」

「さよう」

　多聞は即座に受ける。満足げだった。

「密告の件については、潜入させている者に、風聞を流すよう命じてある。鬼役が詮議に訪れることも承知のうえだろうが、お頭の言葉どおり、此度の詮議はそれを敢えて行うことに、大きな意味があるのを知るがよい」

「敵への脅威とゆさぶりだ」

大声で言い添えた。若いお庭番の中には、多聞の独特な言いまわしを苦手とする者もいるはず。顔を潰さない程度の補足が必要だと思った。

「連判状に名を連ねようと考えている大名は、鬼役の厳しい対応を見て、考えを変えるやもしれぬ。それこそが狙いだ。前哨戦で終わる戦こそが、もっとも優れた戦なのではないかと、わたしは考えているゆえ」

「よい言葉じゃ」

多聞が言った。

「前哨戦で終わる戦こそが、もっとも優れた戦、か。まことよの。刃を交えずに降伏させられれば、犠牲者も少なくて済む。今の言葉を心に刻みつけるがよい。お頭の懐に納められた巾着が、これ以上、重くならぬようにしなければならぬ」

遺髪を入れた巾着のことまで知っているのは意外だった。多聞は思っているよりずっと情に厚い人間なのかもしれない。こういう公の場で、父のもうひとつの顔を見られたのは幸いといえた。

「連判状のことだが」

隼之助は話を戻した。

「番町の木藤家に、酒問屋〈笠松屋〉の主が駆けこんで来たのは、みなも知ってのとおりだ。主の名は滝蔵というのだが、近衛家の用人が見世を訪れたとき、大胆な問いかけを発した」

例の連歌は行われるのですか。〈山科屋〉さんからの廻状は、今、美濃守様のもとにあると伺いましたが、まことでございましょうか。さらに、あれが次は近衛家の方に廻るとも伺いましたが。

「お頭。連判状につきましては、ひとつ、お伺いいたしたき儀がございます」

若い配下が立ちあがる。よせ、やめぬか、と、まわりにいた若い仲間が小声で必死に止めていた。周囲を窺うように見やっている。

「遠慮せずともよい。わたしはみなとこうやって話をしながら、御役目を務めたいと思うている。意見があれば言うてくれ」

隼之助に促されて、躊躇いがちではあったものの、口を開いた。

「わ、われらは、そもそも連判状があるのかどうか疑問に思うております。あ、いえ、むろんそれを調べるのも御役目のうちと心得てはおりますが」

少なからぬ犠牲者が出ている。疑心暗鬼の根は、味方の中にも芽生え始めていた。

隼之助はその根を引き抜く言葉を発する。

「話を戻すが、〈笠松屋〉の主に問われた近衛家の用人は汗を掻いた」

「お頭ならではの技よ」

今度は多聞が言い添える。

「汗の匂いで、近衛家の用人が本当に狼狽(うろた)えているのをとらえたのじゃ。今までは連判状の有無については定かではなかったがな。おそらく連判状は存在しているのであろう。そして、それは次に京の近衛家に運ばれるのやもしれぬ」

配下たちがざわめいた。ありもしない連判状のために、無駄な時間を費やすべきではないという意見が出始めていたのかもしれない。しかし、本当に存在しているとなれば話は別だ。

「江戸の次は京、途中で他にも廻るやもしれぬな。そして、最後に行き着く先は薩摩(さつま)か」

「近衛家の用人は、江戸から連判状を運ぶ御役目を賜ったのやもしれぬ」

「いや、囮役ということもありうるではないか」

「なるほど。目立つ動きをさせておき、その間に連判状を京に運ぶか」

あちこちで言葉がかわされている。多聞は目を細めて、その様子を眺めていた。想像にすぎないが、今までは多聞に対する畏(おそ)れと、大御所に対する恐怖に近い力によって、お庭番を取り纏めていたのではないだろうか。

それが隼之助の代になって違う形を見せ始めた。

「静まれ」

才蔵のひと言で、広間は静まり返る。

「引き続き、福岡藩の藩邸と下屋敷の調べを行う。近衛家の用人は、江戸屋敷に滞在しているようだ。他にも近衛家の側近が江戸に来ていないか、こちらも調べを続ける」

どうしますか。とでもいうように視線を向けた。隼之助に話を締めくくらせようとしたが小さく首を振る。そのまま才蔵が申しわたした。

「お頭はこの後、福岡藩の江戸屋敷の台所方としてご奉公する。わざわざ言うまでもないことだとは思うが、潜入役を命じられた者は、お頭の護衛役も兼ねている。命を懸けて、お仕えしろ。一刻も早く連判状の所在をつかめ」

「ははっ」

全員の答えが広間の壁に反響する。吉五郎の死によって、頭と配下はいっそう絆を深めたように思えた。

六

「父上」

　隼之助は呼びかけた。散会となった大広間から廊下に出たところだった。配下たちが次々に頭をさげながら通り過ぎて行く。邪魔にならぬよう、二人は廊下の端に寄った。

「〈笠松屋〉の主から頼まれまして」

　小声で告げる。吉五郎を想うあまり、豹変（ひょうへん）してしまった娘、珠緒。せめて、線香の一本なりともあげさせてやれないだろうか。

「そうすれば、諦めがつくかもしれません。吉五郎の二親に頼んでも宜（よろ）しいですか」

「頭はおまえじゃ。好きにするがよい」

　多聞は、いつもどおりに素（そ）っ気（け）ない。人間というのはおかしなものだ。前はいちいち気にしていたが、近頃は逆に機嫌がいいと不安になる。

　ふっと出た笑みをどう思ったのか、

「なんじゃ」

怪訝そうに眉を寄せた。

「いえ、なんでもありません。ちと思うところが……」

はっとして言葉を切る。多聞の全身から漂う異臭に気づいたのだ。話をする度、呼吸する度に流れてくる臭い。

死臭だった。

以前、感じた匂いが、さらに強くなっていた。多聞が死にかけているのは、もはや疑いようのない事実。

「今度はなんじゃ。言いたいことがあるならば申せ。盟友たちにも言われるであろう。おまえの悪い癖よ」

身体の具合はどうなのかと、訊きたかったが、こらえた。返ってくるのは素っ気なさを通り越した冷ややかな返事とわかっている。なんでもないと答えるつもりだったのだが、

「あとで薬湯をお持ちいたします」

思いもかけぬ言葉を告げていた。

一瞬、多聞は黙りこむ。

次に出るのは、心が凍(こお)りつくような言葉か、それとも厳しい叱責(しっせき)か。覚悟を決めて、

うなだれる。

「頼む」

ひと言、告げて、多聞は踵(きびす)を返した。広間の戸口で様子を窺っていたに違いない。

雪也と将右衛門が出て来る。

「珍しいこともあるものよ」

「おお。わしもてっきり雷が落ちると思うたが」

異口同音に感想を洩らした。代弁するような言葉だった。

「おれも驚いたが」

容態について、あれこれ言うのは差し控えた。どこから話が広がるかわからない。たとえ相手が盟友であろうとも、多聞の体調については語るべきではないと判断する。

「才蔵」

盟友同様、様子を見ていた才蔵に、〈笠松屋〉の娘を吉五郎の亡骸(なきがら)に引き合わせる件について頼んだ。

「尋常な様子ではないと、吉五郎の二親によく話しておいてくれぬか」

「畏まりました」

「さて、われらは今少し美酒に酔うか」

「なにを言うか。おぬしは美女であろう」

盟友たちとともに、隼之助も広間に戻ろうとしたが、こちらに歩いて来る花江に気づいた。手に風呂敷包みを抱えている。

「義母上」

「だれかに使いを頼みたいのです。おきみさんに、これを届けてもらおうと思いまして」

「なんですか」

「わたしの古着と、ささやかな土産物です」

「おきみさんの家はどちらなのですか」

「本所の相生町でしたか。二ツ目之橋近くの〈佐兵衛店〉です」

「なんだ、居酒屋の〈ひらの〉から近いではありませんか。わたしが届けます。もう一度、様子を見に行くつもりですので」

「その身体で無理をしてはなりませぬ。だれかに頼みましょう」

「大丈夫です。頼りない若旦那をもうひと押ししておかぬと、心もとなくてたまりません。これは、わたしがお預かりいたします。間違いなく、おきみさんに届けますから」

「頼みます」

花江は風呂敷包みを渡したものの、立ち去ろうとしない。物言いたげな目を向けていた。

「まだなにか？」

「いえ、本当はわたしが行きたいのですが、取り込み中で時間が取れません。くれぐれも身体をたいせつにと」

「わかりました」

「なにをしているのだ。明日からは、いや、今宵からやもしれぬ。また忙しくなるのは間違いない。存分に美酒を楽しもうではないか」

いったん広間に戻った雪也が顔を突き出した。

「おぬしは楽しみすぎだ」

「そう言うでない。肴はないが、酒だけは旨いのがある、と、花江殿。今のは皮肉ではありませんぞ。お忙しいのは、重々わかっておりますゆえ」

「わたしにまでお気遣いは無用ですよ」

つんと花江は顎をあげた。

「とびきりの肴(さかな)をご用意いたします。今少しお待ちくださいませ」

怒ったふりをして、極上の笑みを浮かべる。花江ならではの気遣いだ。小さな笑い

が広がる中、

「お頭」

廊下の彼方から緊迫した呼びかけがひびいた。弥一郎を見張らせていた良助が駆け寄って来る。隼之助は花江にいったん風呂敷包みを返した。良助の姿を見たとたん、走り出している。

「どうした」

「おいでください」

廊下の途中で出会い、そのままあとに続いた。ただならぬ気配を感じ取ったのだろう、雪也も追いかけて来る。将右衛門が足に傷を負わせた刺客は、長屋に連なる座敷牢で責め問いを受けていたはずだ。

多聞に責め問いをまかされた弥一郎、もしかしたら、おかしな動きを見せるかもしれない。そう考えたがゆえに、気取られぬよう見張れと良助に命じたのだが、不安が的中したのだろうか。弥一郎は刺客を逃がしたのか、それとも……。

座敷牢は血で染まっていた。

隼之助を狙った刺客は、脇差で心ノ臓をつらぬいている。刺されたのではなく、自ら刺したように見えた。座敷牢の戸は開け放たれていたが、これは見張り役が自刃を止めようとしたためだろう。

「なにがあったのだ、弥一郎殿はどこにおられる」

隼之助は見張り役の二人に訊いた。弥一郎はもちろんのこと、取り巻きの若党たちも姿を消している。

「わかりません」

「弥一郎様は、しばらくあの男と話をしていたのですが」

見張り役たちの言葉を、良助が継いだ。

「存じよりの者に思えました」

「弥一郎殿のか」

「はい。わたしはお頭のご命令に従い、天井裏から様子を窺っていたのです。弥一郎様は座敷牢の格子越しに男の顔を見たとたん、小さく息を呑まれました。名前らしきものを呟いたように思いますが、聞き取れませんでした」

そして、弥一郎は若党を廊下に追いやり、少しの間、二人だけで話をしていた。お庭番の『目』や『耳』を警戒していたのはあきらか。囁き声でかわされた話もまた、良助には聞き取れなかった。

「出て行くとき、素早く脇差を渡すのが見えました。わたしは慌てて天井裏から座敷牢に飛び降りたのですが」

時すでに遅し、男は深々と心ノ臓をつらぬいた。侍らしい見事な最期、名前すら告げずに、男はひとりで旅立った。

「弥一郎殿はどこに行かれたのだ」

「わかりませんが、もうひとりいた見張り役が、尾行役となりました。後を尾行けているはずです。おそらく番町のお屋敷に、お戻りにあそばされたのではないかと」

「そうであればよいが」

「名前さえ、わからずか」

雪也の呟きに、答える声があった。

「名は森岡勘十郎じゃ」

多聞がこちらに歩いて来る。

「父上」

隼之助が頭をさげると、多聞は腰を屈めて座敷牢に入った。座した姿勢のまま、心ノ臓をつらぬいた男を労るように横たえた。脇差を抜き、懐紙で血を拭っている。

「存じよりの者ですか」

隼之助も座敷牢に入った。

「いや」

首を振ったが、その青ざめた顔には偽りだと書いてある。嘘をつくのが下手になったと思った。

「名だけは、どうにかわかった次第よ」

「弥一郎殿の身が案じられます。わたしは番町の屋敷に……」

「捨て置け」

素早く多聞が右腕を握りしめる。先刻、〈笠松屋〉の娘に握られた場所だった。ずきりとした痛みが心にひびいた。無意識のうちに右手を引こうとしたのかもしれない。

「いかがしたのじゃ」

「先程、〈笠松屋〉の娘御に握りしめられまして」

その答えで、多聞は隼之助の右腕から手を離した。青痣がくっきりと浮かびあがっている。怒りと憎しみ、そして、はてしない哀しみの痕だった。

「青痣も泣いておるわ」

多聞らしからぬ言葉は、なにを意味するのか。隼之助は父の横顔を見つめている。その横顔もまた――。

泣いているように見えた。

第七章　忍冬酒（にんどうしゅ）

一

森岡勘十郎とは、何者なのか。

どこかの家中の者だろうか、多聞は、なぜ、真実を告げないのか。弥一郎が向かった先は……。

「物好きだな。自分を殺そうとした相手に付き添うか」

伊三郎が、屋敷の長屋の座敷に入って来る。隼之助が自室として使っている部屋だった。雪也と将右衛門は、隣室で仮眠を取っているため、ひとりで森岡勘十郎のそばにいた。むろん、長屋の廊下や他の座敷には、お庭番たちの気配がある。この屋敷内でひとりになるのはむずかしい。

「線香の火を消してはならぬと思うただけよ。遺体に敵も味方もない。襲いかかってきても来ないゆえ」

「なるほど」

伊三郎は刀を外して、部屋の片隅に腰を据えた。いついかなるときでも、刀をだれかに預けたりはしない。

隼之助は、思いもかけぬ場を与えられたように思えた。

「あのとき、いや、伊三郎殿はご存じなかったやもしれぬが、番町の屋敷におれは才蔵ともども忍びこんでいたのだ。弥一郎殿との別れ際、伊三郎殿は『一滴三度』の見事な技を披露なされた」

そろそろ夜明けを迎える頃かもしれない。雨戸を閉めたままの長屋は、闇に覆われていたが、身体がそれを教えている。

「あのとき、潜んでいた猫は隼之助殿であったか」

伊三郎は特に驚いた様子はなかった。この年下でありながら、だれもが一目置かざるをえない遣い手には、どういう口調で話したらよいものか。今も悩みながらの会話になっている。

「さよう。憶えておられるか。弥一郎殿が『して、なにを斬られたのか』と訊ねたとき、伊三郎殿はこう言われた」

絆でござる。

「あれは、いったい、どういう意味なのか」

夫婦の絆、親子の絆、盟友との絆、仲間との絆。色々と浮かぶが、うまい言葉が見つからない。代わりに問いかけの眼差し(まなざし)を投げた。

「言葉どおりでござるよ」

伊三郎は、あっさりと言った。

「深い意味はござらぬ。ひとりは妾腹(しょうふく)の子、ひとりは正室の子。はて、われら二人の間に絆があるのかどうか、隼之助殿は考えこむやもしれぬがな。思いのほか強く結ばれているのが、おれには見えたゆえ」

「おれは」

弥一郎殿との絆を切れ、という意味なのかと思うたが。

心の中でのみ呟かれた言葉を、伊三郎は読み取ったのか。

「なにゆえ、かように遠慮する」

一歩、踏みこんできた。

「おぬしは、木藤様の血を引く者、まぎれもなき跡継ぎではないか。そのうえ常とは異なる力も持っている。弥一郎殿に遠慮する必要はない」

「遠慮しているわけでは……父上の変わりように、驚いているのだ。あまりにも冷たいように思えてならぬ。急に弥一郎殿に辛くあたるようになったのは」

「同じように育てたと、木藤様は言うておられた」

遮るような言葉が出た。

「一年のうち半分ほど旅に出ることもあったようだが、弥一郎殿はそれを途中で投げ出した由。これはおれの考えだが、おそらく鬼役として必要な知識を得る旅だったのではあるまいか。書物だけではのうて、実際に目で見、耳で聞いて確かめる。武者修行に出た身なればこそ、諸国を旅するのがどれほど重要であるかがわかるのじゃ。その貴重な機会を弥一郎殿はみずから捨てた」

「それは、そうやもしれぬが」

「おぬしは、愚痴ひとつ言わず耐えたそうではないか」

「父が言うていたのか」

驚きの後に湧いたのは、いかにも庶子らしい謙遜だった。

「選ぶ道はなかったゆえ」

「そら、それよ。謙遜も過ぎると厭味になる。堂々としておればよい。木藤様は二人の嫡男に、同じ機会を与えた。ひとりは途中で投げ出し、ひとりは最後まで成し遂げた。ゆえに今、隼之助殿はこの屋敷にいる」

淡々と告げるそれが心にひびいた。大仰な言いまわしはいっさいない。にもかかわらず、ひたひたと心に沁みていった。

そう、この屋敷にいたのは、弥一郎だったかもしれないではないか。与えられた機会を最大限に活かして、成果を積みあげてきた結果、伊三郎が隣にいる。雪也と将右衛門が用心棒役としてそばにいる。

「自信を持て」

伊三郎が軽く肩を叩いた。

「おぬしに足りないのはそれよ」

「確かに、な」

「弥一郎殿は好漢じゃ。おれもきらいではない。なれど野心がありすぎる。分相応ならばよいが、身に過ぎた野心よ。己を滅ぼしかねぬ野心じゃ。母御によう似ておられるな」

「会うたのか」

「一度だけだが、番町の屋敷で会うた。取り巻き連中の話では、よう訪ねて来るそうじゃ。情のこわい女子に見えたが」

「返事に困るな」

苦笑いを受けて、伊三郎はにやりと笑った。

「正直でいい。今のまま、そのままで、おれと付き合うてくれ。前にも言うたやもしれぬが、堅苦しい言葉づかいは要らぬ。殿岡殿や溝口殿に対するあれでよい」

「わかった」

「それはそうと、御城で流れている噂については聞き及んでいるか」

伊三郎が訊いた。隼之助の代わりに、消えかけた枕元の線香を新しくする。隼之助は礼の会釈を返して、小さく首を振った。

「知らぬが、もしや、木藤家に関わる話か」

「まあ、そんなところだ」

「いったい、どんな……」

問いかけの途中で、才蔵が廊下から呼びかけた。

「弥一郎様を尾行した者が戻って参りました」

障子戸を開け、傍らにいる配下を示した。隼之助は問いかける。

「番町の屋敷に戻られたか」

「行かれたのは番町ですが、木藤家の屋敷ではありません。北村家の屋敷です」

「母御のところか」

囁き声になったのは、その重さを知っているからにほかならない。弥一郎と慶次郎の母、北村富子は、離縁された後、再嫁（さいか）することもなく、実家にとどまっている。隼之助は横たわる森岡勘十郎に視線を戻していた。

――つまり、そういうことなのか？

お庭番たちも同じ考えを持っている。

「吉五郎を殺したのも、その侍ではありませんか」

尾行を務めた男が顎で勘十郎を指した。吉五郎を始末したうえで、隼之助を襲撃する。不自然ではないが、吉五郎の亡骸を侮辱したやり方が引っかかっていた。布団にくるんで屋敷の前に放置したやり方は、遊郭に出入りする男の考えではないのか。

「富子殿は『布団鬼（ふとんおに）』など知るまい」

ひさしぶりに名を口にしたが、できるだけ感情を抑えている。そうしないと怒りと憎しみで我を失いそうだった。だれよりも隼之助は己が怖い。

「知る者がやったのです、あのお方のそばにいる親（ちか）しい者が」

配下は富子の名を口にすることさえ避けた。目は勘十郎の亡骸に向けたままだ。隼之助同様、激しい感情が噴き出す寸前に見える。

「まだなにもわからぬ」

「なれど」

「亡骸に刃を突き立てるか、そうすれば気が済むか」

思いのほか強い語調になっていた。配下は唇を嚙みしめて、うつむいた。その様子が己の姿に見えた。

「すまぬ」

「いえ、お頭の仰しゃるとおりです。木藤様は『懇ろに弔ってやれ』と申し渡された由。小頭よりきつく言われておりましたものを、つい」

多聞らしい通達だったが、いつも以上に気遣いを働かせているように感じるのは、穿ちすぎだろうか。

「準備は調ったか」

隼之助は才蔵に視線を移した。

「はい。筑前福岡藩松平美濃守斉溥の江戸屋敷に、台所方の下働きとして潜入する手筈はできております。連判状につきましては、いまだ所在はあきらかになっておりません。また連歌の会と思われます『花の会』も、催されるのかどうかわかりません。

なれど」

ひと呼吸、置いて、才蔵は告げた。

「ひそかに藩士が藩邸に集まり始めているとか。薩摩訛りの強い侍も少なくないという話です」

あるいは薩摩藩からの助太刀部隊か。

「面白い」

伊三郎が刀を握りしめる。

「おれの出番がきたようだな」

さて、福岡藩が用意した『罠の味』はどんなものだろう。毒味役としては、逃げるわけにはいかない。

「行くぞ」

隼之助は気合いをこめて言った。

二

筑前福岡藩の江戸屋敷は、外桜田霞関の一画に位置している。

御城の西南にあたる敷地は、総坪数は約二万一千坪。西に日吉山王権現がある以外は、ほとんど武家屋敷という区域だった。総建坪はどれほどなのか、お庭番の調べでもわからない。五十二万石に恥じない佇(たたず)まいだが、広すぎるのが難点と言えなくもなかった。

「隠し場所がありすぎるな」

隼之助は、母屋の南東に造られた蔵の前にいる。潜入してから三度目の深更(しんこう)を迎えていた。才蔵を含む三名も下働きとして奉公している。昨日は雪也と将右衛門が、見張り役と護衛役を兼ねて、ひそかに潜りこんでいた。

しかし、難点はときに長所ともなりうる。広いのをこれ幸いと、お庭番ともどもうまく活用しながら動いていた。

「やはり、薩摩藩士やもしれぬな。長屋の一画に、濃い顔立ちをした侍が食客として滞在している。数はそう、ざっと三十人といったところか」

雪也の言葉を、将右衛門が受ける。

「まだまだ増えるやもしれぬぞ。あれがすべて野太刀示現流(のだちじげんりゅう)の遣い手だとしたら」

ぶるっと大仰に身震いした。

「ぞっとせぬわい」

「二人はいったん外に出ろ。今日で二日目だ。伊三郎殿と交代した方がよかろう。薩摩藩士であれば、見知った者がいるやもしれぬゆえ」

隼之助の提案に、将右衛門は安堵の吐息を洩らした。

「だだっ広い屋敷内を移動し続けるのは、流石に骨が折れる。少し休ませてもらうとしよう」

雪也の肩を叩いて、裏門の方に向かった。周囲は武家屋敷ばかりであるため、鬼役の根城（ねじろ）は少し離れた東方――山下御門を出てすぐの山下町にもうけられている。そこまで行くのもかなり目立つのはいなめない。動きにくいのは事実だが、それは敵も同じだった。

「連判状は、すでに近衛家の御用人が持ち去ったのではあるまいか」

隼之助は囁いた。見張り役が目を光らせているものの、油断はできない。才蔵とともに気を配っている。

「御用人は姿を見せませんね」

「うむ」

今宵は、この蔵の前が藩邸内での密談場となっていた。手分けして連判状の在処（ありか）を探っているので、時折、配下が突然、姿を見せる。気配をさせない忍びならではだが、どきりとするのも事実だった。

「近衛家が気になりますか」

才蔵が訊いた。

「気になる。もしかすると、此度の戦を焚きつけたのは、近衛家なのではないか、と、いや、あくまでも、おれの考えだがな。才蔵の調書や、今までの流れを見ていると近衛家を無視できぬ」

主導権を握っているのは、おそらく薩摩藩だろう。しかし、火付け役は近衛家なのではないか。隼之助の頭には、ひとつの推測が浮かんでいる。

「お聞かせください」

才蔵に促されて、続けた。

「近衛家は知ってのとおり、藤原北家の嫡流で、五摂家のひとつだ。公家ゆえ、ときの帝とも深い繋がりを持っているのは言うまでもない。なかでも近衛家は、後水尾天皇と姻戚関係があった」

「もしその立場にあれば、戦国武将として天下を統一し、政の場で活躍できたかもしれない帝だったであろうと、わたしは思っております」

打てば響くように、才蔵が答えた。次の配下が定例の報告に来るまでの間、しばし公家談義となる。

後水尾天皇は、慶長から寛永期にかけて、在位した帝である。頭脳明晰で英邁という優れた資質を持っていたが、徳川家康によってその力を封じられた悲劇の帝と言えるかもしれない。

「慶長十八年（一六一三）に発せられた『公家衆法度』、さらに元和元年（一六一五）に公布された『禁中並公家諸法度』によって、帝は、政への参加と自由行動を完全に抑えられてしまった」

隼之助は言った。

「激怒した後水尾天皇は、みずから退位を宣言し、以来、家康公の望みどおり、政の場から離れた。せめてもの抵抗だったのやもしれぬ。学問と伝統芸術に専心することに決め、宮中を独特の文化の温床にしたような様子が見える。間接的ではあるものの、関東の支配に精一杯の気概を示したように思えなくもない」

古典文学、歌学、和漢連歌、能筆、茶道、立花、楽といった伝統芸術すべてにわたって、後水尾天皇は意欲的に活躍したことが知られている。寛永サロンとでも呼べるような場がもうけられていたのは間違いない。家康に徹底的に無視されたうえ、政への参政権を奪われた後水尾院の時代の天皇家は、天皇の他に法皇がひとり、上皇が二人、さらに女院までもが存在しているという異常さだった。

「大所帯よ。お互いの足を踏まぬよう、上手く付き合っていくには、相当な技が必要だったやもしれぬ」

隼之助の皮肉に、才蔵も苦笑いで答えた。

「子や孫の数も増えますね」

「そう、いやでもな」

この頭でっかちな皇室は、自然と皇子や皇女の数が多くなる。身分の低い者との結婚を避けるため、そして、おそらく経済的理由もあるだろう。皇子や皇女のほとんどが得度を強いられた。その中でただひとり、後水尾天皇の皇女だった品宮常子内親王だけが、近衛家に嫁している。

「後水尾天皇が寵愛していた姫君、品宮様だが、臣下に嫁した身でありながら、社交場の中心人物になったようだ。愛されるお人柄だったのやもしれぬ」

話が逸れたのを感じて、天皇家と近衛家の関わりを口にする。

「幕府によって、政の場から否応なく退場させられた天皇家。いつかはと野心を持ち続けているやもしれぬ。侍と商人の戦は、彼の者たちにとっては好機と映っているやもしれぬ。近衛家を使いに仕立てた裏で、なにを画策しているのか」

かつてのように、天皇家を政の主役の座に。

持ちつ持たれつで、それぞれがほしいものを手に入れる。

「ゆえに、近衛家は侮れぬ、ということですね」

と、才蔵が締めくくるような言葉を発した。

「うむ。焚きつけているのは確かだろうな。繰り返しになるが、連判状を諸藩に運ぶ役目を担っているのやもしれぬ。連歌の会、または『花の会』だったか。とにかく派手やかな場に目を引きつけておき、その間に江戸を発つ」

「この屋敷に滞在しているのは、御用人の一行だけだと思います。今のところ、他の一行が現れた様子はありません」

「あるいは、御用人こそが罠なのか」

自問の呟きが出た。たとえ用意してあるのが偽の連判状だとしても、江戸を発った近衛家の一行を、鬼役は襲撃せざるをえない。そのとき、なにかが仕掛けられるのではないか。敵もまた巧妙な策をめぐらせているのではないだろうか。

「連判状の在処を知る手だてはないものか」

突然、隼之助は空気の動きをとらえた。座ったままの姿勢で半回転すると、振り降ろされた真剣を両手で受け止めた。

「お見事」

伊三郎が言い、刀を鞘に収める。足音はむろんのこと、近づく気配や息づかいといったものは、まったくとらえられなかった。直前で感じたかすかな空気の動き、それが隼之助に反射的な行動を取らせたのである。

「もはや隼之助殿には通用せぬな。見切られたか」

屈みこんで告げた。淡々としていた。

「此度は空気の動きをとらえられたが、次はわからぬ。伊三郎殿の剣が、魔剣であることに変わりはない」

「世辞はいい。それよりも助っ人よ。長屋の一画に出入りする侍を見たが、五人ほど見知った顔があった」

不意に声をひそめ、そっと訊いた。

「甦してもよいか」

刹那、隼之助は鳥肌が立つのを覚えた。まるで遊女屋にでも遊びに行くような軽い口調だったからである。ごくりと唾を飲み、訊き返した。

「遣い手か」

「うむ」

どんな手順で行うのか、口にはしない。が、ここで隼之助が応と返事をすれば、何日間かの間に、五人の命の灯(ひ)が消えるは必至。さりとて、否と返事をすれば、何日間かの間にお庭番が命を落とすのもまた確かであるに違いなかった。

「頼む」

頭役として、苦渋の命を発した。伊三郎はかすかに頷いたように見えたが、よくわからない。その仕草の後、無言で闇の中に消えた。

――あの男が敵でなくてよかった。

心底、そう思っている。

才蔵の顔も青ざめていた。

三

夜明けを迎えた藩邸は、いつもどおりの忙しさで始まった。

隼之助と才蔵は、長屋の一画に朝の膳を運んでいる。すべてが薩摩藩士ではないだろうが、むさくるしい髭面(ひげづら)の男が多い。顔立ちや年をわかりにくくするための策ではないだろうか。彼の者たちの中に伊三郎の言う五人がいるとすれば、すでに命を落としたも同然。隼之助は考えずにいられなかった。

——おれが発した命令は、正しいのかどうか。

伊三郎に魔剣を使わせないためにも、早く連判状を見つけなければならない。なにか策はないだろうか。

〝連判状がどこにあるのか、てまえにもわかりかねます〟

酒問屋〈笠松屋〉の主、滝蔵の言葉が甦っている。

〝ですが、今は美濃守様のお手元にあるのではないかと存じます次第〟

なにか特に気になる事柄はないかと、隼之助が訊ねたとき、滝蔵はしばし考えこんでいたが、

〝『臘月酒（ろうげつしゅ）』を連歌の会で味わうと言うておりました。非常に珍しい酒だと聞いた憶えがございます〟

臘月は、十二月のことであり、臘月酒とは古酒を意味している。古酒は十二月に醸造（じょうぞう）するのが習わしだった。甕壺（かめつぼ）に収めて、三年、四年、五年と置いて楽しむものだが、今ひとつ、ぴんとこない。

——気に入らぬ。

才蔵と大台所に戻りながら考えている。天の邪鬼な気質ゆえかもしれない。大仰に

臘月酒などと言っているが、いかにも意味ありげで逆に疑いが湧いていた。

――だが、古酒の入った甕壺に、連判状を隠して運ぶということはありうるな。

滝蔵はあくまでも酒問屋の主、知らされる話にも当然、限りがあった。どれが正しくて、どれが偽りなのか。情報を選抜するのも頭役の務めといえる。

「おい、そこの二人」

大台所の戸口に、台所方の男が顔を突き出していた。戸口の左側に大甕や大小とりまぜた酒樽が所狭しと並べられている。雨が降る様子はないので、とりあえず置いたような感じだった。

「近衛家から荷が届いている。連歌の会に必要なものばかりだ。この後もどんどん届くと思うが、とりあえず、今、届いている荷を解(ほど)いてくれ」

「わかりました」

答えるのは才蔵にまかせて、あとに続いた。ここでは才蔵が小頭役を務めるとともに、隼之助の影の役目も担っている。身代わりを置くことに対して、心から賛同はできないが、いざとなれば、素早く動き、助けようと思っていた。

「見ろ。山積みよ」

台所方の男が、大台所の奥を指した。早くもうんざりしたような顔をしている。大台所の土間や、奉公人が食事をしたり、膳の支度をしたりする板の間には、木箱が山積みされていた。台所方の頭が、ぶつぶつ言いながら首をひねっていた。

「わからぬ」

目録らしきものを広げている。年は四十前後、色の黒い男で、汚れた指を舐めては、分厚い目録の丁を繰っていた。

「はて、やきかちん、とはなんじゃ。おかんとは、母親のことか、はたまた女房のことか。やきかちん、あるいは、おかんを近衛家の従者の供御に振る舞ってくれと書かれているがの。京では客のもてなしに母親や女房を差し出すのか。まあ、田舎ではありえぬことではないやもしれぬが」

客のもてなしに、母親や女房を差し出す風習は、確かに皆無ではない。近親婚になりがちな田舎の場合、客人から外界の胤をもらうこともある。だが、この場合はもちろん違っていた。

頭の悩みは続いている。

「はて、この供御もわからぬ。供御、供御と。供になにかをせよというお達しではあるようじゃが」

わかりますか。

というような才蔵の目顔に、小さく頷き返した。

「お頭様」

才蔵が遠慮がちに訴える。むろん、そう装っているにすぎない。

「この男は、京生まれでございます。近衛様のお屋敷ではございませんが、お公家様のお屋敷にご奉公したことがあるとか。もしかすると、お役に立つかもしれません」

隼之助を顎で指した。会釈して、前に出る。

「壱太と申します。臨時雇いといたしまして、三日ほど前より、こちらにご奉公させていただいております」

「ああ、承知しておる。そうか、公家奉公したことがあるのか。頼もしいの。これはどうじゃ。わかるか」

頭が指し示した部分には、供御と記されていた。

「夕御飯のことでございます。先程、呟かれておりました『やきかちん』は焼き餅のことです。そして、おかんは雑煮のことです。夕御飯には、腹もちのよい焼き餅か、雑煮を出してほしいということではないかと」

「なんじゃ、『おかん』とは雑煮のことか。京のお言葉は、ひびきが違うのう。では、これはどうじゃ」

指し示されたのは、白鳥一箱という言葉。頭は、積みあげられた木箱を、手下同様、うんざりした顔で見つめた。

「京では、白鳥を箱に詰めて送るのかと思い、急ぎ、探させておるのだがな。夏ほど腐りは早うないが、なんというても京からじゃ。とうに腐っておるのではないかと思うておるのよ。それとも白鳥の肉を塩漬けした品であろうか」

「白鳥であれば、一羽と記されているはずです。おそらくこの白鳥は、白鳥徳利のことではないかと思います。京の旨い酒を詰めて、送ったのではないでしょうか」

「お頭。ここの木箱に、白鳥一箱と書かれております」

板の間の荷を調べていた才蔵が声をあげた。お頭と呼ばれて、思わずどきりとする。早くも隼之助の中に「自分はお頭」という意識が根付き始めていた。苦笑いせずにいられない。

——まだお頭にはとても、などと口では言うていたものを。

こんなものなのかもしれなかった。他人に呼ばれているうちに、らしくなってくる。そういう意味で言うと、多聞の根回しはうまくいっているのかもしれない。

「よし、それを開けてみろ」

台所方の頭に言われて、才蔵が木箱を開け始める。隼之助は勝手口の近くに置かれている大甕や樽が気になっていた。が、今は才蔵の手伝い役となる。木箱を開けると、おがくずを詰めた中に、白鳥を象（かたど）った徳利が幾つか納められていた。名品の繊細な陶器や磁器には劣るが、真っ白な焼き物を白鳥に仕立てた美しい徳利である。

「壱太が言ったとおりのようです」

才蔵が白鳥徳利のひとつを掲げた。

「そうか。では、この白鳥一箱はこれでよし、と」

「先に外の酒を確かめておいた方がよいのではないでしょうか。ご領地で造った酒を、まずはじめに祝いの杯として使うのが、公家の習わしなのです。近衛様のご領地では、伊丹の酒が造られております。古酒が届けられているとすれば、そちらを用いるやもしれません。確かめておいた方がよいのではないかと」

隼之助は、虚実ないまぜにして申し出る。近衛家を招待しているのは福岡藩であるため、祝いの杯として用いるのは福岡産の酒であろうと、頭から反論があがるのを覚悟していたが、そこまで気をまわす余裕がないのか、

「確かに言うとおりよの。なになに古酒は、と、大甕に入っているやつがそうであるようじゃ。とにかく外に並べてある大甕や樽の中身をすぐに確かめろ」

「畏まりました」

才蔵が答えて、またもや隼之助はあとに続いた。二人に言ったわけではないだろうが、頭はすでに次のことで頭がいっぱいになっている。ふたたび、ぶつぶつと呟きながら目録に視線を落とした。

うまくやりましたね。

表情で称賛する才蔵と二人で、大台所の外に出た。大甕と大小とりまぜた樽の、どちらを先に開けるか。

隼之助は躊躇(ためら)うことなく、大甕のひとつを開けにかかる。才蔵が隣に立ち、手伝いながら周囲に目を配っていた。下働きや荷担ぎ役にも、臨時雇いとして、お庭番が紛れこんでいる。仲間がちらちらと、二人に視線を送っていた。

大甕の蓋を開ける。とろりとした飴色の液体が、独特の薫りを放っていた。その時点で古酒ではないと感じたが、まだわからない。つまらない先入観を持たぬよう、気持ちを真(ま)っ新(さら)にしたうえで、才蔵が差し出した小さな柄杓(ひしゃく)を受け取る。薫りだけで酔いそうなほどだったが、ほんの少し柄杓で掬(すく)い取った。

味見をした瞬間、ふわっと全身があたたかさに包まれる。喉から胸、そして、腹へと酒が沁(し)みわたり、ある植物が脳裏に浮かんだ。

忍冬(すいかずら)である。

「これは」

古酒ではない、忍冬酒(にんどうしゅ)だった。これをよく造る大大名家のことも考えずにいられない。いや、だがしかし、まさか、と、恐怖をともなう困惑に陥(お)ちかける。

「どうした」

才蔵が訊いた。年上の臨時雇いとして、怪しまれないよう気をつけている。隼之助は首を振るしかなかった。下手なことは言えない。

「こちらに大甕が運ばれてはおらぬか」

不意にだれかが言った。下士(かし)と思(おぼ)しき男が近づいて来る。下男を二人、ともなっていた。そのうちのひとりは、近衛家の下働きとして配したお庭番。手配りしたのは才蔵、つまり、多聞だが、流石と言うしかない。従っている配下を見ただけで、この下士が近衛家の男であることがわかる。

「この大甕ですか」

才蔵が急いで蓋をする。

「五甕あるか」

下士は問いかけながら目で数えていた。

「間違いない、これじゃ。間違(まちご)うて運びこまれたようだが、これは近衛家からさる大名家に納めるご献上品でな。いくら探してもないゆえ、もしやと思うて来た次第よ」

　運べ。と下士は、二人の下男に命じた。頭役に断りを入れるのだろう、大台所に入って行く。大甕をどこに運ぶのかは、紛れこませた配下が探ってくれるが、それでも念のため、才蔵に囁いた。

「間に合うようであれば、あの大甕の中身を今一度、調べる。それが間に合わぬときは、大甕の行方を追わせろ」

　才蔵は頷くにとどめた。隼之助が、大樽や中樽の中身も確かめておこうと思ったとき、表門の方から男が走って来た。

「鬼役のお出ましじゃ」

　中間（ちゅうげん）は声を張りあげる。

「博多産の白酒に関して、疑わしき儀ありとのことである。しばらくの間、荷にふれてはならぬ。ご詮議が終わるまで、そのまま、そのままじゃ」

　両手で何度も「そのまま」と繰り返していた。十中八九、罠であるのは間違いない。長屋の一画に集められた遣い手もまた出番を迎えるかもしれなかった。

四

木藤多聞は、落ち着いた足取りで、母屋の大広間に向かっている。二人の供を従えていたが、家中の中でも剣の達人と言われる男たちだった。建物や庭のあちこちにも、お庭番が潜んでいる。

——美濃守様は、どう出るか。

隼之助は、多聞が大広間に入るのを見届けた後、才蔵を含む四人とともに行動を開始する。まずは問題の大甕だ。

「どこにある」

走りながら訊いた。

「案内いたします」

答えたのは、近衛家の下男として配された男。先に立って走り出した。五つの人影は幾つもの塀を軽々と飛び越えて、雑木林のような場所に出る。裏門に続く近道だった。途中で敵の刺客が待ち伏せているかと思ったが、意外にも罠は仕掛けられていない。

――こちらに来ると思ってはいないのか。

あるいは、と、不吉な胸騒ぎも湧いている。多聞の方にすべての戦力を注ぎこんでいるのか。

「急げ」

我知らず声を発していた。

「父上が危ないやもしれぬ」

案内役の足が、いっそう速くなる。木漏れ日が差す景色だけを見ていると、のどかな晩春の絵にほかならない。が、福岡藩の藩邸には、ただならぬ殺気が満ちている。

待て。

案内役の配下が、手で制した。ほとんど同時に五人は、裏門近くの植え込みに身を潜めている。五つの大甕が、裏門に続く小道を進んで来るところだった。先まわりできたことにほっとする。

「まず大甕が届けられる先の大名家を知りたい」

隼之助は言った。

「大甕を調べるのはその後だ」

「多少、手荒くなっても宜しいですか」

と、才蔵。

「やむをえぬが、殺してはならぬ」

「承知いたしました」

才蔵は、立ちあがろうとした隼之助を手で止める。配下の三人を連れて、小道沿いに少し戻った。それから、さも追いかけて参りましたという様子で後ろから呼びかける。

「お待ちください。その大甕も調べたいと、鬼役が仰せになっておられます。中を改めたうえで運び出すようにという、お達しがございました」

「なんだと？」

先頭にいた近衛家の下士が振り向いた。

「これは、福岡藩の荷ではない、近衛家の荷じゃ。調べられる筋の品ではない」

「どちらに運ぶのですか」

才蔵はなにげない足どりで迫る。三人の配下は、二人の従者と荷担ぎ役の十人に目を配っていた。殺気をとらえたのだろうか、何人かの荷担ぎ役が来た道を戻り始める。大甕はもちろん放り出したままだ。

隼之助も動こうとしたが、配下のひとりが逃げた者の頭上を飛び越えた。前に立ち塞がるや、目にも止まらぬ速さで次々に当て身を食らわせる。手助けするつもりだったが、その必要はまったくない。逃げた三人は一瞬のうちに失神していた。

「な、何者だ」

下士が狼狽えた。もたもたと刀を抜こうとしたが、いち早く才蔵が胸もとに短刀を突きつけている。

「う」

「お静かに。鬼役の配下です。大甕をどこに運ぶつもりだったのか。教えていただきましょうか」

「き、紀州藩の藩邸じゃ」

「紀州家」

才蔵は驚きのあまり、しばし声を失っている。大甕の中身が忍冬酒と知ったとき、隼之助も同じ驚きを覚えていた。

紀州家は言うまでもない、八代将軍吉宗公の生家、吉宗公はお庭番の制度を作り出した父とも呼べる存在。よもや紀州家が謀叛に加担するとは、などなど、頭を駆けめぐっているのが伝わってきた。しかし、あれこれ考えている暇はない。

「はぁっ」

二人の従者が、刀を抜いて襲いかかって来た。が、二人の配下によって、刀を叩き落とされた。荷担ぎ役は鬼役と聞いた時点で地面に平伏している。まさか大甕に目をつけるとは思っていなかったに違いない。警護が甘かった。

「少しの間、お静かに」

才蔵は下士の鳩尾（みぞおち）を突いた。崩れ落ちる男を受け止めながら叫ぶ。

「おまえたちは、母屋に戻るがよい。鬼役の詮議が終わるまで、長屋に籠（こ）もっているのが得策だ。なにが起きても出て来るな」

その声で荷担ぎ役は、いっせいに走り出した。下士の従者も慌てふためいて追いかける。先に倒した三人の荷担ぎ役が、正気づく前に終わらせなければならない。忍び足で隼之助は大甕の方に歩いて行った。

「甕を割れ」

命令にすぐさま才蔵と三人の配下が応える。太めの木切れを探してくると、勢いよく大甕めがけて振り降ろした。まずはひとつめ、忍冬酒が流れ出したが、目当てのものはない。独特の薫りが立ちのぼっている。二つめ、三つめ、そして、四つめの大甕が割れた。隼之助は底を覗きこむ。

飴色の忍冬酒の中に、包みが沈んでいた。取り出したそれは、油紙に包まれている。

ちょうど巻物を包んだぐらいの大きさだが、はたして、これが連判状なのだろうか。手拭いで拭き、中を開けてみようとした瞬間、

「来たな」

隼之助は殺気をとらえていた。従者や荷担ぎ役を逃がしたのは失敗だったかもしれない。事が起きた場合には、知らせろと命じられていたのだろう。藩士たちが躍りかかって来る。隼之助は懐に油紙の包みを入れて、前に出た。振り降ろした刃をくぐりぬけ、男の後ろにまわりこむ。思いきり後頭部を打った。

顔から地面に叩きつけられた男の尻を蹴りつける。倒れた男から脇差を奪い取り、才蔵と背中合わせになった。多聞のことが気になる。襲いかかって来る藩士を、すみやかに倒していった。

——忍冬酒を紀州家に運ぶとは、いかにも胡散臭い。

忍冬酒は諸藩で造られる薬酒だが、中でも紀州家の薬酒が知られている。ゆえに、隼之助は味わった瞬間、紀州家の存在を思い浮かべていた。届け先がその紀州家と聞いた今、ますます疑念が高まっている。

——紀州家も連判状に名を連ねるつもりなのか。

近衛家は隼之助の推察どおり、仲介役なのかもしれない。むろん焚きつけてもいる

だろうが、大大名家の取り持ち役としては適任といえた。酒に連判状を隠して、次の協力者のもとに運ぶ。福岡藩はとうに名を記した後であり、次は紀州家という段取りだったのだろうか。

「お頭」

別の配下が、雑木林から現れた。

「木藤様が侍に襲いかかられておりますが、福岡藩の藩士であるかどうかはわかりません。美濃守様は『やめぬか』と声を張りあげておられましたが」

藩主への疑念を消さぬ点は、やはり、お庭番というべきだろう。さらに藩主の美濃守もまた逃げ道をちゃんと残している。探り合いと騙し合い、鬼役が息の根を止められた時点で流れが一転しかねない可能性もあった。

「一気に抜けるぞ」

言い置いて、隼之助は一撃をかわした。男の横を通り過ぎざま、脇差をひらめかせる。脇腹を抉られてよろめいた相手に、才蔵がとどめを刺した。知らせに来た配下を含めて、総勢六人。一丸となって、襲いかかる敵を切り捨てていった。

——伊三郎殿は来ていない。

多聞を助けているのだろう、いや、そうでなければ困る。雪也と将右衛門が来ないのは、来られないに違いなかった。六人はときに円陣を組み、ときに二人ひと組となって、襲いかかる刃を撥ねのける。ひとり、二人と地面に沈めながら、母屋の方に戻り始めた。

「ここから先へは行かせぬ」

敵のひとりが、右蜻蛉の構えを取った。野太刀示現流の、独特の構えである。右耳に右腕をつけ、左手を添えた刀は、真っ直ぐ天に向けられていた。振り降ろされた一撃を、隼之助は軽く避ける。次の構えに入る寸前、深く踏みこんだ。流れるように前へ出た脇差が男の腹に食いこむ。

「あぐぅ」

呻き声をあげた男の喉を、才蔵が切り裂いた。残っていた敵はそれを見て、逃走に転じる。母屋の方に戻って行く数人を、追いかけるような形になっていた。

——父上、ご無事で。

隼之助は跳ぶように駆け抜ける。

血の臭気が、後ろからも前からも漂っていた。

五

母屋の前は、意外なほど静かだった。

戦場と化しているかと思いきや、人影は見あたらない。が、建物の廊下や壁には血が飛び散り、障子が壊れている。庭での戦いではなく、建物内での戦いになっているのかもしれない。

「お頭」

隼之助は、あくまでも配下として声を張りあげる。二度目の呼びかけを、才蔵が腕を摑んで止めた。

「わたしにおまかせを」

短い会話の間に、雪也と将右衛門が大広間から走り出て来る。隼之助は廊下に駆けあがった。

「無事だったか」

「ああ。いきなり囲まれてな。木藤様は奥座敷の方に逃げこんだはずだが、わからぬ。なにしろ広いゆえ」

雪也の話を聞きながら、隼之助は大広間を確かめていた。畳に点々と血の跡が続いている。それを追って別の廊下に出ようとしたとき、

「公儀の密偵め！」

待ち伏せしていた男が刀を突き出した。隼之助はわずかに身体をひねって、かわした。勢いあまって体勢を崩した男に、将右衛門が袈裟斬りを叩きつける。それが合図となったのか、潜んでいた敵が大広間に入って来る。ひとりに斬りつけて、隼之助は、奥座敷の廊下を進んだ。

──血の跡の先に、父上がいる。

廊下にも残された血の跡だけを見ていた、不吉な胸騒ぎがあった。才蔵がななめ後ろにつき、雪也と将右衛門がその後ろを守っている。何歩か進んだとき、右側の座敷に潜んでいた敵が、障子越しに刀を突き出した。

隼之助と才蔵はいち早く庭に飛び降りる。後ろについていた雪也と将右衛門が、ほとんど同時に刀を叩きつけていた。雪也は突き、将右衛門は豪快な真っ向斬り。障子ごと切り裂かれた男の血が、白い障子を赤く染める。

隼之助は庭に降りたまま、廊下沿いに奥座敷へ足を運び続けた。二度、三度と敵が右側の座敷から襲いかかって来る。雪也と将右衛門が気合いもろとも斬り捨てた。そ

れを横目で見ながら、隼之助は少し足を速めた。

――殺気。

皮膚がぴりぴりするほどの氣が流れてくる。五感と超感を研ぎ澄ませつつ、忍び足で出所を探った。足が自然に動く、動くにまかせて歩を進める。渡り廊下の下を潜りぬけ、藩主の御座所や寝所がもうけられている中奥の庭に出た。

廊下に三人、中庭に四人が斃れている。だれが斬ったのか、一目瞭然だった。中庭で伊三郎が敵の男と対峙していた。

伊三郎は刀を抜いていない。抜き打ちの姿勢を保ち、深く腰を沈めている。相手はすでに刀を抜き放っていた。右蜻蛉の構えを取り、天をつらぬかんとばかりに、刀を真っ直ぐ上に向けている。

男は右足をわずかに引いた。

と同時に裂帛の気合いがひびきわたる。脳天めがけて打ち降ろされたそれを、伊三郎は待っていた。相手の振り降ろした刀が、己を斬るより先に懐に飛びこむ。二度目にひびいた裂帛の気合いは、伊三郎が放ったものだった。相手の股間から一気に切りあげるような勢いで銀条がきらめく。

伊三郎の刀が天を向いた瞬間、鮮血が飛び散った。

相手の身体は真っ二つに裂けた。

股間から左肩にかけて、頭部と下半身に分かれている。血飛沫を迸らせながら、どうっと地面に沈んだ。

「伊三郎殿」

「木藤様は御座所だ」

伊三郎は言った。何事もなかったような顔をしていた。敵も流石におそれをなしたのか、ぴたりと攻撃がやんでいる。が、様子を窺っているような複数の『目』を隼之助はとらえていた。

「お頭」

御座所の障子越しに呼びかける。才蔵が隣に来ていた。点々と続いていた血は、ここで途切れている。中に怪我人がいるのは間違いない。

応えはなかった。

隼之助は思わず才蔵と顔を見合わせる。もう一度、呼びかけようとしたが、

「入れ」

多聞の声が聞こえた。安堵の吐息を洩らしかけたが、油断は禁物と言い聞かせる。ひと呼吸、遅れた応えに警戒心を働かせた。

「失礼いたします」

隼之助は言い、障子の取っ手に手をかける。左に才蔵、その後ろに雪也と将右衛門、そして、中庭には伊三郎が控えている。万全の守りを受けていたが、妙な不安が湧いている。慎重に障子を開けた。

「ち……」

父上と叫びそうになったが、こらえた。座敷では多聞が男に脇差を突きつけられていた。古くから木藤家に仕えている男で、名は中里清兵衛。年は四十なかばぐらいだろうか。多聞が大広間に向かう際、後ろに従っていたうちのひとりだった。もうひとりは、うつ伏せの姿勢で畳の上に斃れている。清兵衛に不意打ちをくらったのかもしれない。胸を刺されていた。真新しい血が、畳に広がっている。

「連判状を返してもらおうか」

清兵衛は命じた。

「奪い取ったことはわかっておる。従者や荷担ぎは、ひとり残らず始末するべきだったな。それが新しいお頭の甘いところよ」

「ならぬ」

多聞が遮るように言った。

「渡してはならぬ。早晩、召される身じゃ。それが多少、早くなるだけのことよ。今すぐ……」

清兵衛が多聞の喉に、脇差の切っ先を食いこませる。食いこんだ刃が、喉の皮膚を突き破る。つつーっと血が喉を流れ落ちた。

「わかった」

答えながら隼之助は少し左に動いた。懐に手を入れて、連判状を握りしめている。清兵衛は焦ったように腰を浮かせる。

「動くな」

制止の声より早く、伊三郎が音もなく飛びこんで来た。左に動いた意味を即座に察していた。隼之助の右側を疾風のような風が通り過ぎた刹那、

「ぐぁ」

と清兵衛は喉を詰まらせた。喉を斬られたため、血が逆流して詰まったのだろう。

次の瞬間、胴から離れた首が畳に落ちていた。

「…………」

隼之助を含む全員が、しばし声を失っていた。目の当たりにしてもなお、その速さが信じられない。『はやちの伊三郎』の異名に恥じない働きぶりを、はじめに評価し

たのは、多聞だった。

「これで楽になると思うたに」

落ち着きはらっていた。

「厄介なことよ」

凝りをほぐすように、首を何度もまわしている。喉からあふれ出ている血を、隼之助は手拭いで押さえた。

「身近に裏切り者が潜んでいたとは」

「清兵衛か」

畳に転がった首を、ちらりと見やる。憐憫（れんびん）の情らしきものが浮かびあがったように思えたが、それもほんの一瞬のこと。隼之助に視線を戻したときには、いつもの多聞になっていた。

「連判状は？」

「ここに」

懐から油紙に包まれた巻物を出して、渡した。多聞はそれをすぐに懐に収める。ここで改めようとはしなかった。

「首尾は上々、いささか時がかかり過ぎたやもしれぬ」

立ちあがりかけて、よろめいた。隼之助は素早く支える。

「美濃守様はご無事なのですか」

「さあて、な」

「才蔵。確かめて……」

「捨て置け」

得意の台詞を吐いて、命じた。

「長居は無用じゃ。われらはこの屋敷を、生きて、出る」

最後の言葉が心にひびいた。藩邸内に散っていたお庭番が集まって来る。決死の脱出劇となるかどうか。

体勢を整えて、藩邸の表門に向かった。

六

敵の再攻撃は幸いにもなかった。

二日後の未明。

「なれど」

多聞の声音と表情は沈んでいる。場所は小石川の屋敷で、隼之助の他に人はいない。父子の密談となっていた。

「知られてしもうたやもしれぬ」

木藤家の秘宝がなんであるかを。

裏切り者となった中里清兵衛は、知る限りのことを敵に洩らしたかもしれない。洩らさないまでも、清兵衛が発した言葉によって、『鬼の舌』が在ることをあきらかにしたことも考えられる。木藤家の秘宝、それは……。

「連判状はご覧になられましたか」

隼之助は訊いた。

「いや」

答えには、わずかな躊躇いが感じられる。しみじみ思った。

——やはり、正直になられた。

意味ありげな笑いに気づいたのか、

「今のそれはなんじゃ」

多聞が目をあげた。

「なんでもありませぬ。話を戻しますが、連判状は今、どこにあるのですか」

以前であれば「知る必要はない」と、冷たく突っぱねられたに違いない。が、多聞は声をひそめて続けた。

「大御所様にお届けした」

安全とまではいかないが、小石川や番町の屋敷、あるいは膳之五家が預かるよりは、ずっと安全かもしれない。少なくとも、奪い返されたときに、だれかが腹を切らずに済むだろう。それだけでもよしとしなければならない。

「紀州家のことですが」

隼之助の声も自然に低くなる。

「関わりがあるのでしょうか」

「わからぬ。なれど、忍冬酒(にんどうしゅ)を見破ったのは流石であったわ。大御所様より、お褒めのお言葉を賜った。いっそう励めとの仰せじゃ」

「は」

「紀州家でよく造られる忍冬酒を、その紀州家に運ぶのはいかにも不自然。だが、もしかすると……あれも罠やもしれぬ」

「忍冬酒は薫りの強い酒です。わたしでなくても気づいたはず。穿(うが)ちすぎのような気がしなくもありません」

父らしくない失言に思えた。隼之助が調合する薬湯は、痛みを抑える分、眠気が出たりする。多聞は小さく首を振った。

「確かにな、おまえでなくても気づいたであろう」

「わたしが気になるのは」

「言うでない」

厳しく制した。眠気を帯びていたような両眼を、かっと見ひらいている。紀州家に届けられるはずだった連判状、連判状に名を連ねるつもりだったのだろうか。紀州家はお庭番の生みの親とも言える藩、もしかすると、お庭番の中にも中里清兵衛のような裏切り者がいるのだろうか。あるいは仲間割れというような事態が起きているのか。

「あれこそが敵の罠だったのやもしれぬ」

多聞の呟きに、はっとした。

さも紀州家に運ぶ様子を装いつつ、実は他藩に運ぶつもりだったのかもしれない。近衛家の下士の口から、紀州家の名が出れば、隼之助たちは関わりを疑うだろう。さらにお庭番にも疑いの目を向け、木藤家には疑心暗鬼の昏い花が咲き誇る。

「ありうることではないかと思います」

「新しいお頭のもと、いっそう絆を強うせねばならぬ。裏切り者には容赦なき死を与えるのじゃ。手心を加えるのはすなわち、己の首を絞めるようなもの。此度の件でようわかったであろう」

そう、裏切り者の中里清兵衛が言っていた。近衛家の下士や荷担ぎの者たちを始末するべきだったと。

そこまで冷酷になれるだろうか。

冷酷になれなければ、鬼役は務まらぬのか。

「父上。やはり、わたしよりも」

「さよう、弥一郎のことだが」

先んじて言った。

「あの日以来、番町の屋敷には戻っておらぬとか。北村家にも使いを出して確かめたが、一度、来たきりだった由。たかだかあの程度のことで、無様なほど狼狽えておるわ。ゆえに、鬼役は務まらぬ」

有無を言わせぬ語調で告げた。多聞にしてみれば、たかがあの程度なのかもしれない。が、弥一郎にしてみれば、知己が隼之助を襲撃したのである。おそらくそれを命じたのは北村富子。母にそれを確かめたとき、弥一郎はどう思ったのか。

「森岡勘十郎のことですが、存じ寄りの者ではないのですか」

これまた冷たく聞き流されるのを覚悟の問いかけが出た。

「勘十郎か」

多聞は少し間を置いた後、

「彼(か)の者は、弥一郎が通う直心陰流(じきしんかげりゅう)の道場の、師範代を務めていた」

抑揚のない声で言った。

「え」

隼之助は一瞬、絶句する。

「それでは……弥一郎殿の師ですか」

「さよう」

「その師が、なぜ、わたしを襲撃したのですか。北村家の命に従ったのは……」

「行け」

短く遮る。

「本所四ツ目橋の居酒屋〈ひらの〉であったか。殿岡の三男坊たちと様子を見に行くのであろう」

「はい」

得心できなかったが、その場をあとにする。

もしや、という疑惑が渦巻いていた。

七

「おまえさん、『花魁茶漬』を二人分、お願いしますよ。おひとかたは番茶、おひとかたは粉茶をたっぷりというご注文です」

「はいよ」

　本所四ツ目橋の〈ひらの〉は、満席の賑わいを見せていた。隼之助も調理場に立ち、手伝っている。

「壱太さんのお陰です。本当にありがたいことだ。もう少し待っていてください。御礼のお金をお渡しできると思います」

　若旦那の彦市が笑顔を向ける。板前ぶりがまさに板についていた。女のようになよやかだった美しい手は荒れていたが、だんだん逞しくなるに違いない。嬉しい変化だった。

「期待してますよ」

　隼之助も笑みを返して、飯を盛った茶碗に粉茶を注ぎ入れる。おみつの口からごく自然に『おまえさん』が出るのも嬉しかった。

——こういう居酒屋で、いや、こういう居酒屋がいい。

波留と二人で営めたらと夢を描いた。侍などに未練はない。いつでも捨ててやるさと、心の中で繰り返している。

——真実か？

心の奥底から問いかけが返った。新しいお頭として、お庭番を取り纏めたい。命を喪った者の家族には、手厚い恩賞を与える。怪我をして退いた者には、道具の手入れや後進の育成といった役目を与える。

心と心、命と命。

その繋がりを深めたかった。

「隠居後の楽しみか」

声になった呟きに、彦市が怪訝な目を返した。

「なんですか」

「いえ、なんでもありません。あ、それはわたしが運びます」

隼之助は、茶碗を載せた盆を抱えて見世に出る。待ちかまえていた将右衛門が、横から盆を奪い取った。

「壱太殿は、しばし休まれよ。わしと雪也が給仕役を務めるゆえ」

「無料酒（ただ）はだめだぞ」

機先を制したが、調理場から彦市が言った。

「礼金の代わりであれば、どうぞ」

「さようか」

将右衛門は、ほくほく顔で客の膳に茶漬けを運んだ。雪也は奥の飯台に陣取り、早く来いと手招きしている。この二人は無料で飲むことしか考えていなかった。

「ごめんよ」

新しい客が入って来る。とたんに強い風が吹きこんできた。春の匂いを含んでいるものの、今宵の風はまだ冷たい。

「春疾風（はるはやて）だ、すごい風よ。冷えこんでいるから雪になるかもしれねえな。返す刀で北風が荒（すさ）び、大雪を降らせたりするかもしれないぜ」

客は無理やり知己らしき男を腰掛からどかせた。立ち飲みや立ち食いを余儀なくさせられる客も出てきている。

「おーい、女将。こっちにも『花魁茶漬』だ。それを食って引きあげるさ」

「こっちも頼む」

気を利かせた何人かが、茶漬けの締めを訴えた。彦市は休む暇もない。捌いた鮪の残りもごくわずかになっていた。

「壱太さん。今宵はこれで終いです。暖簾を仕舞ってください」

「わかりました」

隼之助は答えて、戸を開けたが、あまりにも風が強かったので後ろ手に戸を閉めた。吹き荒ぶ風が埃を舞い上げている。千切れ飛びそうな暖簾を外したとき、見世に近づいて来る幾つかの人影をとらえた。

――敵か。

思わず身構える。後ろ手に戸を開けかけたが、それより早く呼びかけがひびいた。

「隼之助殿」

弥一郎の取り巻き連中だった。全部で六人、雁首を揃えている。隼之助という名を聞かれたくない。

「向こうへ」

四ツ目橋を目で指した。見張り役をかねた護衛役のお庭番が二人、橋の手前に立っている。遅いと思ったに違いない。見世の戸が開いて、将右衛門が顔を覗かせた。

「いかがしたのじゃ」

「たいしたことではない」

中に入っていろと手で合図したが、将右衛門も付いて来る。どうせいい話ではあるまいと覚悟を決めて臨(のぞ)んだ。

「弥一郎殿のことか」

「そうなのだが」

口を開いたひとりが、仲間を見やっていた。おまえが言え、いや、おまえがと、いやな役目を押しつけ合っているように見えた。

「怪我でもしたのか。それとも吉原に流連(いつづけ)て、金子(きんす)がなくなったのか」

そんなところだろうと思った。取り巻きともども遊んでいたが、足りなくなってしまい、帰るに帰れない。隼之助に借金を申しこむなど考えられないことだったが、近頃はその考えられないことが続いている。

「なにかあったのか」

苛立(いらだ)ちながら問いかけた。

「いや、その、知っておるか？」

問いかけを返されて、ますます苛立ってくる。将右衛門も大仰に寒いと動作で示していた。正直な話、寒かった。

「なんの話だ」

三度目でようやく答えた。

「おきみ、という産婆のことはどうじゃ。存じ寄るか」

いきなり老女の名が出て当惑する。

「ああ、知っているが」

「おきみのところに行ったのよ」

「弥一郎殿がか」

「さよう。なかば脅すようにして、無理やり聞き出した。木藤弥一郎に関わる出生の秘密をな」

「木藤様のお子ではないのじゃ。木藤様の血は流れておらぬ」

もうひとりが横から口を出した。

「なに？」

隼之助は耳を疑った。今、この男はなんと言ったのか。弥一郎は多聞の子、木藤家の正嫡(せいちゃく)ではないか。

「戯言(ざれごと)を」

一蹴(いっしゅう)しようとしたが、

「まことじゃ」

「偽りではない」

「われらも色々調べてみた」

取り巻きたちは食いさがる。隼之助は鼓動が速くなるのを感じていた。ありえない話と思いつつも、立ち去ることができない。

「おきみさんは、老耄（ぼけ）が始まっていると、義母上が仰しゃっていた。あてにはならぬ。だいいち、色々調べてみると言うたが、どこで、どう調べたのだ」

花江の言葉を持ち出して、なんとか気持ちに折り合いをつけようとする。そんな馬鹿なことがあるか、弥一郎殿は父上のお子だ。呪文のように心の中で繰り返した。

「御城よ」

ひとりが言った。

「噂になっておるそうじゃ」

「木藤弥一郎は、木藤多聞の胤（たね）にあらず、となし
ふと伊三郎のことが甦る。御城の噂云々と伊三郎が途中まで言いかけたとき、才蔵が言葉を発した。中途半端に途切れた話、あれは、もしや才蔵が意図して聞かせぬようにしたのだろうか。

次いで浮かんだのは、その才蔵が発した言葉。

〝無理でございます。われらは弥一郎様には従いませぬ〟

知っていたのではないか。だからこそ、聞かせまいとしたのでは……。

「なれど」

それでもあげようとした反論に、将右衛門が続いた。

「まことじゃ」

「なに?」

「その話が出た折には真実を告げるよう、屋敷を出る前に言われたのじゃ。雪也も知っておる。驚いたが、まことなのじゃ。弥一郎殿は、木藤様のお子ではない」

「…………」

まさか、まさか、そんなことが。

「お庭番を殺めて布団に包んだあれは慶次郎殿の仕業よ。われらは反対したのじゃが」

「隼之助殿にお願いしたい。われらを小石川のお屋敷で雇うてはいただけませぬか」

「お願いでござる。隼之助殿こそが、木藤家の正嫡。鬼役のお頭になるのは、隼之助殿でござる」

もと取り巻き連中の、おもねるような言葉は耳に届かない。

春疾風が吹き荒れる中、隼之助は茫然と立ちつくしている。

別名、手のひら返しとも呼ばれる強風が、町を吹き飛ばさんばかりの勢いで、唸りをあげていた。

あとがき

先日、磯田道史氏の『徳川家康　弱者の戦略』という本を拝読いたしました。文章も巧く、面白くていつも引き込まれます。今年（二〇二三年）の大河ドラマは徳川家康公が主人公とあってテーマを決められたのかもしれません。このあたりも上手だなと感心させられます。

弱者は情報で優位に立たねば、勝ちを拾えない。

そんな一文がありました。家康は幼少時から人質として幾つかの武家に預けられました。自分ではどうすることもできない運命でしたが、学ぶことも多かったように思います。命の危険を常に感じながら、置かれた立場を受け入れざるをえなくて、身につけていったことかもしれません。

「強制よりも共生」というのが徳川流であるとか。

競合相手とはなるべく「棲み分け戦略」を取る。棲み分けが無理とみた時にだけ、徹底して戦う。

それは文中で隼之助が口にした「前哨戦で終わる戦こそが、もっとも優れた戦なのではないかと、わたしは考えているゆえ」という言葉にも繋がるように思います。戦はしない方がいい、でも、そうなったときにはできるだけ早く終わらせる。

隼之助は庶子であるがゆえに父に従うしかない運命でした。逆らうことはできなかった。他に生きる道はなかったのですが……思わぬ方向に話は進んでいきます。かつては怨み、憎んだ相手の深い、深い孤独を見たとき、隼之助の心に変化が起きます。このあたりの心理的な流れを、じっくり楽しんでいただきたいと思います。

以前も書いたと思いますが、私は才蔵が好き。そして、香坂伊三郎も大好き。と言うまでもなく、友人には見抜かれてしまいました。伊三郎がお庭番の娘・村垣三郷に一目惚れしたのは、彼女の美しさだけではなく、お庭番であるがゆえのこと。血腥い世界に生きている伊三郎にとっては、頼もしささえ覚えるのかもしれません。

そこに隼之助は驚きを覚えます。女子に求めるものが違いすぎるからでしょう。隼之助は安らぎとぬくもり、伊三郎はともに戦える女子。そう、夫婦というよりは同志ですかね。このシリーズを書くにあたって、野太刀示現流のことを調べましたが、背筋が寒くなる思いでした。本当に魔剣だと思います。

さて、波乱続きの『春疾風』、四巻、五巻はさらに面白いです。ひととき憂き世を忘れてお楽しみいただければ幸いです。

本書は2011年3月に刊行された徳間文庫の新装版です。
なお本作品はフィクションであり実在の個人・団体などとは一切関係がありません。

徳間文庫

公儀鬼役御膳帳

春疾風（はるはやて）

〈新装版〉

2023年9月15日 初刷

著者 六道慧（りくどうけい）

発行者 小宮英行

発行所 株式会社徳間書店

東京都品川区上大崎三−一−一 〒141−8202
目黒セントラルスクエア

電話 編集〇三（五四〇三）四三四九
販売〇四九（二九三）五五二一

振替 〇〇一四〇−〇−四四三九二

印刷 製本 大日本印刷株式会社

ISBN978-4-19-894889-4

徳間文庫の好評既刊

六道 慧
公儀鬼役御膳帳

木藤家のお役目は御膳奉行。将軍が食する前に料理の味見をして、毒が盛られることを未然に防ぐ、言わば毒味役である。またの名を、鬼役。しかし、当主・多聞の妾腹の子・隼之助は、訳あって町人として市井に暮らしていた。不満を抱えつつも、お節介な年寄りや友人たちのおかげで長屋暮らしにも慣れてきた矢先に、父の命令が。塩問屋の山科屋に奉公することとなった……。

徳間文庫の好評既刊

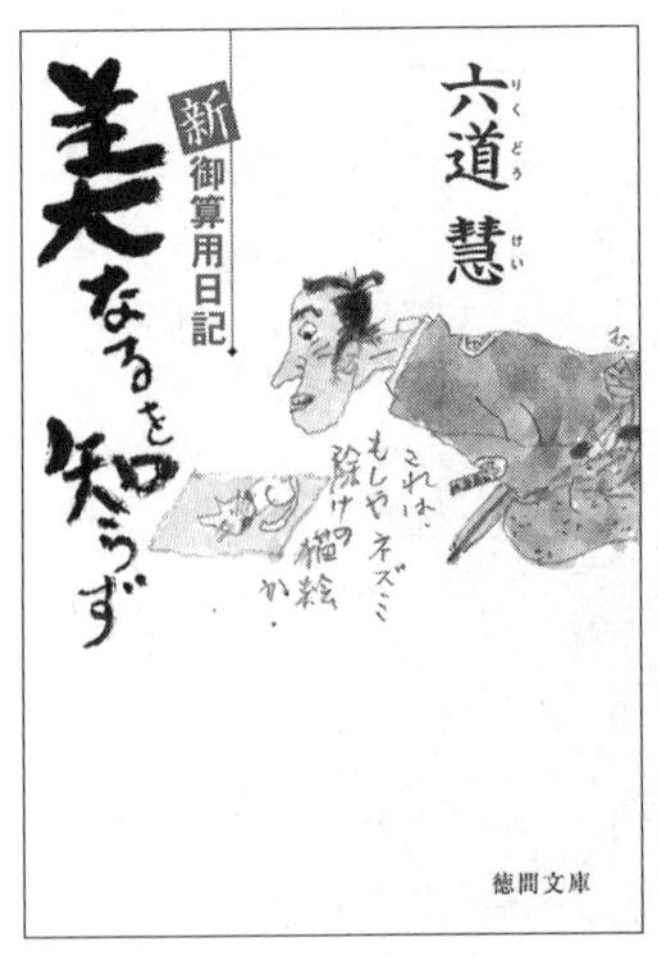

六道 慧

新・御算用日記
美なるを知らず

幕府両目付の差配で生田数之進と早乙女一角は、本栖藩江戸藩邸に入り込んだ。数之進は勘定方、一角は藩主に仕える小姓方として。二人は盟友と言える仲。剣の遣い手である一角は危険が迫った時、数之進を救う用心棒を任じている。〝疑惑の藩〟の内情を探るのが任務だが、取り潰す口実探しではなく、藩の再建が隠れた目的だ。本栖藩では永代橋改修にまつわる深い闇が二人を待ち受けていた。